AF188765

ELLA WÜNSCHE

Bibliografische Information der Deutschen Nationalbibliothek: Die Deutsche Nationalbibliothek verzeichnet diese Publikation in der Deutschen Nationalbibliografie; detaillierte bibliografische Daten sind im Internet über dnb.dnb.de abrufbar.

© Ella Wünsche 2019
Herstellung und Verlag: BoD – Books on Demand, Norderstedt
ISBN-13: 9783749465132

Lektorat: Christiane Kathmann, Sandra Schwarzweller
Korrektorat: Sandra Schwarzweller
Covergestaltung & Satz: Daniel Morawek
Bildquellen: depositphotos.com / undrey - depositphotos.com / Liddiebug - shutterstock.com / Elizaveta Ruzanova.

Auflage 1 | April 2019
Alle Rechte vorbehalten.

www.ella-wuensche.de

Der Vollmond schien auf sie herab, während Katherine den Hügel hinauflief. Immer wieder drehte sie sich um, um zu prüfen, ob sie verfolgt wurde. Vom Schloss waren nur noch die Türme als dunkle Umrisse zu erahnen. Sie fragte sich, wann sie ihr Verschwinden bemerken würden. Ein leichter Wind wehte ihr die langen blonden Locken ins Gesicht, aber das störte sie nicht, denn sie hatte nur noch ein Ziel: die große Eiche.

Als sie aufblickte, erkannte sie auf der Spitze des Hügels die Silhouette des majestätischen Baums. Der Wind wurde immer stärker, so stark, dass er dunkle Wolken vor den Mond schob und sie kaum noch erkennen konnte, wohin sie lief. Sie musste ihrem inneren Gefühl vertrauen, diesem Kompass, der sie zu ihm führen würde. Als das Mondlicht wieder durch die Wolken brach, erblickte sie auf der Spitze des Hügels neben dem Baum einen Schatten, der sich bewegte. Er war da! Er wartete auf sie! Ihr Herz schlug schneller, sie erhöhte ihr Tempo und zog ihr Kleid bis zu den Knien hoch, um nicht zu stolpern.

Für ihn hatte sie mit ihrer Familie gebrochen, hatte alles aufgegeben, ihr Erbe, ihren Namen, nur um in seinen starken Armen zu versinken. Er musste sie gesehen haben, denn er lief ihr bereits entgegen. Sie rannte noch schneller. Bald würde sie nichts mehr trennen. Duncan, ihr geliebter Duncan. Er schien fast zu fliegen, so rasch war er bei ihr. Seine schwarzen Locken glänzten im Mondlicht.

»Geliebte!«, rief er, während er sie in seine Arme schloss. Dann hob er sie hoch und sie fühlte sich leicht wie eine Feder. Er trug sie zu der Eiche, wo sein Pferd ruhig graste. Dort breitete er seinen Umhang auf dem Boden aus und verschlang sie mit seinen Blicken. Sie konnte sehen, dass seine Augen genauso ungeduldig und leidenschaftlich funkelten, wie sich fühlte. Dennoch wartete er auf ein Zeichen von ihr, dass er sie küssen durfte. Sie gab es ihm, indem ihre Lippen sich seinen entgegenstreckten. Die zunächst sanften und zaghaften Küsse wurden immer leidenschaftlicher. Nicht wie beim ersten Mal, denn beide wollten mehr. Die Begierde war wie ein brechender Damm. Mit fliegenden Händen versuchte er, ihr Korsett aufzuschnüren, und sie verwünschte ihre Zofe, die es so fest geschnürt hatte. Endlich konnte sie auch die letzten Hüllen fallen lassen. Obwohl es ein kalter Novembertag war, glühte sie und wollte nichts sehnlicher, als seine Haut auf ihrer zu spüren.

»Ah …«, seufzte Feli und schob sich genüsslich einen Bissen der Schwarzwälder Kirschtorte in den Mund. »Bestimmt bekommt sie deshalb eine Lungenentzündung und stirbt völlig verarmt. Und er wird von ihrem Bruder erschossen.«

»Bei der Vorstellung könnte ich heulen«, antwortete Clara.

Emma blickte von dem Buch auf, aus dem sie vorgelesen hatte, und warf ihren Freundinnen einen strafenden Blick zu.

Clara sah sie schuldbewusst an und murmelte: »Tschuldigung, ich bin einfach sehr sensibel.«

»Soll ich weiterlesen oder wollen die Damen sich erst mal unterhalten?«

»Ja, unbedingt, ich warte die ganze Zeit, dass endlich eine Sexszene kommt«, rief Feli ungeduldig und goss sich ein Glas Prosecco ein.

»Ich weiß nicht, irgendwie ist das alles doch etwas überzeichnet«, meinte Clara und schob sich einen weiteren Bissen Torte in den Mund.

»Wir können nicht immer John Irving oder Dostojewski lesen«, wandte Feli ein, nachdem sie in einem Zug das Glas Prosecco geleert hatte.

»Genau, und wir haben ausgemacht, dass wir auch mal leichte Frauenliteratur lesen«, erwiderte Emma, während sie das Buch zuklappte und sich durch die kurzen braunen Haare fuhr, die sie als feschen Bob trug.

»Ja, aber ich hatte doch diesen Arztroman vorgeschlagen«, beharrte Clara.

Emma seufzte. »Wenn schon Kitsch, dann bitte keine Männer in weißen Kitteln.«

»Und bei Highlandern kommst du mehr ins Schwärmen?«, neckte Clara die Freundin.

Emma zuckte mit den Schultern und schwieg. Sie musste sich eingestehen, dass ein direkter, ehrlicher Naturbursche wie dieser Duncan tatsächlich eine große

Faszination auf sie ausübte. Eigentlich schade, dass es nur ein Roman war. Denn wo sollte sie bloß einem Mann wie Duncan begegnen? In Heidelberg, vor allem in der Bibliothek des technischen Forschungsinstituts, in der sie arbeitete, traf man für gewöhnlich keine Holz hackenden Highlander.

»Warum lachst du?«, fragte Clara.

»Wie bitte?« Emma und fühlte sich ertappt.

»Du lächelst die ganze Zeit vor dich hin.«

»Ach, ich war in Gedanken«, antwortete Emma mit einer wegwischenden Handbewegung.

»Du warst doch auch dafür, dass wir unseren Buchclub *Herz-Schmöker* nennen«, meinte Feli zu Clara gewandt.

»Augenzwinkernd«, erwiderte Clara. »Nein, natürlich ist jedes gute Buch etwas fürs Herz. Jedes Werk der Weltliteratur baut im Kern auf einer Liebesgeschichte auf.«

»Na eben! Hey, lies endlich weiter, Emma!«, rief Feli und musste gleichzeitig rülpsen. »Sorry, das ist dieses Prickelwasser.«

»Ich hab keine Lust mehr, mir den Mund fusselig zu lesen, während ihr die ganze Torte alleine aufesst und den Prosecco leert«, beschwerte sich Emma.

»Tschuldigung, aber ich liebe diese Torte«, meinte Clara und schnitt sich ein neues Stück ab.

»Na ja. Deine Mutter macht das beste Tiramisu der Welt und du bringst Tiefkühltorten mit«, rügte Feli sie.

»Weißt du denn nicht, dass wir Italienerinnen deutsche Torten lieben? Am Geburtstag meiner Mutter gab es immer eine, zusammen mit einer Flasche Asti.«

»Daran kann ich mich erinnern! Asti, Pizza und Schwarzwälder Kirsch«, erwiderte Feli lachend.

»Den Asti haben wir ja zum Glück durch dieses leckere Tröpfchen ersetzt!«, rief Emma und goss sich ebenfalls ein Glas Prosecco ein, während Clara Feli aufzog: »Tiefkühltorte ist auf jeden Fall besser als diese Vollkornkuchen an deinem Geburtstag.«

Feli warf ihr langes schwarzes Haar nach hinten und lachte. »Das war meine gesunde Phase.« Dann schnitt sie sich auch ein Stück der Torte ab, die wenig dekorativ in ihrer Kartonverpackung lag. Daneben standen ein Teller mit Gemüsesticks und ein Schälchen mit Quark-Dip. »Fürs Gewissen«, witzelte Feli und legte sich ein paar Sellerie- und Karottenstreifen auf den Teller, direkt neben die Sahnepracht.

Sie trafen sich mit ihrem Herz-Schmöker-Club meist bei Emma, weil es dort am gemütlichsten war. Felis Einzimmerwohnung war zu klein und Clara lebte immer noch bei ihrer Mutter. Monis Wohnung war zwar groß genug, aber sie hatte es nicht so mit dem Aufräumen. Emmas Wohnung war zwar nicht allzu üppig geschnitten, aber dafür sehr schön eingerichtet. »Sie hat ein Auge für Ästhetik«, pflegte Moni zu sagen. Emma mochte es nicht, wenn viele Möbel alles zu ersticken drohten. Außerdem liebte sie helle Farben. Die Wände in ihrem Wohnzimmer waren in einem zarten Grau gestrichen, das Sofa war weiß und ein grauer Flokati-Teppich und viele Bilder an den Wänden sorgten für Gemütlichkeit.

Emma legte den Roman zur Seite und betrachtete ihre Freundinnen, die sie bereits seit der achten Klasse kannte. Damals war sie als neue Schülerin nach Heidelberg in die Realschule gekommen. Bis zu diesem Zeitpunkt hatte sie nie viel gelesen. Ihre Eltern waren Gastarbeiter, die den ganzen Tag arbeiteten, und niemand war während ihrer Kindheit auf die Idee gekommen, ihr vorzulesen. Das sollte sich ändern, als sie sich mit Feli und Clara anfreundete, die beide begeisterte Leserinnen waren. Die beiden hatten ihr damals nicht nur alle Harry-Potter-Bände ausgeliehen, sondern auch Klassiker von Hesse, Jane Austen und den Brontë-Schwestern.

Ihre Freundschaft überdauerte die Zeit auf dem Gymnasium, auf das alle drei nach der Mittleren Reife gegangen waren, und hielt auch während des Studiums, obwohl jede einen anderen Studiengang gewählt hatte. Als Emma vor drei Monaten vorgeschlagen hatte, einen Buchclub zu eröffnen, der sich wöchentlich am Sonntagabend traf, hatten die beiden anderen sofort zugesagt. Clara hatte noch Moni in die Literaturrunde mitgebracht, ihre Yoga-Lehrerin, die heute jedoch fehlte.

»Entschuldige die Unterbrechung, Emma. Im Ernst, ich finde es toll, dass wir mal was anderes lesen«, sagte Clara versöhnlich und nahm einen letzten Bissen Torte. Sie saß im Schneidersitz auf der Couch und lächelte verschmitzt, während sie sich durch ihr langes rotblondes Haar strich. Die Haarfarbe war ungewöhnlich, da ihre Eltern aus Sizilien stammten – aber auch wieder nicht zu ungewöhnlich, wie Clara immer wieder betonte. Die Mittelmeer-Insel war über die Jahrtausende ein Schmelztiegel der Kulturen gewesen, was sich heute noch an den unterschiedlichen Haut- und Haartypen der Sizilianer zeigte.

Clara war die Erste in ihrer Familie, die studiert hatte, und unterrichtete nun Deutsch und Französisch am Gymnasium. »Ganz ehrlich«, sagte sie, »ich finde es großartig, endlich mal wieder richtig in ein Buch eintauchen zu können, ohne mir ständig Gedanken machen zu müssen, wie ich einem Haufen gelangweilter Schüler den Inhalt begreiflich machen soll. Das ist fast wie damals bei Harry Potter, man kann sich einfach fallen lassen.«

»Aber noch lieber würdest du dich in die Arme eines Engels im weißen Kittel fallen lassen«, kommentierte Feli trocken und Clara musste lachen.

»Tut mir leid, dass wir nicht ernst bleiben können«, entschuldigte sie sich dann bei Emma.

Diese sah ihre Freundinnen an und grinste. Sie konnte ihnen nicht böse sein. »Ist doch eher ein Kuchenessen mit Alkohol«, stellte sie fest.

Auch das war früher schon so gewesen. Sie hatten es genauso geliebt, über Bücher zu reden, wie über Törtchen und Jungs. Über Letzteres konnten sie in jüngster Zeit allerdings immer weniger tratschen. Emma und Clara waren Singles und die Junggesellen in ihrem Bekanntenkreis waren kein Gespräch wert. Feli hatte zwar einen Freund, aber der war ständig in der Welt unterwegs und kam nur selten in Heidelberg vorbei.

»Wisst ihr eigentlich, dass meine Mutter immer noch jedes Jahr mehrere Tiefkühl-Torten kauft und sie dann in Kühltaschen nach Bosnien karrt, weil alle Verwandten darauf abfahren?«, fragte Emma. Sie entstammte einer tschechisch-bosnischen Ehe, die nicht lange gehalten hatte.

»In Sizilien fahren sie auf deutsche Bratwurst und Bier ab«, meinte Clara.

»Zum Glück hat sich unser Geschmack, was Getränke betrifft, verbessert«, witzelte Feli und öffnete eine neue Flasche Prosecco.

Während sie anstießen, meinte Emma: »Auf unseren Buchclub! Ich glaube, ich habe eine neue Idee, wie wir ihn nennen können: *Torte und Literatur*.«

Bei diesen Worten musste sie selbst lachen.

»*Und Prosecco*«, fügte Feli hinzu. »Mädels, ich muss los, Fritz ruft in einer Stunde an.« Sie stellte ihr Glas auf den Tisch.

»Es ist doch erst kurz nach neun. So kommen wir nie weiter mit dem Buch! Du kannst auch hier mit ihm telefonieren«, warf Emma ein und legte die Füße auf den Tisch, wobei sie die rosa Schweinchen-Pantoffeln übereinander kreuzte.

»Technisch gesehen schon, aber wir sehen uns ja so selten, deshalb skype ich lieber von zu Hause …«, druckste Feli herum.

Clara lächelte. »Verstehe, ein intimes Telefonat. Na, dann nichts wie ab nach Hause und rein ins Negligé.«

»Was denn?«, gab Feli beleidigt zurück. »Wenigstens hab ich einen Mann!«

»Klar, ein Hologramm«, erwiderte Clara lachend.

»Ich kann doch nichts dafür, dass er so weit weg wohnt und immer in der Weltgeschichte herumkurvt.«

»Hast recht, wenigstens hast du einen Mann«, meinte Emma und biss in eine Karotte. »Also Clara, dann sind wir zwei ab jetzt alleine bei dieser Pyjamaparty.«

»Na, dann kann ich getrost mein drittes Stück Kuchen essen«, stellte Clara fest. »Also echt, Emma, dass du immer noch diese Schweinchen-Puschen trägst!«

»Das Zeichen eurer Liebe würde ich niemals ablegen!«, rief Emma theatralisch.

»Dann such ich uns mal einen Film raus«, meinte Clara und ging zu dem Regal, das Emmas große DVD-Sammlung beherbergte.

»Das nächste Mal bleibe ich bis Mitternacht«, rief Feli vom Flur aus, während sie ihre Stiefel anzog. »Versprochen!«

Sie arbeitete als Junior-Texterin in einer Werbeagentur. Dort hatte sie auch ihren *Fritz* kennengelernt, einen Kunden. Er war zwölf Jahre älter als sie und Manager bei einem Finanzdienstleister in Hamburg, doch er war nur selten in Deutschland.

Emma und Clara gingen in den Flur und umarmten die Freundin zum Abschied. Im Gegensatz zu den beiden anderen, die Flanellpyjamas anhatten, trug sie ein Minikleid aus dunkelgrüner Wolle und braune, kniehohe Stiefel. Das Outfit passte zu ihrem dunklen Teint. Sie war die Einzige der drei mit deutschen Wurzeln und witzigerweise gleichzeitig die Einzige, die wie eine Migrantin aussah.

Nachdem Feli gegangen war, meinte Clara: »Ich will ja nicht lästern, aber was findet sie bloß an diesem Typen?«

»Sie hat das Gefühl, nicht alleine zu sein. Außerdem sieht er gut aus, hat einen klasse Job und macht ihr tolle Geschenke«, erwiderte Emma mit einem Schulterzucken.

Dann holte sie aus einer Schublade eine Tüte Chips und zeigte sie ihrer Freundin so begeistert, als ob sie das neueste Teil von Gucci für einen Spottpreis ergattert hätte. »Barbecue Honig.«

»Hm, lecker.«

Die beiden setzten sich wieder auf die Couch.

»Clari, versprich mir eins«, bat Emma in einem verschwörerischen Tonfall. »Wenn wir mit dreißig noch alleine sind, dann gründen wir eine Wohngemeinschaft, lassen uns künstlich besamen und leben künftig ohne Männer.«

Clara sah sie an. »Das klingt aber sehr verzweifelt. Außerdem haben wir dann ja nur noch zwei Jahre Zeit.«

Emma zuckte mit den Schultern. »Aber es ist ein guter Plan, oder?«

Sie waren gerade am Anfang der ersten *Lost*-Folge, aber die Chipstüte war bereits leer, als es an der Tür klingelte. Die beiden Frauen sahen sich verwundert an.

»Wer kann das sein?«, fragte Clara.

Emma zuckte mit den Schultern und erwiderte: »Feli hat virtuellen Sex mit ihrem Fritz, meine Eltern sind im Urlaub, der Postmann hat Feierabend – ich schau mal.« Sie ging zur Freisprechanlage. »Wer ist da?«

»Hallo, ich bin ein Bekannter von Moni. Sie sagte, dass sich hier heute der Buchclub trifft.«

Emma schwieg verwirrt und überlegte kurz. War das ein Klingelstreich? Doch die Stimme klang erwachsen. Und er kannte anscheinend Moni.

»Wo ist denn Moni?«, fragte Emma, um ihn zu testen.

»Sie hat die Grippe und meinte, ich solle doch alleine herkommen.«

Es stimmte, Moni hatte abgesagt, weil es ihr nicht gutging. Aber von einem Mann, der sich für den Literaturkreis interessierte, hatte sie nichts erzählt. Emma winkte ihre Freundin wild gestikulierend herbei. »Ein Mann steht vor der Tür und will zum Bücherabend kommen«, flüsterte sie.

»Hallo, sind Sie noch da?«, ertönte währenddessen die Männerstimme etwas verrauscht aus der Sprechanlage. »Hier draußen ist es echt kalt …«

Clara hatte eine Idee: »Du hast doch jetzt eine Kamera, schau nach, wie er aussieht!«

»Stimmt!«, flüsterte Emma und drückte einen Knopf, aber nichts passierte. Die Klingelanlage war erst vor zwei Wochen eingebaut worden. Emma mochte technischen Schnickschnack nicht und hatte die Kamerafunktion bislang noch nicht benutzt. Sie musste drei Knöpfe ausprobieren, bis auf dem kleinen Monitor ein Bild erschien. Erst war es etwas verwackelt, doch dann war ein Mann zu erkennen.

»Scheiße, sieht der gut aus!«, rief Clara.

Beide starrten auf das kleine schwarzweiße Bild, das einen Mann Mitte dreißig in einem dunklen Parka und mit Wollmütze zeigte.

»Was machen wir denn jetzt?«, fragte Emma.

»Na, wir lassen ihn rein«, erwiderte Clara und zuckte mit den Schultern.

Emma war nicht so leicht zu überzeugen. Bei ihrem Literaturclub ging es doch darum, sich in geschützter Atmosphäre mit Gleichgesinnten auszutauschen. Sie hatten eigentlich nie darüber gesprochen, weitere Mitglieder aufzunehmen. Doch noch während sie nachdachte, beugte Clara sich vor und drückte auf den Türöffner.

Emma beobachtete über den Monitor der Gegensprechanlage, wie der Mann die Tür aufdrückte. »Was machst du da? Bist du irre?«, fragte sie.

»Du meinst, er wird uns umbringen?«

»Nein, aber wir sind beide im Pyjama!«

Entsetzt blickte Clara an sich herunter. »Scheiße, und jetzt?«

»Nix! Im Erdboden versinken!«

»Ich gehe mich lieber schnell umziehen«, erwiderte Clara.

»Du bleibst schön hier, du hast auf den Knopf gedrückt!«, drohte Emma. Doch gerade als sie den Satz beendet hatte, klingelte es bereits an der Wohnungstür.

Clara rannte ins Schlafzimmer und ließ eine verdutzte Emma zurück. Es klingelte wieder. Schnell fuhr sie sich durch die zum Glück frisch frisierten Haare, kniff sich in die Wangen und biss sich auf die Lippen. In dem Moment kam Clara zurück. Sie flüsterte: »Zum Glück hatte ich mich noch nicht abgeschminkt.«

Emma öffnete die Tür. Die beiden Frauen setzten ein freundliches Lächeln auf. Vor ihnen stand ein Mann wie aus dem Katalog. Groß, kurze braune Haare, attraktiv. Er lächelte übers ganze Gesicht. Als seine türkisblauen

Augen sie anblickten, dachte Emma: *So muss Katherine sich gefühlt haben, als sie Duncan das erste Mal im Tor des väterlichen Schlosses hatte stehen sehen.*

Ihr Besucher schaute unterdessen verwundert von Clara zu Emma. »Oh, wolltet ihr gerade schlafen gehen?«

Emma sah beschämt zu Boden. Dabei merkte sie, dass sie zu allem Übel auch noch diese furchtbaren Puschen an den Füßen hatte.

»Nein, nein, Emma war nur etwas müde«, antwortete Clara und drehte verlegen an einer Locke.

»Ich gehe mich mal umziehen«, meinte Emma lahm.

»Nein, nicht wegen mir, jeder sollte zu Hause herumlaufen dürfen, wie er möchte«, antwortete der Gast schnell.

Er denkt, ich wäre eine schlampige und geschmacklose Tussi, dachte Emma verzweifelt.

Clara nutzte die Verlegenheit ihrer Freundin und sagte in einer etwas höheren Stimmlage als sonst: »Wenn du schon da bist, müssen wir auch etwas lesen, nicht wahr, Emma?«

Emma nickte und lief schnell Richtung Schlafzimmer. »Für die Klassiker ziehe ich mich immer um«, rief sie und hätte sich im nächsten Moment für diese blöde Bemerkung ohrfeigen können.

»Das ist mir jetzt peinlich. Moni meinte, ihr diskutiert bis tief in die Nacht und ich könne jederzeit kommen«, hörte sie den Mann aus dem Flur.

»Tja, ja, ehrlich gesagt waren wir heute nur eine kleine Truppe«, stotterte Clara.

»Oh, das tut mir leid, dann gehe ich wohl am besten.«

Emma blickte über die Schulter und sah, dass der

Besucher sich zum Gehen wandte. Erschrocken lief sie zurück in den Flur. »Nein, komm doch endlich rein!«, rief sie.

»Wärm dich etwas auf«, lud Clara ihn ein. »Wir haben leckeren Prosecco da!«

»Ich kann leider keinen Alkohol trinken, ich muss noch fahren«, sagte der Mann. »Echt nett, dass ihr jetzt auch noch wegen mir ein Buch zu lesen beginnt.« Er machte einen Schritt nach vorn. »Ich bin Leo.«

Emma und Clara sahen sich an.

Auch noch Leo! Mein Traumname, dachte Emma und konnte ihre Augen kaum von ihm abwenden. Konnte das Zufall sein? Sie dankte dem lieben Gott, dass er Leo vorbeigeschickt hatte, und nahm sich fest vor, wieder regelmäßig in die Kirche zu gehen.

Sie gingen ins Wohnzimmer und Emma erinnerte sich, dass sie immer noch ihren rosa-karierten Flanellpyjama trug. Egal! Sie würde Moni einen dicken Blumenstrauß kaufen.

»Für welche Bücher interessierst du dich denn, Leo?«, fragte sie.

Er zuckte mit den Schultern und setzte wieder sein unwiderstehliches Lächeln auf.

»Ehrlich gesagt habe ich bisher nicht viel gelesen. Ich bin Schreiner.«

»Oh«, sagte Clara.

Ein richtiger Handwerker also, dachte Emma. Genauso hatte sie sich einen Mann vorgestellt, der noch richtig mit den Händen arbeitete.

»Handwerker werden ständig gesucht«, meinte Clara.

Er lehnte sich auf der Couch zurück. »Das stimmt, aber

die wenigsten sind bereit, vernünftig zu bezahlen. – Und was macht ihr so? Lasst mich raten. Clara, du bist Lehrerin, und du, Emma, du arbeitest bestimmt in einem Verlag oder so.«

»Hat Moni dir das verraten?«, fragte Clara. »Ich bin wirklich Lehrerin.«

Leo antwortete nichts, sondern sah sie nur mit einem breiten Lächeln an.

»Na ja, bei einem Verlag arbeite ich nicht. Ich bin eine ganz langweilige Bibliothekarin«, antwortete Emma. Kaum hatte sie es ausgesprochen, fiel ihr ein, was der Workshop-Trainer bei der letzten Weiterbildung zum Thema Selbstbewusstsein gesagt hatte. »War nur Spaß. Ich mag meinen Job«, log sie.

»Und warum interessierst du dich für einen Buchclub, wenn du nicht viel liest?«, fragte Clara.

Leo zuckte mit den Schultern und setzte wieder sein schiefes Grinsen auf. Es hatte etwas Spitzbübisches, aber er strahlte dabei einen rauen Charme aus.

»Es ist nicht so, dass ich grundsätzlich etwas gegen Bücher hätte. Hat sich nur bisher nicht ergeben. Und, na ja … also die Eltern meiner Freundin sind sehr gebildete Menschen«, erklärte er. »Er ist Professor und sie ist auch Frau Dr. Irgendwas.«

Clara und Emma sahen sich für einen kurzen Moment entgeistert an. *Hat er gerade gesagt, dass er vergeben ist?*, sagten Emmas Augen und Claras Blick antwortete: *Das ist so typisch!*

»Ja, ich weiß, das klingt etwas überheblich. Ihre Tochter ist ganz anders, aber fürs erste Treffen in drei Wochen will ich nicht wie ein Idiot dastehen. Ich weiß, dass beide sehr belesen sind, genauso wie meine Freundin. Und da will ich sie nicht enttäuschen.«

»Kronprinzessin Victoria hat ihren Fitnesstrainer geheiratet!«, rief Clara laut.

Leo sah sie an, als ob sie gerade chinesisch gesprochen hätte.

Hastig erklärte Emma: »Clara hat zu viel Prosecco getrunken. Das meinte sie jetzt nicht auf dich bezogen.« Ihre Stimme war bei diesen Worten eine Quinte höher als sonst.

Sie merkte, dass ihre Freundin ihr einen bitterbösen Blick zuwarf.

»Also, dass du nur gut aussiehst, aber dumm bist oder so …«, fuhr sie fort und hielt inne. Sie musste jetzt aufhören, zu reden, sonst würde nur weiterer Unfug aus ihr heraussprudeln.

Leo schaute sie beide jedoch recht amüsiert an. »Ich merke schon, hier geht es ganz lustig zu beim Lesen. Und sehe ich wirklich so dumm aus?«

»Nein, nein, ich meinte, man muss nicht studiert haben, um gut auszusehen … ich meine, um intelligent zu sein«, stammelte Clara verlegen.

»Also, wir können dir bestimmt helfen, einen Überblick über die wichtigsten Werke der Literatur zu gewinnen«, wechselte Emma rasch das Thema.

Er sah abwechselnd von der einen zur anderen.

»Du wirst der Star auf jeder Cocktail-Party!«, rief Clara.

»Was lest ihr denn gerade?«

Sein Blick fiel auf den Roman, der auf dem Wohnzimmertisch lag.

»Äh …«, stammelte Emma und wollte rasch zu dem Buch greifen, um es umzudrehen, denn auf dem Cover war eine Frau in einem zerrissenen Kleid abgebildet, die einen muskulösen Mann mit freiem Oberkörper und wallender Lockenmähne umschlang. Doch Leo war schneller. Er nahm den Roman in die Hand und las den Titel: »*Die Comtess und der Highlander.*«

Er zog die Augenbrauen hoch.

»Äh, ja«, stammelte Clara. »Wir wollten mal etwas Leichtes lesen … Man muss sich auch immer informieren, was die Mehrheit so liest. Eine Art Weiterbildung … außerdem ist das Werk von einem Autor aus Heidelberg.«

Wieder zog Leo eine Augenbraue hoch und las: »*Keith McGranger?*«

»Ja, das ist sicher nur ein Pseudonym. Aber der Autor wohnt in Heidelberg. Leider gibt es nicht viele Infos über ihn, auch kein Foto …«

»Ein sehr geheimnisvoller Typ …«, pflichtete Emma bei.

Tatsächlich war auch das ein Grund gewesen, warum sie sich für die Lektüre dieses Buches entschieden hatten. Emma war fasziniert von Schriftstellern und ihren Biografien. Nachdem sie in der achten Klasse alle Bücher von Jane Austen verschlungen hatte, hatte sie sogar selbst angefangen, Kurzgeschichten zu schreiben und von einer Autorenkarriere geträumt. Ihre Freundinnen waren begeistert von ihren Geschichten und auch ihr Deutschlehrer hatte sie dazu ermutigt, weiterzuschreiben. Ihre Eltern hingegen hatten darauf beharrt, dass sie einen anständigen Beruf erlernte. Also entschied sie sich für ein Bachelorstudium im Bereich Bibliotheks- und

Informationsmanagement. Letztlich fehlte ihr für eine Künstlerlaufbahn der Mut und außerdem war sie sich nicht sicher, ob sie wirklich das Talent dafür hatte, einen ganzen Roman zu schreiben.

»Aber damit kommst du bei den Eltern deiner Freundin wohl nicht weiter«, sagte Emma und nahm Leo das Buch aus der Hand. »Also, du möchtest den Herrschaften gefallen und brauchst ein paar Inhaltsangaben zu einigen Klassikern.«

Leo nickte. »Besser hätte ich es nicht zusammenfassen können.«

»Alle wichtigen oder auch nur die fünf wichtigsten zu lesen, schaffen wir in dieser kurzen Zeit nicht. Doch wir können die zehn wichtigsten zusammenfassen und etwas reinlesen. Sie werden dich lieben«, sagte Emma. Er lächelte, ihr Plan schien ihm zu gefallen.

»Welche Art Literatur mögen denn die Schwiegereltern in spe?«, fuhr sie fort.

Er grinste. »Schwiegereltern sind sie noch lange nicht, es ist nur ein erstes Kennenlernen. Er ist Professor für Germanistik. Die Eltern haben einen großen Einfluss auf Charlotte, sie ist ihr einziges Kind und Literatur ist ihnen sehr wichtig.«

»Dann fangen wir am besten bei den deutschen Klassikern an, oder?«, schlug Clara vor.

Ihr Gast zuckte mit den Achseln.

»Ich denke, ein bisschen Goethe, Schiller, Mann und dann zum Imponieren noch ein Russe und jemand aus der heutigen Zeit«, erklärte Emma.

Leo sah sie beeindruckt an und meinte: »Goethe und Schiller kenne ich zumindest noch aus der Schule.«

»Hesse nicht vergessen, Kinder!«, rief Clara.

»Möchtest du etwas trinken?«, fragte Emma.

»Gerne«, sagte ihr Gast und zog seine Jacke aus. »Was gibt es denn?«

»Tee, Saft oder alkoholfreies Bier«, zählte Emma auf.

»Ein Wasser reicht.«

»Clara, würdest du ihm ein Wasser bringen«, bat Emma. »Ich ziehe mich schnell um.«

»Klar.«

Clara huschte in die Küche und Emma ins Schlafzimmer. Dort zog sie schnell ihren Pyjama und die Pantoffeln aus. Doch was sollte sie stattdessen anziehen? Nervös stand sie vor dem großen Schrank und suchte verzweifelt nach der passenden Garderobe, doch sie konnte sich nicht entscheiden. Das enge schwarze Kleid von der letzten Weihnachtsfeier schien ihr zu elegant. Einfach Leggins war auch nichts. Schließlich entschied sie sich für ihre Lieblingsjeans und eine hellblaue Tunika. Damit konnte sie nichts falsch machen. Oder doch?

Sie versuchte, ihre Gefühle in den Griff zu bekommen. Was war bloß los mit ihr? Sie war doch sonst recht selbstbewusst und ließ sich von niemandem einschüchtern. Es hatte allerdings noch nie solch ein Typ in ihrem Wohnzimmer gesessen! Sie dankte wieder Gott, dann Moni und dann dem Schicksal für diese Begebenheit – auch wenn er eine Freundin hatte. Es war einfach schön zu sehen, dass Typen wie Leo nicht nur in Romanen und Filmen existierten. Immerhin.

Als sie zurück ins Wohnzimmer kam, saß Clara ganz nah bei Leo und erzählte ihm etwas von Goethes ersten Jahren. Das erste Mal seit ihrer Schulzeit störte Emma

Claras Anwesenheit. Was tat sie da? Ihre beste Freundin flirtete ungehemmt hinter ihrem Rücken mit Leo!

»Clara, erschlag doch unseren Gast nicht gleich mit diesen alten, langweiligen Geschichten«, rügte Emma sie.

Ihre Freundin warf ihr einen bösen Blick zu und meinte: »Ich sehe, du hast dich hübsch gemacht.«

»Das ist keineswegs langweilig! Es ist sogar sehr interessant!«, widersprach Leo. »Schade, dass die Lehrer in der Schule mir das damals nicht so spannend vermittelt haben.«

Clara lächelte. »Ich bin Lehrerin.«

»Oh, entschuldige, ich vergaß.«

»Alles gut, die meisten Lehrer sind wirkliche Langweiler.«

»Hätte ich eine Lehrerin wie dich gehabt, wäre bestimmt mehr von Goethe hängengeblieben.«

Wieder dieses Lächeln von Clara, das Emma so gar nicht gefiel.

»Erzähl mal, Leo, was macht deine Freundin?«, fragte sie und ließ es möglichst beiläufig klingen.

»Sie ist Kinderkrankenschwester.«

Emma hatte gehofft, dass sie eine eingebildete Modedesignerin war, Investmentbankerin oder beim Finanzamt arbeitete, aber Kinderkrankenschwester war etwas Nobles. Bestimmt sah sie auch noch umwerfend aus. Sie seufzte leise. Leo war wohl eindeutig ein Fall von: Nicht füttern und streicheln, nur anschauen. Also wieder einmal nur ein guter Freund. Sie seufzte noch einmal, diesmal so laut, dass Clara und Leo sie besorgt ansahen.

»Alles okay?«, fragte er.

»Ja ja, ich hab nur über Goethe nachgedacht.«

»Dann fangen wir gleich mal mit dem Werther an«, schlug Clara vor und übernahm das Ruder.

Emma ließ sie gewähren. Sie merkte, wie ihre Gedanken abdrifteten, während Clara die erste Seite aus ihrer Reclam-Ausgabe des Klassikers vorlas. Vor ihrem inneren Auge tauchte eine nebelige Highland-Landschaft auf, in der eine einsame alte Eiche stand. Der Mann, der an dem alten Baum wartete, hatte Leos Gesicht. Sie blickte an sich herab und stellte fest, dass sie ein langes Samtkleid trug. Bei jedem Schritt trat sie auf den Saum.

»Katherine!«, rief er ihr zu.

»Leo!«, entgegnete sie.

»Wer? Ich bin Duncan.«

»Ach ja …«

»Komm zu mir, Liebste!«

Sie sah sich bereits in seinen starken Armen versinken, doch egal, wie sehr sie rannte, sie kam nicht voran. Immer wieder stolperte sie. Dann hörte sie ihren Namen.

3.

»Emma?«, riss Clara sie aus ihren Träumereien.

»Äh, ja?«

»Bist du müde?«

»Nein, nein, ich habe nur nachgedacht über den armen Werther.«

Leos Blick fiel wieder auf den Liebesschmöker auf dem Tisch, während er sein Wasserglas abstellte. Oder bildete sie sich das nur ein?

Clara blätterte weiter in der Reclam-Ausgabe und begann, aus dem Leben von Goethe zu erzählen. Emma klinkte sich ins Gespräch ein und im Handumdrehen war es nach Mitternacht und Leo stand auf, um sich zu verabschieden. Galant sagte er: »Danke, liebe Freundinnen der Literatur, ihr habt meinen Horizont wirklich erweitert.«

Ich würde ihn dir gerne auf ganz andere Art erweitern, dachte Emma, doch sie verabschiedete sich nur ganz sachlich und freundlich von ihm. Sobald die Tür hinter ihm ins Schloss gefallen war, rissen beide Frauen ihre Münder auf und zwickten sich gegenseitig.

»Ist das gerade wirklich passiert oder haben wir alles nur geträumt?«, rief Clara. »War hier wirklich ein supercooler Typ, der sich mit uns über Goethe unterhalten hat?«

»Ich glaube ja«, erwiderte Emma.

»Also, wenn das Wasserglas noch auf dem Wohnzimmertisch ist, war er wirklich da.«

Sie liefen ins Wohnzimmer und tatsächlich, der Beweis, dass Leo hier gewesen war, stand auf dem Tisch.

»Wir haben nicht geträumt.«

»Und jetzt?«, fragte Clara.

»Ich ziehe mich erst mal wieder um«, rief Emma und lief Richtung Schlafzimmer. Dabei rügte sie: »Du hast ihn ja ganz schön angeflirtet!«

»Natürlich. Ich brauche einen Kerl, bevor ich dreißig bin! Schon vergessen?«

»Aber dieser Kerl ist schon vergeben.«

Clara machte eine wegwerfende Handbewegung. »Ach, wer weiß, vielleicht werden ihn die hochnäsigen Eltern vertreiben? Oder seine Krankenschwester wird ihm langweilig. Es schadet nichts, wenn ich ihn von meinen Vorteilen überzeuge. Kann doch sein, dass er es sich anders überlegt. Für einen Leo lohnt es sich, zu kämpfen, meinst du nicht?«

Am nächsten Morgen war Emma bereits um sechs Uhr wach, obwohl der Wecker eigentlich erst um sieben geklingelt hätte. Sie lief tänzelnd in die Küche. Emma machte Frühstück und sang dabei ein fröhliches Lied. Clara schlief noch. Das erste Mal seit Langem schminkte sich Emma ausgiebig, zog statt der Jeans einen engen, kurzen Rock an und ging dann singend ins Schlafzimmer, um Clara zu wecken.

»Aufstehen, liebe Freundin, wir müssen zur Arbeit.«

»Was ist denn mit dir los?«, murmelte Clara und rieb sich verschlafen die Augen.

»Ich habe uns ein leckeres Frühstück gemacht«, erwiderte Emma. »Beeil dich, wir müssen bald los.«

»Meine Güte, was das Erscheinen eines tollen Typen bei dir alles bewirkt«, staunte Clara.

»Was? Nein, ich bin einfach gut gelaunt heute.«

»Seit wann bist du gut gelaunt, wenn du zur Arbeit musst?«

Emma zuckte mit den Schultern.

»Deine Chefin wird gucken, wenn sie dich so aufgebrezelt sieht«, neckte Clara.

»Ist mir egal, der Drache soll ruhig sehen, welches Potenzial in mir steckt.«

»Der Drache wird eher eifersüchtig sein und dich noch mehr piesacken.«

»Aber ich bin eine starke Frau«, sang Emma auf Englisch und setzte dabei ein breites Grinsen auf. Tatsächlich fühlte sie sich unbesiegbar.

Das Meierhoff-Institut für innovative Informationstechnik befand sich am Rande der Heidelberger Altstadt. Der fünfstöckige graue Multifunktionsbau aus den späten Fünfzigerjahren fügte sich erstaunlich gut zwischen die historischen Häuser ein, die teilweise noch aus dem Mittelalter stammten. Die Institutsbibliothek befand sich neben der Kantine im Erdgeschoss. Auf den ersten Blick unterschied sie nichts von anderen Büchereien, außer dass sie kleiner war. Hinter der elektrischen Schiebetür befand sich gleich auf der linken Seite der lange

Empfang, hinter dem eine Aushilfe und Emmas Kollegin Iris saßen. Auf dem Tresen lagen in hohen Stapeln einige Bücher. Auf der rechten Seite befanden sich lange Regalwände, die nur durch wenige graue Tische unterbrochen wurden. Ein besonders ehrwürdiger Anblick war die Bibliothek nicht, sie wirkte eher funktionell. Die einzigen Farbtupfer waren die großen Poster von Kunstausstellungen, die Emma aufgehängt hatte, um ihrem Arbeitsumfeld ein bisschen Leben einzuhauchen.

Als sie hereinkam, grüßte Emma ihre Kolleginnen freundlich. Anscheinend deutlich freundlicher als an einem normalen Montagmorgen, denn Iris sah sie erstaunt an. »Hast du was geraucht?«

Emma lächelte geheimnisvoll. »Ich rauche nicht.«

»Dann ein Typ.«

Emma zuckte mit den Achseln. »Alles möglich.«

Die neue Assistentin, eine Studentin, war gerade dabei, die zurückgegebenen Bücher einzuscannen. »Ich hätte niemals gedacht, dass hier so viele Bücher gelesen werden«, sagte sie.

Die zwei lachten. »Wenn man an Innovationstechnik denkt, fallen einem nicht gleich diese dicken Wälzer ein«, warf Emma ein. »Aber um dein Taschengeld aufzubessern, ist es ein guter und anspruchsloser Job.«

Iris ermahnte: »Psst. Nicht so laut, du weißt, dass Angie nichts anspruchsvoller findet als unsere Arbeit. Nichts ist schlimmer als ein falsch eingeräumtes Buch. Und wenn wir schon von ihr reden …« – sie sah zu Emma – »Heute ist sie nicht gut gelaunt.«

»Egal«, befand Emma und lief am Empfang vorbei in den winzigen Pausenraum, in dem sich auf engstem

Raum alles befand, was man benötigte: Wasserkocher, Kaffeemaschine, kleiner Herd, Mikrowelle, Klappstühle, Tisch, Garderobe und ein kleiner Kühlschrank. Direkt daneben war die Personaltoilette, was wirklich sehr ungeschickt war, wenn eine Kollegin gerade ihr Pausenbrot aß und eine andere auf der Toilette war. Bei diesem Gedanken fiel Emma auf, dass sie ihre Brote vergessen hatte. Egal, sie hatte ausreichend gefrühstückt. Heute hatte sie Spätschicht und arbeitete erst ab elf Uhr.

Während sie sich einen Kaffee machte, hörte sie hinter sich ein knappes »Morgen!«. Emma atmete tief ein, setzte ein Lächeln auf und drehte sich zu ihrer Chefin um. Die kleine, dünne Frau trug eine randlose Brille und einen sehr kurzen Bob.

»Guten Morgen, Angelika. Na, wie war dein Wochenende?«

Ihre Chefin zuckte mit den Schultern. »Wir waren im Theater gestern Abend, sonst nichts. Und du? Willst du heute ausgehen?«

»Warum?«, fragte Emma erstaunt.

»So aufgebrezelt.«

»Ach so, nein, ich wollte einfach mal was Neues probieren.«

Angelika nickte und meinte dann: »Dein Lieblingsmitarbeiter war da und hat nach dir verlangt.«

»Wer?«

»Na, der Typ mit den komischen T-Shirts.«

»Ach der. Weißt du, was er wollte?«

»Das hat er nicht gesagt, aber nach dir gefragt hat er.«

Emma zuckte leicht mit den Achseln. »Bin eh bald vergeben«, sagte sie gedankenverloren, nachdem ihre Chefin den Pausenraum verlassen hatte. Zum Glück hatte diese sie nicht gehört. »Jetzt ist aber auch mal gut mit dem Träumen!«, rief sich Emma selbst innerlich zur Ordnung.

Langsam machte sie sich Sorgen. Hatte Clara recht? War es total bescheuert, dass sie sich wegen eines Schreiners mit einer Freundin so herausgeputzt hatte? Als sie merkte, dass sie schon wieder anfing, zu träumen, atmete sie tief durch. Sie goss sich eine Tasse Kaffee ein und drehte sich mit einer schnellen Bewegung in Richtung Lesesaal. Dabei übersah sie den Besucher, der gerade einen hohen Stapel Bücher an ihr vorbeitrug. Noch in der Drehung kollidierte sie mit ihm und die Bücher verteilten sich mit einem lauten Knall über den Boden – ebenso wie ihr Kaffee.

»Oh!«, rief sie leicht benommen und kniete sich sofort hin, um den Schlamassel zu beseitigen.

Als sie aufblickte, kniete der Mann vor ihr, von dem Angelika gerade gesprochen hatte. Ausgerechnet der!

»Sorry ...«, stammelte sie.

Doch statt sich aufzuregen, lächelte er nur. »Ich bin unverletzt.«

Mehrere ziemlich dicke Wälzer lagen nun verstreut herum. Emmas Blick fiel auf die Kaffeetasse in ihrer Hand. Die braune Flüssigkeit hatte sich über den Boden und über einen Hardcover-Band verteilt.

»Oh je, ist das eine dieser teuren Editionen, die ich Ihnen vor zwei Wochen bestellt hatte?«, fragte sie erschrocken und zeigte auf das Buch.

Er nickte.

» Mist, das Dreihundert-Euro-Buch!«, rief sie.

Er hob es hoch, der Kaffee tropfte aus den Seiten.

»Ist es noch zu retten?«, fragte sie erschrocken.

»Hm, ich denke zum Kaminanzünden ist es noch zu gebrauchen, wenn es mal getrocknet ist.«

»Oh nein!«

»Das ist nicht so schlimm. Dann bestellen wir ein neues Exemplar, der Autor wird sich freuen.«

»Aber auch nur der.«

In dem Moment kam ihre Chefin herbeigeeilt.

»Was ist denn hier passiert?«, fragte sie.

Natürlich fiel Angelikas Blick sofort auf das zerstörte Fachbuch.

Der Mann lächelte sie über seine dicken Brillengläser hinweg an. »Ich habe zu viele Bücher getragen und die junge Dame nicht gesehen.«

Sie schien ihm das nicht zu glauben. »Hm«, sagte sie nur, dann drehte sie sich wieder um und ging.

»Damit Ihnen das Geld nicht vom Lohn abgezogen wird«, flüsterte er und zwinkerte ihr zu. Emma lächelte ihn dankbar an. Bisher hatte sie ihn noch nie lächeln sehen, doch diesmal grinste er und wirkte direkt sympathisch.

»Ich bin Emma.«

»Leopold«, erwiderte er und streckte ihr die Hand hin. »Aber Leo geht auch.«

Sie musste lächeln. »Du bist schon der zweite Leo, den ich innerhalb von zwei Tagen kennenlerne«, erklärte sie. »Ich werde Leopold sagen, damit ich nicht durcheinanderkomme.«

»Gibt es so viele Leos in deinem Leben? Oder hast du Angst, mich mit Leonardo DiCaprio zu verwechseln? Das passiert mir ständig, dass mich die Leute mit dem verwechseln«, witzelte er.

Sie musste schmunzeln, schwieg aber. Nachdem sie die Bücher eingesammelt hatten, lief sie zur Theke und holte ein Wägelchen.

»Das leihe ich dir, damit nicht noch ein weiteres Buch kaputtgeht.«

»Danke«, sagte er.

Emma fiel auf, dass er heute ausnahmsweise kein T-Shirt mit komischen Comiczeichnungen trug, sondern einen Anzug. Er wirkte wie ein Finanzbeamter, mit dem korrekten Seitenscheitel, der Brille und den bubihaften Gesichtszügen, fand sie.

»Hier«, sagte er und reichte ihr einen Zettel. »Da stehen noch ein paar Bücher drauf. Könntest du die bitte bestellen? Die brauchen wir für unser Projekt.«

Emma nickte und Leopold verabschiedete sich und verschwand mit dem Bücherwagen im Aufzug.

4.

»Das hat der sicher absichtlich gemacht!«, rief Angelika, nachdem Leo verschwunden war. Sie war furchtbar aufgebracht, weil das Dreihundert-Euro-Buch erneut bestellt werden musste.

»Vielleicht kann ich es trockenföhnen …«, stotterte Emma.

»Sind wir hier etwa im Frisörsalon? Das kannst du vergessen. In dem Zustand können wir das nicht mehr einsortieren.«

Obwohl Leopold die Schuld auf sich genommen hatte, war ihre Chefin sauer auf Emma.

»Kaffee wird ab jetzt in der Küche getrunken, verstanden!«, herrschte sie ihre Mitarbeiterin an. Emma nickte. Wieder einmal war sie in Ungnade gefallen.

Die nächste Zeit sah sie immer wieder zur Uhr. Sie hoffte, dass sich ihre Chefin bald in ihren Feierabend verabschieden würde. Als Angelika endlich ging, hatte Emma noch zwei Stunden für sich. Sie nutzte die Zeit, um die Sachbücher zu bestellen, die Leopold benötigte. Dabei musste sie sich konzentrieren, um die Buchtitel richtig einzutippen, da jeder aus mindestens drei unverständlichen Fachbegriffen bestand. Was wohl *Experience Prototyping* bedeutete? Und was war *virtuelle augmen-*

tierte Realität? Den Kategorien nach zu urteilen, in denen die Bücher einsortiert waren, musste es sich um Software-Entwicklung handeln.

Als sie fertig war, war es bereits fünf vor sechs und die Bibliothek war wie ausgestorben. In ein paar Minuten konnte sie endlich abschließen und nach Hause gehen. In diesem Moment ging die Tür auf und Leopold kam herein.

»Ich bring dir den Wagen zurück, danke noch mal«, sagte er.

»Gerne.« Sie tat so, als ob sie noch Zettel sortieren würde.

Leopold beobachtete sie und schwieg. »Wann machst du Feierabend?«, fragte er dann.

»Um sechs.«

Er sah auf seine Armbanduhr und fragte: »Hättest du Lust auf ein Feierabendbier?«

Überrascht blickte sie auf und sah ihn an. Sie überlegte einen Moment. Leopold schien ja sehr nett zu sein, aber sie wollte ihm keine falschen Hoffnungen machen.

»Ähm … grundsätzlich gerne, aber heute habe ich leider schon etwas vor«, log sie.

Er nickte. »Dann vielleicht ein anderes Mal.«

Sie nickte unbestimmt und wandte sich dann ihrem Computer zu, damit er glaubte, sie sei beschäftigt. Schließlich räusperte er sich und wünschte ihr einen schönen Feierabend. Sie schaute kurz auf, bedankte sich und tippte dann weiter. Kurz darauf schaute sie auf, um zu sehen, ob er bereits außer Sichtweite war. Er bestieg gerade den Aufzug, vermutlich wollte er noch mal in sein Büro.

Sie holte ihr Telefon aus der Tasche. Während der Arbeitszeit war es verboten, sich damit zu beschäftigen, aber nun, zwei Minuten vor Feierabend, konnte sie einen Blick auf ihre Nachrichten riskieren. In der WhatsApp-Gruppe des Buchclubs hatte Clara Feli mittlerweile mit dem Bericht über Leo sehr neugierig gemacht. Erst als Feli fragte, wie der mysteriöse Mann denn heiße und wo er wohne und ob man ihn googeln könne, fiel Emma auf, dass sie eigentlich gar nichts von ihm wussten, außer seinem Vornamen und seinem Beruf. Das machte ihn tatsächlich irgendwie geheimnisvoll.

Kaum hatte Emma Feierabend gemacht und stand an der überfüllten Haltestelle, da sah sie auf der Anzeige, dass wegen eines Unfalls die nächste Straßenbahn erst in etwa einer halben Stunde kommen würde. Es war Mitte Januar und die Kälte drang schnell durch die Strumpfhose unter ihrem kurzen Rock. Nun rächte sich ihr schickes Outfit. Die ungefütterten Stiefel machten das Ganze nicht besser. Sie lief schnell auf und ab, um sich warmzuhalten. Es war keine Bahn in Sicht.

»Blöder Nahverkehr, immer zu spät«, murmelte sie und stieß einige Schimpfwörter aus. Während sie so bibbernd dastand und nachdachte, hielt ein nagelneuer Tesla vor ihr an. Die Scheibe auf der Beifahrerseite fuhr herunter. Auf dem Fahrersitz saß Leopold. Sie starrte ihn überrascht an.

»Ich kann dich gerne mitnehmen.«

Irgendwie war es ihr unangenehm, sein Angebot anzunehmen, doch sie wollte auch nicht stundenlang an der Haltestelle stehen, umgeben von schlecht gelaunten Mitreisenden, die laut über den Nahverkehr schimpften.

»Wenn es in deiner Richtung liegt, ich wohne in Wieblingen«, sagte sie und ergänzte sofort: »Aber ich will dir wirklich keine Umstände machen.«

»Ich habe nichts vor heute Abend.«

Zögernd stieg sie ein und erzählte: »Ich bin noch nie in einem Elektroauto gefahren.«

Sie war erstaunt, wie luxuriös es im Tesla aussah. Es gab keine Kupplung, dafür einen fast DIN-A4-großen Bildschirm. »Ist ja fast wie bei *Zurück in die Zukunft.*«

Er lächelte und meinte: »Einer meiner Lieblingsfilme.«

Das hätte ich mir ja denken können, dachte Emma und musste unwillkürlich lächeln. »Mein Bruder hat die Filme auch immer geschaut.«

»Fährst du Auto?«, fragte er.

»Nein, ich brauche keins in der Stadt. Und wenn doch, bin ich bei Carsharing.«

»Da hast du recht. Das ist auch nur mein Geschäftswagen, ein Testfahrzeug.«

Er hatte einen Geschäftswagen? Ihr fiel auf, dass sie nicht einmal wusste, in welcher Abteilung und in welcher Position Leopold arbeitete. Er war wohl irgendein Wissenschaftler. Und den Büchern nach zu urteilen, die er benötigte, hatte seine Forschung irgendetwas mit IT zu tun. Sie musste sich eingestehen, dass sie kaum etwas von den Themen verstand, mit denen man sich im Institut beschäftigte.

»Was machst du eigentlich genau am Institut?«, fragte sie daher.

»Ich leite die Abteilung für Usability Engineering.«

»Klingt spannend«, sagte sie.

Er merkte wohl an ihrem Gesichtsausdruck, dass dies

reine Höflichkeit war und sie keine Ahnung hatte, was seine Abteilung überhaupt machte.

»Ich studiere das Verhalten der Menschen und versuche, die Erkenntnisse in neuen Technologien und Computerprogrammen so anzuwenden, dass die Bedienung einfacher wird«, startete er einen Erklärungsversuch. »Das ist ein großer Wachstumsmarkt.«

»Interessant«, sagte sie.

»Es geht, wir versuchen, die komplizierte moderne Welt etwas einfacher zu machen. Das ist alles.«

»Klingt aber, als wärst du motiviert, bei dem, was du machst. Mein Job ist leider nicht der spannendste«, antwortete sie.

»Warum machst du ihn dann?« Er sah kurz zu ihr herüber.

»Ich liebe Bücher und wollte immer mit Büchern arbeiten. Natürlich dachte ich eher an eine große Stadtbibliothek, doch dann bin ich im Institut gelandet.«

»So schlimm?«

»Na ja, ich hatte eigentlich davon geträumt, Lesungen mit bekannten Autoren zu organisieren. Ich liebe Schriftsteller«, fügte sie hinzu.

»Und der Vortrag von Prof. Heinzelmann zum Kompetenzmanagement in Wirtschaftsunternehmen letzte Woche zählt nicht?«, fragte er trocken.

Sie lachte. »Machst du dich über mich lustig?«

»Sorry, ist vielleicht nicht ganz Joanne K. Rowling«, antwortete er grinsend. »Ich mag Bücher übrigens auch sehr.«

»Was liest du denn?«

Er zögerte einen Moment.

»Was denn? Hast du Angst, dass ich lache?«

»Vielleicht. Zählt Micky Maus als Literatur?«, fragte er.

»Wenn du sieben Jahre alt bist«, erwiderte sie mit einem Schmunzeln.

»Ich hab tatsächlich noch ein paar *Lustige Taschenbücher* aufgehoben«, sagte er. »Aber ehrlich gesagt lese ich heutzutage eher Science-Fiction. Siehst du … jetzt lachst du.«

»Was? Nein«, widersprach sie. Dann meinte sie: »Okay, erwischt. Sorry, das war doof von mir. In dem Bereich soll es ja ein paar gute Bücher geben, auch wenn ich ehrlich gesagt noch nie ein Science-Fiction-Buch gelesen habe.« Sie zuckte mit den Achseln.

»Ich lese eher die modernen Schriftsteller, also nicht nur den Raumschiff-Kram. Es gibt einige Autoren, die mit großem Fachwissen über die technischen Entwicklungen unserer Zeit schreiben – und deren Gefahren.«

»Stimmt, ich habe mal was von Andreas Eschbach gelesen. Das war gut. Bin also doch nicht ganz unbelesen in diesem Bereich«, erwiderte Emma.

»Na siehst du. Ansonsten lese ich gerne Cory Doctorow, der schreibt über Themen wie den Überwachungsstaat genauso spannend wie über 3-D-Drucker. Kennst du den?«

»Sorry, bei Überwachungsstaat bin ich ausgestiegen.«

Sie mussten beide lachen. Im Autoradio lief gerade eine Filmmusik, die Emma sehr bekannt vorkam, doch sie konnte sich nicht erinnern, aus welchem Film sie stammte. Dennoch verleitete die Musik sie zum Träumen.

Leo erzählte unterdessen von seinem Job als Usability Engineer. Bestimmt war es nett gemeint, aber Emma hörte nur noch ihr völlig unbekannte englische Fachbegriffe. Schnell merkte sie, dass sie innerlich abgeschaltet hatte und ihm überhaupt nicht mehr zuhörte. Er war eben doch ein Nerd, der ganz offensichtlich in einem Paralleluniversum lebte, von dem sie nichts verstand und das sie irgendwie auch furchtbar langweilte.

Als sie vor ihrer Wohnung in Wieblingen ankamen, sah sie plötzlich Schreiner-Leo vor ihrer Eingangstür stehen. Sofort war sie glücklich, dass sie sich morgens so schick gemacht hatte.

»Danke dir fürs Mitnehmen, mein Freund ist da«, rutschte ihr heraus, ohne dass sie darüber nachgedacht hatte.

Leopold nickte. »Kein Problem, bis morgen«, sagte er.

Emma stieg aus, zupfte ihren Rock zurecht und winkte ihm kurz zu.

Leo machte einen Schritt auf sie zu. Er sah genauso gut aus wie am Abend zuvor.

»Das war nur ein Kollege, der mich mitgenommen hat«, erklärte Emma nach einer Begrüßung und ärgerte sich eine Sekunde später über sich selbst. Warum sollte es Schreiner-Leo interessieren, in welcher Beziehung sie zu dem Mann stand, der sie mitgenommen hatte? Leo lächelte sie an und ging zum Glück nicht weiter auf ihre Aussage ein.

»Was machst du hier?«, fragte Emma.

»Ich habe mein Handy irgendwo verloren und wollte sehen, ob es vielleicht bei dir liegt.«

»Bei mir?«

»Können wir mal schauen?«

»Es ist etwas unordentlich in meiner Wohnung …«

»Das stört mich nicht.«

Emma nickte und überlegte, in welchem Zustand genau sie die Wohnung am Morgen verlassen hatte. Ganz so schlimm war es sicher nicht, vielleicht stand noch etwas vom Besuch am Vorabend herum, aber damit konnte sie leben.

Oben angekommen, knipste Emma das Licht an und fragte: »Wann hast du denn bemerkt, dass es weg ist?«

»Erst heute Morgen, es ist mein Arbeitshandy. Ich dachte, es wäre im Auto.«

»Wenn du mir deine Nummer gibst, kann ich dich anrufen. Dann wissen wir, ob es hier ist«, schlug Emma vor.

Er diktierte ihr die Nummer und sie speicherte sie sofort ein. Sie musste sich zwingen, ihn nicht die ganze Zeit wie ein schwärmender Teenager anzustarren. In dem weißen Hemd und der blauen Jeans sah er einfach zu gut aus.

Rasch drückte sie auf den grünen Hörer und die Verbindung wurde hergestellt. Doch in ihrer Wohnung war nirgendwo ein Klingeln zu hören.

»Dann habe ich es wohl woanders verlegt«, meinte Leo bedauernd.

»Ich wärme mir gleich Reste von einer Lasagne auf, falls du Lust hast … Sie ist selbst gemacht.«

»Selbst gemachte Lasagne? Auf jeden Fall! Kochst du gerne?«, fragte er.

»Ja«, antwortete sie, ohne zu zögern. Das stimmte zwar, aber sie verschwieg ihm die Tatsache, dass Claras Mutter die Lasagne gemacht hatte. Wenigstens würde sie gleich noch einen Salat zubereiten, dann würde die Mahlzeit wenigstens zum Teil von ihr stammen.

Außerdem waren Salate ihre Spezialität.

Wenig später saßen sie an ihrem kleinen Küchentisch und aßen die Reste der Lasagne, die heute noch besser schmeckte. Emma hatte die letzte Flasche Rotwein geöffnet, die seit drei Monaten auf dem Küchenregal anstaubte, da sie alleine keinen Wein trank.

»Hervorragend!«, sagte er. »Meine Lotte ist ein toller Mensch, aber kochen kann sie nicht.«

Innerlich stieß Emma einen Freudenschrei aus – perfekt war Lotte also nicht. Laut antwortete sie: »Dann musst du das wohl übernehmen.«

Leo erwiderte: »Natürlich wollte ich damit nicht sagen, dass alle Frauen an den Herd gehören, es war nur eine Feststellung.«

Bildete sie es sich nur ein oder flirtete er mit ihr? Er war mit Sicherheit nicht der Typ von Mann, der seine Freundin betrog. Dennoch wünschte sie sich genau das in gewisser Weise. *Er ist nur wegen seines Telefons da und spontan zum Essen geblieben. Das ist alles*, sagte sie sich mit Bedauern.

»Erzähl mal, was ist denn dein Lieblingsbuch?«, fragte Leo, als sie mit dem Essen fertig waren und noch an ihrem Rotwein nippten.

»Ich habe keins, es gibt einfach zu viele, die mir gefallen. Ein Autor, den ich sehr mag und der sowohl für Männer wie auch für Frauen schreibt, ist John Irving. Er schafft es, mich in seine Welt der schrägen Charaktere zu entführen, er kann sich in jede Person hineinversetzen, und witzig sind seine Romane auch noch.«

Außerdem war Irving ein Ringer, was sie immer fasziniert hatte, aber das musste Leo nicht wissen. Emma sah sich jede Dokumentation über den Autor an und verschlang alle Berichte über sein Leben. Er war ein richtiger Kerl, der auch beim Holzhacken vor seinem Holzhaus in der Natur eine gute Figur machte. Bei diesen Gedanken fiel ihr auf, dass Leo einiges von dem rauen Charme eines John Irving hatte. Wenn sie an frühere Fotos des Autors dachte, sah sie sogar eine gewisse Ähnlichkeit.

Sie atmete tief durch und fuhr fort: »John Irving ist so ein ehrlicher und direkter Typ. Überhaupt kein versnobter Intellektueller.«

Ihr fiel auf, dass sie zu viel gestikulierte und beinah ihr Weinglas umgeworfen hätte. Hätte sie sich getraut, wäre sie zum Schrank gerannt und hätte sofort *Owen Meany* oder *Witwe für ein Jahr* aufgeschlagen. Doch das war vielleicht etwas zu viel des Guten …

Leo hatte sich in dem recht unbequemen Holzstuhl zurückgelehnt und schien ihr interessiert zuzuhören. Emma genoss es, seine ganze Aufmerksamkeit zu haben, und schwärmte weiter von Büchern, die sie besonders berührt oder angesprochen hatten.

5.

»Du musst mich stoppen, ich könnte den ganzen Abend über Bücher und Autoren sprechen. Wahrscheinlich langweile ich dich …«

»Mir war nicht klar, wie sexy es sein kann, wenn jemand so leidenschaftlich über Bücher spricht«, erwiderte Leo.

Emma errötete und dachte: *Er flirtet doch mit mir, oder?* Hätte sie etwas mehr Erfahrung gehabt, hätte sie diese Frage vielleicht beantworten können, doch sie konnte ihre Ex-Freunde an einer halben Hand abzählen, und auch das nur, wenn sie die Grundschulliebelei mitzählte. Nicht, weil sie so schüchtern gewesen wäre, sie hatte einfach hohe Ansprüche, und bevor sie sich auf Kompromisse einließ, zog sie lieber ein gutes Buch vor. Außerdem waren die Männer in den Romanen immer schöner, mutiger und besser als in der echten Welt.

Sie überlegte kurz, wie sie auf seine Worte reagieren sollte, dann fragte sie: »Was würde deine Freundin sagen, wenn sie wüsste, welche Komplimente du verteilst?«

»Das ist nur eine Feststellung«, erwiderte er. »Ich werde sie ab sofort bitten, mir regelmäßig vorzulesen oder über ihre Lieblingsbücher zu sprechen. Leider spricht sie meist über Medizin, sie möchte Ärztin werden.«

»Wow!«

»Ach, ich weiß nicht. Wenn sie studiert, hätten wir noch weniger Zeit für uns.« Er legte eine kurze Pause ein. »Aber lass uns über eure Literaturgruppe sprechen. Ihr seid alle so belesen!«

»Wir kennen uns seit der Schulzeit und haben schon immer gerne gelesen.«

»Dafür hatte ich wenig Zeit, ich musste schon früh arbeiten, denn ich bin mit einer alleinerziehenden Mutter und drei Geschwistern groß geworden.«

»Und dann bist du Schreiner geworden?«

»Nein, du wirst lachen. Ich habe eine Ausbildung zum Bankkaufmann gemacht und danach angefangen, BWL zu studieren.«

»Wie bitte?«

»Kannst du dir mich etwa nicht im Anzug hinter einem Banktresen vorstellen?«, fragte Leo grinsend. Dann gab er zu: »Ich auch nicht mehr. Es war in dem Moment irgendwie das Vernünftigste, was ich tun konnte. Geregelter Job, gutes Gehalt ... die sichere Karte eben.«

»Was ist passiert?«

»Vor gut zehn Jahren habe ich gespürt, dass ich so nicht ewig weitermachen kann. Ich musste mich endlich mal trauen, etwas zu wagen. Ohne Netz und doppelten Boden noch einmal neu anfangen.«

Während er von seiner Schreinerausbildung erzählte, beobachtete sie ihn und seufzte innerlich. Wie gern hätte sie ihn jetzt geküsst!

»Was sagt eigentlich deine Freundin dazu, dass du in

einem Literaturkreis mit lauter Frauen bist?«, fragte sie stattdessen.

»Du scheinst dir viele Gedanken über meine Freundin zu machen.«

»Entschuldige, ich gehe nur von mir aus. Ich wäre eifersüchtig.«

Er lächelte und trank einen Schluck des Weins, bei dem das schicke Etikett nicht auf den wenig herausragenden Inhalt schließen ließ. Dann antwortete er: »Das soll eine Überraschung sein, ich habe ihr nichts davon erzählt – noch nicht. Erzähl doch mal ein bisschen was von dir, hast du einen Freund?«

»Im Moment nicht.«

»Solch eine hübsche und intelligente Frau hat wahrscheinlich reihenweise Verehrer!«, meinte er schmunzelnd und prostete ihr zu.

»Schön wäre es. Die meisten tollen Typen sind schon vergeben.«

»Und der junge Mann im Tesla?«

»Nur ein Kollege.«

Leo sah sie mit einem seltsamen Blick an, der ihr Herz höherschlagen ließ. Sie musste etwas sagen, um ihn abzulenken.

»Komm, lass uns noch einmal dein Telefon suchen. Vielleicht ist es unter die Couch gerutscht. Möglicherweise ist der Akku leer oder du hast den Klingelton aus Versehen ausgeschaltet.«

Kurz darauf lag Emma neben Leo auf dem Flokati-Teppich. Während sie Kopf an Kopf unter der Sitzgarnitur nach Leos Telefon suchten, kreuzten sich ihre Blicke. Emma hatte das Gefühl, dass die Zeit stehen blieb. Ihre

Köpfe rückten näher zusammen, so nah, dass sie fast seinen Atem spürte. Sie fragte sich, ob er sie wohl küssen würde. Ihr Gehirn arbeitete im Schnellmodus: *Wie rieche ich? Bilde ich mir alles nur ein?*

Sie wollte schon die Augen schließen, als er sich plötzlich zurückzog und abrupt aufstand. »Ich muss es im Auto gelassen haben.«

Der magische Moment war verpufft. Sie erhob sich ebenfalls und stellte fest, dass überall auf ihrem schwarzen Rock Fussel von dem Teppich klebten. Aber das machte jetzt auch nichts mehr, Leo hatte sich wohl gerade daran erinnert, dass er eine Freundin hatte.

Emma war glücklich, obwohl nichts passiert war. Vielleicht auch gerade deshalb. Natürlich wollte sie nicht wirklich, dass etwas passierte – mit einem Mann, der bereits vergeben war! Was zählte, war die Tatsache, dass sie einen kurzen magischen Moment gespürt hatte, diese Magie, die in Büchern beschrieben wurde. Und es war herrlich gewesen, besser als Toffifee und heiße Schokolade mit Sahne. Dieser Moment gehörte auf ewig ihr ganz allein!

Leo zog seine Jacke an, bedankte sich noch einmal für das Essen und gab ihr einen kurzen Kuss auf die Wange. Dann fragte er: »Glaubst du an Schicksal, Emma?«, wartete jedoch keine Antwort ab, sondern drehte sich um, öffnete die Tür und verließ die Wohnung.

Was hatte er ihr damit sagen wollen? In den Filmen verharrten die Protagonistinnen in solchen Momenten immer eine Weile und sahen ihrem Schwarm nach, doch in diesem Moment merkte Emma, wie bescheuert das war. Viel lieber griff sie zu ihrem Telefon und rief Feli an, um ihr alles zu erzählen. Ihre Freundin hatte jetzt sicherlich Zeit für sie, auch wenn sie um diese Uhrzeit oft noch im Büro war. Als Texterin in einer großen Werbeagentur schob sie unglaublich viele Überstunden, weil es zum guten Ton gehörte, lange im Büro zu sitzen, vor allem, wenn man von den Chefs ernst genommen werden wollte und auf ein paar Euro Lohnerhöhung hoffte. Aber gerade weil sie so viel Zeit im Büro verbrachte, hatte sie meist nichts gegen eine kurze Telefonpause. Außerdem wusste Emma, dass Feli im Moment sehr wenig zu tun hatte und oft die Zeit totschlug, indem sie für sich und ihre Freundinnen Kochrezepte abtippte und mit einem einheitlichen Layout versah.

Sobald Emma Felis Stimme hörte, blubberte es wie beim Eingießen des guten alten Asti aus ihr heraus. Nachdem sie alle Einzelheiten losgeworden war, wartete sie gespannt darauf, was ihre Freundin dazu sagen würde. Doch Feli schwieg.

»Hallo, bist du noch dran?«, fragte Emma.

»Ja, klar, ich suche nur parallel nach einem schönen Pad-Thai-Foto für unser Kochbuch.«

»Feli!«, rief Emma.

»Sorry, bin fertig, hab dir auch zugehört, wirklich.«

»Und?«

»Sicher ist da was zwischen euch!«

»Findest du?«, fragte Emma erfreut.

»Na klar. Seine Freundin.«

Emma zuckte zusammen, während Feli fortfuhr: »Er hat bei dir gegessen, zusammen mit dir unter die Couch geschaut und ist dann einfach abgehauen, oder?«

»Das klingt vielleicht unspektakulär, aber du hättest

ihn hören müssen. Er hat ein paar Bemerkungen fallen lassen, wie: Ich wusste nicht, dass Frauen, die über Bücher sprechen, so sexy sein können.«

»Das könnte allgemein gemeint gewesen sein oder auch nicht.«

Diese Worte waren typisch Feli. Hauptsache sich nicht festlegen, um nichts Falsches zu sagen, was später gegen sie verwendet werden könnte. Dies galt vor allem für Beziehungsfragen.

»Außerdem hat er ganz schön belämmert geschaut, als ich aus der schicken Limousine meines Kollegen ausgestiegen bin«, fügte Emma zu ihrer Verteidigung hinzu.

»Du wurdest von einem Kollegen nach Hause gefahren? Oh, là, là, erzähl mir mehr davon!«

»Da gibt es nichts zu erzählen. Die Bahn war ausgefallen. Wobei … der Kollege hatte mich vorher gefragt, ob ich mit ihm ausgehe.«

»Du bist ja ein richtiger Vamp.«

»Quatsch. Der Kollege ist sehr nett, aber nicht wirklich mein Typ. Also bin ich nicht auf sein Date-Angebot eingegangen. Außerdem stand ja Leo vor meiner Tür.«

»Auf den bin ich echt gespannt. Clara ist auch ganz hin und weg von ihm.«

»Bist du am Sonntag da?«, fragte Emma.

»So was von. Habt ihr schon mit Moni gesprochen?«

»Nö. Ich hab sie angeschrieben. Sie ist wohl gerade bei ihrer Tochter, die Enkel hüten.«

»Tja, dann hast du jetzt also zwei Verehrer!«, stellte Feli fest.

»Klingt verrückt, oder? Und beide heißen Leo, der eine gutverdienend und langweilig und der andere arm und heiß!«

»Und liiert«, fügte Feli trocken hinzu.

»Ich glaube, er und seine Freundin sind nicht sehr glücklich. Was für einen Druck sie wohl auf ihn ausüben muss, wenn er sich extra mit Literatur beschäftigt, nur um die Schwiegereltern zu beeindrucken?«

»Vielleicht ist sie reich.«

»Er macht auf mich nicht den Eindruck, als ob dies für ihn von Bedeutung wäre. Und irgendwie klingt er nicht wirklich glücklich, wenn er von seiner Freundin redet.«

»Wie meinst du das? Denkst du, er will mit seiner Freundin Schluss machen? Dann muss ich mich aber schick machen am Sonntag«, meinte Feli.

»Du bist doch schon vergeben«, protestierte Emma. Etwas neidisch dachte sie, dass Feli eigentlich immer gut aussah, auch wenn sie in der Regel Leggins und kartoffelsackartige Kleider trug, untermalt durch selbst gehäkelte Schals. Irgendwie wirkte das an ihr keck und sexy.

Clara dagegen sah immer schick aus. Das lag aber eher an ihrer italienischen Mutter, die bis heute nicht verstand, warum die meisten Frauen in Deutschland herumliefen, als ob sie zu einer Bergwanderung wollten, anstatt zu einem Mädelsabend.

»Keine Angst, ich komme euch nicht in die Quere. Aber ihr habt mich neugierig gemacht. Und irgendjemand muss ja auf euch aufpassen. Morgen treffen wir uns und besprechen das Vorgehen am Sonntag, okay?«, fragte Feli.

»Gute Idee!«, antwortete Emma.

Nachdem sie sich verabschiedet hatten, rief sie Clara an und erzählte ihr von dem Gespräch mit Feli.

»Hast du ihr schon von Leo erzählt?«, fragte Clara.

»Ja, weil sie doch nicht mehr da war, als er kam.«

Die drei Freundinnen hielten zwar zusammen wie Pech und Schwefel, aber eine Sache war seit ihrer Jugendzeit gleichgeblieben: Sobald eine das Gefühl hatte, die zwei anderen hätten ein Geheimnis, gab es Anflüge von Eifersucht. Um dieses zarte und komplexe Gefüge im Gleichgewicht zu halten, wurde manchmal auch zu kleinen Notlügen gegriffen, vor allem, wenn nur zwei der drei etwas zusammen unternehmen wollten oder gar einen gemeinsamen Urlaub planten. Da wurde von einer kranken Oma erzählt oder einer langen Reise.

Auch in anderer Hinsicht hatten die drei Geheimnisse voreinander. Schon seit Langem wollte Emma Feli sagen, dass sie die Schals hässlich fand, die sie ihr nun seit drei Jahren zu Weihnachten, zu Ostern und zu ihrem Geburtstag schenkte. Doch sie tat es nie, denn sie wollte ihre Freundin nicht verletzen. Ebenso hätte sie gern gewusst, warum Clara immer noch bei ihren Eltern wohnte. Das war doch krank! Aber lieber besprach sie das mit der jeweils anderen Freundin. Emma fand, dass es nicht immer gut war, die ganze Wahrheit zu sagen. Dabei dachte sie daran, wie sie mit fünfzehn ihr erstes Rendezvous gehabt hatte. Ihre Eltern hatten Tränen gelacht, als sie etwas zu stark geschminkt und mit einem zu kurzen Rock ins Wohnzimmer gekommen war. Ihre Mutter hatte erklärt, ihre Augen sähen aus wie zwei Farbfernseher. Danach hatte sie den Wunsch verloren, sich zu schminken, und viele Rendezvous hatte es danach auch nicht mehr gegeben.

Nach diesem Abend hatte Emma sich entschieden, nie wieder jemanden mit der bitteren Wahrheit zu verletzen.

6.

Die Tage bis zum nächsten Treffen mit Leo wollten einfach nicht vergehen. Dabei war nicht einmal klar, ob er überhaupt beim nächsten Literaturclub auftauchen würde. Wie früher in ihrer Kindheit zählte Emma an ihren Fingern ab, wie oft sie noch schlafen musste, bis sie ihren Traummann wiedersehen würde, und hatte gleichzeitig das Gefühl, dass sie es nicht mehr so lange aushalten würde.

Endlich kam das Wochenende. Am Samstagmorgen war Clara auf einer Familienfeier und Feli war nicht zu erreichen. Emma überlegte, was sie machen sollte. Die Wohnung aufräumen? Nein, darauf hatte sie keine Lust. Shoppen? Ihr Konto war ziemlich leergefegt. Vielleicht sollte sie mal wieder joggen gehen, um ihre Figur auf Vordermann zu bringen? Die vielen Weihnachtsfeiern hatten dazu beigetragen, dass keine ihrer Jeans mehr problemlos zuging. Aber bei dem Gedanken an das kalte Januarwetter schüttelte sie sich.

Kurzentschlossen entschied sie sich, Moni anzurufen. Vielleicht konnte sie auf diesem Wege mehr über Leo erfahren.

»Hallo Emma, na, was gibt's?«

»Ach, so einiges und bei dir?«

»Ich bin immer noch bei meiner Tochter und den Kindern. Und ich weiß jetzt auch genau, warum ich nur ein Kind bekommen habe. Was ist bloß mit meiner Tochter los? Sie ist promovierte Chemikerin! Aber statt Karriere zu machen, wird sie jedes zweite Jahr schwanger.«

»Aber Familie ist doch was Schönes!«

»Ja, aber doch keine Großfamilie! Sie haben sich für ein eigenes Haus völlig überschuldet, fahren ständig mit diesem riesigen Bus durch die Gegend und meine Tochter singt den ganzen Tag *Es tanzt ein Bi-Ba-Butzemann*!«

Moni hatte als Yoga-Lehrerin ein eigenes Studio, doch der Weg dorthin war hart gewesen war. Nachdem sie Ende der Siebzigerjahre durch die Welt gereist und lange Zeit auf Sinnsuche in Indien gewesen war, war sie Anfang der Achtzigerjahre schwanger geworden. Der Vater des Kindes war kurz nach der Geburt ihrer Tochter abgehauen.

»Deine Tochter ist voll im Trend. Viele Filmstars haben mittlerweile vier Kinder, das ist sehr modern«, versuchte Emma, sie aufzumuntern.

»Die können sich auch eine Armee an Kinder- und Putzfrauen leisten, aber meine arme Anna kann das nicht.«

»Aber du liebst doch deine Enkel!«

»Nur, wenn ich mit ihnen skype«, antwortete Moni trocken. »Ich hatte gehofft, am Mittwoch wieder zurückfahren zu können, aber die kleinen Racker wollen, dass ich noch ein paar Tage bleibe. Dabei hätte ich mich so gerne mal wieder mit euch zum Lesen getroffen. Mein kulturelles Leben ist wieder einmal total eingeschlafen.«

Aufgrund ihrer zahlreichen beruflichen und privaten Verpflichtungen war Moni jahrelang selten zum Lesen gekommen – bis zu dem Tag, an dem Feli, die bei ihr einen Yogakurs besuchte, sie zum Buchclub eingeladen hatte.

»Die Kleinen lieben eben ihre Omi«, tröstete Emma.

»Ach was …« – Moni flüsterte jetzt – »Die machen mich so fertig, dass ich sie des Öfteren *YouTube* schauen lasse. Meine Tochter darf das nur nicht wissen.«

»Bei vier Kindern muss man sich eben was einfallen lassen.« Emma wusste, wie sehr Moni es eigentlich verabscheute, wenn Kinder vor dem Fernseher geparkt wurden. Sie selbst besaß nicht einmal einen Fernseher.

»Ben, nicht den Schwamm essen. Stopp!«, schrie Moni plötzlich.

Emma musste schmunzeln.

»Ich hab sie am liebsten, wenn sie schlafen. Dann sind sie wirklich sehr süß. Ansonsten riecht es ständig nach vollgekackter Windel und der Große ist noch dazu rotzfrech«, ergänzte die Freundin resigniert.

Emma stieß ein mitfühlendes »Hmmm …« aus und meinte dann: »Aber du bist doch die Yogalehrerin und die Ruhe selbst. Dich bringt doch nichts aus der Fassung!«

»Beruf und Privatleben sollte man stets trennen«, antwortete Moni altklug und musste lachen. »Aber du rufst doch bestimmt nicht an, weil du dir mein Gejammer anhören möchtest. Wäre ich dran gewesen, ein Buch auszusuchen?«

»Deshalb rufe ich nicht an. Tja, weißt du«, wand sich Emma, »ich wollte dich etwas fragen.«

»Und ich jammere dich voll, sorry! Ich bin ganz Ohr«, antwortete Moni, um gleich darauf wieder loszuschreien: »Lily, nicht auf den Tisch klettern!«

»Kennst du einen Leo?«

»Wie bitte?«

»Ob du einen Leo kennst?«, rief Emma jetzt lauter.

»Leo, Leo …«, murmelte Moni.

»Letzten Sonntag war ein Leo in unserer Bücherrunde.«

»Ja klar, der Leo mit dem knackigen Hintern und dem hübschen Gesicht?«, fragte Moni.

»Genau der«, schmunzelte Emma.

»Noah, die Oma telefoniert gerade! Entschuldige, Emma. Süß ist der, nicht? Der ist bei mir im Yoga-Kurs.«

»Er macht Yoga?«

»Ja, ich glaube, da hat ihn seine Freundin draufgebracht. Hat er zumindest mal erzählt.«

»Aha.«

»Irgendwann haben wir uns mal über Hesses *Siddhartha* unterhalten. Du weißt, wie sehr Hesse mich als Jugendliche geprägt hat?«

»Er kannte Bücher von Hesse?«, fragte Emma.

»Nein, ich weiß gar nicht mehr, wie wir auf Siddartha gekommen sind. Ich glaube, ich habe ihm davon erzählt, dass es mein Lieblingsbuch ist. Irgendwie habe ich wohl erwähnt, dass ich im Buchclub bin. Er fand das Thema Bücher so spannend und hat bedauert, dass er in seiner Kindheit nie ans Lesen herangeführt wurde, da habe ich immer mehr erzählt. Du weißt ja, wie es manchmal mit mir durchgeht. Er schien ziemlich beeindruckt und ich habe ihm von unserem Grüppchen vorgeschwärmt. Ich dachte aber ehrlich gesagt nicht, dass er aufkreuzt.«

»Er war tatsächlich da.«

»Er klang sehr interessiert, aber dass er wirklich gekommen ist … Das überrascht mich.«

Plötzlich schrie Moni auf: »Noah, ich hab dir schon tausendmal gesagt, dass du die verdammten Legosteine nach dem Spielen wieder einsammeln musst!«

»Eine wunderbare Überraschung«, sagte Emma. »Ich wusste nicht, dass du solch süße Typen kennst.«

»Ha, ich bin zwar Oma, aber innerlich bin ich noch dreißig und meine Augen sind wachsam.«

Beide lachten.

»Ich muss schnellstens zurückkommen, um die Gesellschaft des hübschen Leo zu genießen.«

»Ich weiß nicht einmal, ob er morgen wiederkommt«, wandte Emma ein.

»Brauchst du seine Nummer, um ihn zu fragen?«, fragte Moni.

»Nein, die hab ich schon.«

»Na, dann schreib ihm doch einfach. Worauf wartest du?«

Nachdem sie aufgelegt hatten, fasste Emma sich ein Herz und schrieb eine SMS: »Hi Leo. Kommst du morgen wieder zum Buchclub? Grüße, Emma«

Sollte sie noch dazuschreiben, dass sie sich freuen würden, wenn er käme? Nein, das war vielleicht zu viel des Guten. Sie setzte sich auf die Couch und starrte ihr Smartphone an. Doch auch nach einer Viertelstunde war noch keine Antwort von Leo gekommen.

Sie beschloss, doch noch joggen zu gehen, um sich abzulenken. Sie ging ins Schlafzimmer, um sich umzuziehen. Dabei fiel ihr Blick auf ihr Spiegelbild und sie hielt einen Moment inne. Sie musste unbedingt wieder mehr für ihr Äußeres tun! Hässlich war sie nicht, irgendwie mittelmäßig. Eher der unauffällige Typ, braune Haare, braune Augen, weder besonders große Brüste noch besonders lange Beine. Vielleicht konnte sie sich mal wieder mithilfe einer Visagistin und eines guten Frisörs ein wenig aufhübschen. Der Gedanke gefiel ihr und sie beschloss, dass sie gleich nach dem Joggen in den Drogeriemarkt gehen, sich mit Schminke eindecken und außerdem einen Termin beim Frisör ausmachen würde.

Als sie aus der Haustür trat, fühlte es sich an, als ob ihr die kalte Luft eine Ohrfeige verpasst hätte. Es war um die null Grad, doch das würde sie nicht davon abhalten, etwas für ihre Fitness zu tun. Ihre Lunge schmerzte beim Einatmen, vor allem, weil sie seit dem Sommer nicht mehr gelaufen war. Doch mit Leo vor ihrem geistigen Auge fiel ihr das Ganze etwas leichter und sie quälte sich bis zum Neckarufer.

Während sie lief und davon träumte, wie wohl der erste Kuss mit dem gutaussehenden Schreiner wäre, sah sie verträumt in den grauen Himmel und weniger auf den Weg, der vor ihr lag. Deshalb übersah sie auch einen großen Hundehaufen und trat voller Elan hinein.

»Scheiße!«, stieß sie aus und ließ eine ganze Schimpftirade auf alle Hundebesitzer los, die die Hinterlassenschaften ihrer Schützlinge nicht aufsammelten. Missmutig versuchte sie, ihren Schuh im Gras der Neckarwiese zu säubern, als sie plötzlich ihren Namen hörte. Erstaunt drehte sie sich um. Es war ihr Kollege Leopold aus dem Institut.

»Guten Morgen, Emma.«

»Guten Morgen«, erwiderte sie überrascht, während sie immer noch frustriert ihren Schuh am Gras rieb. »Diese dämlichen Hundebesitzer mit ihren Kötern lassen immer die Scheiße liegen!«, murmelte sie wütend, um im selben Augenblick festzustellen, dass Leopold einen Hund an der Leine führte. Es war ein zotteliges, großes Tier, eine Rasse, die sie nicht kannte – oder war es ein Mischling?

»Oh, ups«, entschuldigte sie sich.

Er lachte. Heute wirkte er ganz anders. Vielleicht lag es an der Mütze und dem dunkelblauen Mantel, die er trug. Beides stand ihm ausgezeichnet.

»Ich verstehe dich, ich rege mich auch ständig darüber auf, dass viele den Haufen einfach liegenlassen«, antwortete Leopold gelassen.

»Wie soll ich das jetzt nur aus der Sohle rauskriegen? Boah, wie das stinkt!«

Irgendwie war sie erleichtert, dass sie nicht *ihrem* Leo begegnet war, sondern nur dem anderen Leo, dem *Seitenscheitel-Leo*.

Er sah sie teilnahmsvoll an. »Tut mir leid. Das war aber nicht mein Hund.«

»Das würde wahrscheinlich jeder Hundehalter behaupten«, gab Emma zurück.

»Kann ich dich im Namen aller Hundehalter zum Frühstück oder Brunch einladen, sozusagen als kleine Entschädigung?«, fragte er und sah auf ihren Schuh.

»Wann? Jetzt?«

»Wenn du nichts vorhast gerne jetzt, ich habe noch nicht gefrühstückt.«

»Ich müsste erst duschen …«, meinte Emma unsicher.

Er dachte kurz nach und schlug dann vor: »Ich kann dich nach Hause fahren, du duschst und dann gehen wir frühstücken.«

Sie überlegte kurz: *Ich habe sowieso nichts zu tun und Brot habe ich zu Hause auch keins.* Vielleicht war es ja sogar eine gute Ablenkung, um nicht immer nur an den anderen Leo zu denken.

»Okay, warum nicht«, lenkte sie ein.

»Ich würde mich sehr freuen.«

Er war ein Gentleman, das musste sie zugeben. Auf dem Weg zum Auto wollte der Hund ständig an ihrem Schuh schnüffeln, was sie beim Gehen ziemlich behinderte. Am Tesla angekommen verfrachtete Leopold ihn auf die Rückbank, auf der eine Decke ausgelegt war.

»Miller und ich kommen gerne hierher zum Spazieren«, erzählte Leopold.

»Dein Hund heißt Miller?«, fragte Emma ungläubig und fuhr gleich fort: »Hast du vielleicht Taschentücher? Damit ich wenigstens was auslegen kann, bevor ich mich ins Auto setze.«

Leopold lachte und gab ihr eine Packung Feuchttücher. So was hatten Hundebesitzer anscheinend dabei. Dann fuhr er los. Die Stille in dem elektrischen Auto gefiel ihr, doch sie spürte eine gewisse Verunsicherung. Gab sie ihm jetzt etwa einen Anlass für falsche Hoffnungen? Oder war er wirklich einfach nur höflich? Doch was war schon falsch an einem harmlosen Brunch mit einem Kollegen?

Sie verabredeten sich für halb zwölf in einem kleinen Café im Neuenheimer Feld, das Leopold vorschlug.

Er fuhr sie nach Hause und bot an, im Auto auf sie zu warten.

»Das musst du nicht. Ich nehme die Straßenbahn«, sagte sie. »Vielleicht kannst du noch etwas erledigen, anstatt eine halbe Stunde hier herumzuhängen.«

Er sah auf die Uhr. »Es gibt tatsächlich noch etwas, um das ich mich kümmern muss.«

»Also, bis dann«, sagte sie und stieg aus.

Emma bemerkte aus dem Augenwinkel, dass er ihr nachsah, während sie zur Haustür lief. Es tat ihr gut, dass ein Mann ihr hinterhersah, sie war wohl doch nicht so unauffällig, wie sie vorhin gedacht hatte. Nach dem Duschen trug sie Make-up auf und zog ein Wollkleid und schwarze Stiefel an.

Sie kam ein paar Minuten zu spät. Leopold saß schon am Tisch, jetzt ohne Mantel und Mütze.

»Du siehst klasse aus«, sagte er bewundernd und sie lächelte wie ein Filmstar, dem der Regisseur ein Kompliment für sein hervorragendes Schauspiel gemacht hatte.

»Du siehst auch gut aus, warst du beim Frisör?«, fragte sie.

Er fuhr sich durch die kurzen Haare. »Ja, meine Frisörin meinte, dass Seitenscheitel out seien und ich es mal mit einem kürzeren Out-of-Bed-Look probieren solle.«

»Damit hatte sie recht.« Mit der neuen Frisur erinnerte Leopold sie ein bisschen an Keanu Reeves. Er war auf jeden Fall ein ähnlicher Typ, mit schwarzen Haaren und dunklem Teint. »Sieht gut aus«, bekräftigte sie.

»Findest du? Ich mochte meinen Seitenscheitel. Wir Wissenschaftler mögen Seitenscheitel.«

Sie schmunzelte und bekräftigte: »Glaub mir – Seitenscheitel sind out.«

Als die Bedienung kam, bestellten beide Pfannkuchen und Milchkaffee.

»Wo ist denn dein Hund?«, erkundigte sich Emma.

»Er ist die meiste Zeit bei meiner Mutter. Ich arbeite viel und kümmere mich überwiegend am Wochenende um ihn. – Und dein Freund?«

»Der ist nicht bei meiner Mutter«, antwortete sie und beide grinsten. Bevor er nachfragen konnte, wechselte sie das Thema, denn sie wollte ihn nicht anlügen, ihm aber auch nicht die Wahrheit sagen: »Ich habe immer noch nicht ganz verstanden, was du am Institut machst oder was das ganze Institut eigentlich macht.«

Als Leopold lächelte, fügte sie im Flüsterton hinzu: »Erzähl das nur nicht den Chefs.«

»Ich behalte es für mich, versprochen. Es spricht aber nicht für die Firma, wenn manche Mitarbeiter nicht wissen, was sie eigentlich tun.«

»Na ja, ich arbeite ja auch an keinem Projekt mit, sondern nur in der Bibliothek.«

»Das ist richtig, dennoch solltet ihr auf dem Laufenden sein.«

»Diese Themen sind irgendwie kompliziert, und ehrlich gesagt liebe ich eher Romane als Sachbücher.«

In diesem Moment kam die Bedienung und stellte zwei Teller mit herrlich nach Butter und Vanille duftenden Pfannkuchen auf den Tisch. Gerade als Leopold das Besteck in die Hand genommen hatte, klingelte sein

Telefon. Entschuldigend sah er Emma an und nahm ab. In seinem Gespräch schien es um irgendein Problem bei einem Projekt zu gehen. Emmas Gedanken begannen automatisch um den Schreiner-Leo zu kreisen. Ihr fiel auf, dass sie schon eine ganze Weile nicht mehr an ihn gedacht hatte.

Sie beobachtete Leopold, der seinem Gesprächspartner konzentriert zuhörte. Er sah eigentlich gut aus, dachte sie, natürlich nicht so cool wie Schreiner-Leo, aber nicht schlecht. Doch warum interessierte er sie so überhaupt nicht? Warum schlug ihr Herz nur bei dem Schreiner so hoch? Warum empfand sie etwas gegenüber einem Fremden, der keine Ahnung von Büchern hatte und dazu auch noch vergeben war? Sie konnte sich keinen Reim darauf machen und wollte es auch nicht.

»Entschuldige bitte«, riss sie plötzlich Leopolds Stimme aus ihren Gedanken. »Das konnte ich leider nicht ignorieren.«

»Ist doch völlig in Ordnung«, sagte sie.

»Ist es nicht, aber danke für dein Verständnis«, antwortete er.

Nachdem er das Essen probiert hatte, meinte Leo genüsslich: »Ich liebe Pfannkuchen.«

»Ich auch. Und was ist dein Lieblingsessen?«

»Das hat sich seit meiner Kindheit nicht verändert: Pommes, Pizza, Süßigkeiten.«

Sie musste lachen. »Geht mir genauso.«

»Ich war neulich auf einer Hochzeit, wo es ein Kindermenü gab, genau mit diesen Köstlichkeiten. Die Folge war, dass ich inmitten von zwanzig Kindern saß und das Fünf-Gänge-Menü links liegen ließ.«

Sie lachten und erzählten sich dann eine Weile von lustigen Erlebnissen auf diversen Hochzeiten. Plötzlich hörte sie ein »BIM« – das Signal für eine Nachricht auf ihrem Smartphone. Sie entschuldigte sich und klickte die Nachricht kurz an. Sie war vom Schreiner-Leo.

»Hi, sehe deine Nachricht erst jetzt. Ich glaube, morgen klappt es nicht. Aber hast du vielleicht Lust auf Goethe und Schiller heute Abend?«, schrieb er.

Ihr Herz schlug schneller.

»Klar«, schrieb sie zurück.

»20 Uhr bei dir?«

»In Ordnung«, antwortete sie.

Darauf folgte ein Daumen-hoch-Emoji. Sie bemerkte erst jetzt, dass Leopold sie beobachtete. Er sah etwas verstimmt aus.

»Entschuldigung. Das mache ich sonst nicht, aber es war wichtig.«

»Dein Freund?«

»Wie kommst du darauf?«

»Du hast so verzückt gelächelt.«

»Oh.«

»Wie lange seid ihr schon zusammen?«, fragte er.

»Wir sind noch am Anfang«, erwiderte sie knapp.

Er nickte verstehend.

»Und du?«, fragte Emma.

»Ich habe keine Freundin.«

»Wahrscheinlich arbeitest du zu viel.«

»Das würde ich nicht sagen, schließlich sitze ich gerade hier mit dir.«

Er sah ihr tief in die Augen und Emma räusperte sich verlegen.

Danach sprachen sie noch ein wenig über die Arbeit, die Kollegen und das Institut. Immerhin gab Leopold sich heute Mühe, ihr in einfachen Worten zu erklären, was sie dort eigentlich taten. Er hatte eine sehr angenehme Bassstimme und Emma hörte ihm gern zu.

»Soll ich dir bei Gelegenheit mal eine Führung durch meine Abteilung geben?«, fragte er mit einem freundlichen Lächeln. »Damit du endlich weißt, was wir im Institut so machen?«

»Warum nicht«, antwortete sie, obwohl sie befürchtete, dass sie nach der Besichtigung einiger Büros bestimmt nicht mehr verstehen würde.

»Wunderbar«, sagte er und schrieb ein paar Ziffern und Buchstaben auf einen Zettel. Es handelte sich wohl um die Nummer seines Büros. »Hier findest du unser aktuelles Projekt.«

7.

Vor dem Café verabschiedeten sie sich und jeder ging in eine andere Richtung. Nach zwanzig Schritten drehte sich Emma noch einmal um. Leopold sah ihr nach. Sie winkte ihm zu und ging dann selbstbewusst und gut gelaunt in Richtung Innenstadt.

Normalerweise mied sie die Fußgängerzone an Samstagen, doch heute sie hatte Lust, shoppen zu gehen, und war bereit, gegen die Menschenmassen anzukämpfen, leeres Konto hin oder her. Schließlich brauchte sie etwas besonders Schickes für den Abend.

Nach zwei Stunden kam sie mit zwei neuen Kleidungsstücken nach Hause. Sie hätte gern mehr gekauft, aber die Vernunft hatte sie zurückgehalten. Nachdem sie ihre Wohnung aufgeräumt hatte, richtete sie den Esstisch, stellte Kerzen darauf und begann zu kochen. Mit einem leckeren Thai-Curry wollte sie Leo von ihren internationalen Kochkünsten überzeugen. Anschließend zog sie die schicke neue Bluse an. Sie war dunkelblau und fast durchsichtig. Darunter trug sie einen verspielten schwarzen BH, den sie bisher nur zu Hochzeiten getragen hatte. Der Rock in einem etwas dunkleren Ton passte wunderbar zu der Bluse. Ihre braunen Stiefel hätten das Outfit perfekt gemacht, doch sie entschied sich für Ballerinas. In der eigenen Wohnung in Stiefeln herumzurennen, hätte dann doch etwas albern gewirkt.

Sie sah sich um. Alles war perfekt. Nach einem Blick auf die Uhr ging sie zu dem Weinkontor um die Ecke und suchte einen besonders guten Wein aus. Schließlich sollte Leo denken, dass sie in Sachen Alkohol den absoluten Durchblick hatte – und die Weinpanne vom Lasagne-Abend wieder wettmachen. In Wirklichkeit konnte sie gerade einmal einen Weißwein von einem Rotwein unterscheiden.

Bei dem Gedanken an Leo schlug ihr Herz höher. Was er wohl vorhatte? Ob er ihr erzählen wollte, dass zwischen ihm und seiner Krankenschwester Schluss war und er nur noch für sie brannte?

Punkt zwanzig Uhr klingelte es an der Tür. Sie drückte auf den Knopf der neuen Klingelanlage, ohne den Bildschirm einzuschalten. Diese moderne Technik war einfach nichts für sie. Sie ging noch einmal kurz in die Küche, um zu sehen, ob auch nichts fehlte.

Kurz darauf klopfte es an ihrer Wohnungstür, doch als sie öffnete, stand dort nicht Leo, sondern Feli, Clara und Moni. Emma sah die drei Frauen entgeistert an.

»Hallo Süße, du siehst super aus!«, meinte Feli augenzwinkernd.

»Äh, hallo …«, stammelte Emma. » Moni, du bist wieder da?«

»Ich habe mich heute Mittag spontan entschlossen, zurückzufahren. Und dann hat mir auch noch Leo eine SMS geschrieben, dass er heute Abend zu dir kommt, um weiter über Bücher zu reden«, antwortete Moni.

»Und er hat euch dazu eingeladen?«

»Wieso? Stört es dich, dass wir hier sind? Ich dachte, das wäre der Ersatz für den morgigen Literaturabend? Leo hat geschrieben, dass er morgen zu irgendeiner Waldrettungs-Aktion aufbrechen muss, oder so … Übrigens riecht es hier total gut!«, rief Moni atemlos. »Hast du uns was gekocht? Ich habe tagelang nur Spaghetti und Pizza gegessen. Aber lass dich erst mal drücken.«

Emma umarmte ihre Freundinnen und verteilte Wangenküsschen links und rechts. Verwirrt fragte sie sich, wie der Abend, auf den sie sich so gefreut hatte, eine solche Wendung hatte nehmen können. Warum hatte Leo bloß Moni angeschrieben?

Während die drei in Richtung Wohnzimmer marschierten, blieb Emma inmitten einer Duftwolke im Flur stehen. Sie hatte das Gefühl, dass jede ihrer Freundinnen darauf bedacht gewesen war, sich besonders hübsch zu machen. Und natürlich war da ein besonderer Duft das i-Tüpfelchen. Clara, Feli und auch sie selbst liebten Parfüms und hatten jede eine ganze Duftsammlung daheim.

Vergeblich versuchte sie, die Parfümwolke durch Handwedeln zu neutralisieren. Dabei überlegte sie fieberhaft, wie sie ihre Freundinnen wieder loswerden konnte. Doch bevor sie einen klaren Gedanken fassen konnte, klingelte es erneut an der Tür. Kurz darauf begrüßte Leo sie gutgelaunt mit einem Küsschen auf die Wange. Sie errötete.

»Entschuldige, aber meine Freundinnen sind auch da«, sagte sie.

»Ist doch cool«, meinte er lässig.

Während er seine Jacke auszog, wurde ihr klar, dass er von Anfang an gedacht haben musste, dass sie sich alle gemeinsam treffen würden.

»Danke, dass es heute Abend so spontan geklappt hat«, sagte er.

»Moni hat etwas von einer Waldrettungs-Aktion erzählt? Genau verstanden habe ich es nicht.«

Er lachte. »Ja, ich habe ein paar Freunde, die ein Waldstück in der Pfalz besetzen wollen. Du hast ja sicher von der Aktion im Hambacher Forst gehört, das hat in der Szene für Auftrieb für Folgeprojekte gesorgt.«

»Also bist du auch Umweltaktivist?«

Er zuckte mit den Schultern. »Nein, ich helfe nur ein paar Freunden. Ich begleite sie ein paar Tage und zeige ihnen, wie sie ein Baumhaus bauen können. Kein großes Ding.«

»Wow, klingt cool«, antwortete Emma. »Ähm, sowohl im übertragenen als auch im wörtlichen Sinne bei diesem Wetter.«

Der Gedanke, im Winter in einem Baumhaus zu wohnen, jagte ihr einen Schauer über den Rücken. Mit einer Handbewegung lud sie Leo ins Wohnzimmer ein. Feli hatte es sich bereits auf einem Sessel gemütlich gemacht, Moni und Clara hatten die Couch in Beschlag genommen. Leo begrüßte alle drei mit Handschlag. Gerade als er sich auf den Klappstuhl setzen wollte, rief Moni: »Komm hierher, die Couch ist viel bequemer als der Stuhl.«

Clara hatte Tee und Wein auf den Tisch gestellt und

rückte nun etwas zur Seite, damit Leo zwischen sie und Moni passte.

Emma setzte sich auf den Klappstuhl, die letzte freie Sitzgelegenheit. Es störte sie, wie Clara mit Leo flirtete. Wie er sie angrinste. Sie drehte ständig mit dem Finger an einer Locke und kicherte, als ob er einen guten Witz erzählt hätte. Dabei hatte er nur berichtet, dass er Bretter im Großhandel gekauft und im Stau gestanden hatte. Ein Hauch von Wut und Enttäuschung begann, sich in Emma breitzumachen.

Sie versuchte, sich nichts anmerken zu lassen, während sie das leckere Curry aßen und den Wein tranken. Zum Glück hatte sie reichlich gekocht, sodass niemandem auffiel, dass sie eigentlich an ein Dinner for two gedacht hatte. Anschließend lasen sie einige Seiten aus dem Werther und diskutierten dann über Goethes Privatleben.

Emma war heute besonders still, sie beobachtete ihre Freundinnen, als ob sie nicht Teil der Gruppe wäre. Leo war zu allen nett. Sie merkte jedoch, wie seine Blicke immer wieder in ihre Richtung wanderten. Er bedankte sich mehrmals für das tolle Essen und lobte den Wein. Sie gähnte mehrmals bewusst auffällig.

»Bist du müde?«, fragte Moni.

»Die Woche war einfach anstrengend.«

Sie hoffte, dass ihre Freundinnen den Wink mit dem Zaunpfahl verstehen würden. Doch leider war dem nicht so. Ihnen gefiel es offensichtlich sehr gut in Leos Gesellschaft.

Stattdessen lächelte Moni Emma an und meinte: »Es ist nett von dir, dass du da so kurzfristig noch eine Literaturrunde schmeißt.«

Emma antwortete nicht, sie sah stattdessen zu Leo. Er unterhielt sich mit allen, war aufmerksam und interessiert. Eifersucht stieg in ihr hoch, dieses miese Etwas, das für lange Zeit irgendwo in ihrem Inneren geschlafen hatte. Sie hatte doch bei ihren Freundinnen nichts zu befürchten. Schon in der Schule hatten sie einander geschworen, sich nicht gegenseitig den Freund auszuspannen oder gar ihre Freundschaft wegen eines Mannes zu zerstören. Doch das war lange her, sehr lange, und dieser Typ dort auf ihrer Couch war zum Anbeißen süß. Na ja, vielleicht nicht süß, eher wie Zartbitterschokolade mit Meersalz. Er war diese Siebzig-Prozentige-Schokolade, die intensiv, bitter und gleichzeitig süß und salzig schmeckte. Bei diesem Gedanken griff sie sofort zu einem der Lebkuchenherzen vom Weihnachtsschlussverkauf, die auf dem Tisch standen, doch der Geschmack enttäuschte sie.

»Sollen wir uns noch ein Buch nehmen, reinlesen und darüber sprechen?«, schlug Clara vor.

»Das ist eine gute Idee!«, rief Moni.

Emma beobachtete weiterhin ihren Besucher. Leo saß gemütlich auf der Couch und sah sie lange an.

»Moni, möchtest du etwas aussuchen?«, fragte Emma und wandte den Blick ab.

»Ach, ich sitze gerade so bequem.«

Sie saß dicht neben Leo und hielt ihr Weinglas in der Hand. Heute sah Moni besonders gut aus. Ihre Kleidung hatte sie sicher bewusst ausgesucht. Sie war wie immer geschminkt. Ihre Haare waren zwar bereits grau, aber der Kurzhaarschnitt und die sportliche Figur ließen sie jünger wirken.

Clara ließ ebenfalls kaum Platz zwischen sich und Leo. Sie kicherte immer wieder, wenn er eine Frage stellte, und schenkte ihm einen verführerischen Augenaufschlag.

Wie sie sich Leo an den Hals werfen!, dachte Emma verärgert. *Sogar Moni, die doch viel zu alt für ihn ist!*

Sie versuchte, die Aufmerksamkeit wieder auf das Thema zu lenken. »Feli, würdest du bitte ein Buch aussuchen?«

»Jawohl!«, rief Feli und drehte sich zum Bücherregal um, das direkt hinter ihr stand. »Wo sind denn die ganzen Klassiker?«

»Dritte Reihe«, rief Emma und schlug vor: »Nachdem wir den Werther angerissen haben, könnten wir doch etwas von einem Russen lesen.«

Feli griff einen voluminösen Band aus dem Regal. »*Schuld und Sühne* von Dostojewski!«

»Wow«, sagte Leo. »Das ist aber ein Wälzer.«

»Wir lesen nur ein paar Abschnitte. Die Haupthandlung können wir dir zusammenfassen«, meinte Feli.

Sie setzte sich und schlug die erste Seite auf. Nachdem sie ein paar Zeilen vorgelesen hatte, sprachen sie darüber.

»Der Hauptcharakter Raskalnikow hält sich für moralisch über dem Gesetz stehend«, erklärte Emma. »Deshalb beschließt er, die geldverleihende Witwe zu erschlagen und zu berauben, und redet sich ein, das sei ein *ehrliches* Verbrechen.«

»Aber nur so lange, bis er die Tat wirklich begeht«, warf Feli ein. »Bei der Flucht erschlägt er auch noch die kranke Schwester der Witwe mit der Axt. Danach ist er ein anderer Mensch. Er irrt rastlos durch die Straßen, gequält von seinem schlechten Gewissen.«

Clara fuhr fort: »Und natürlich gibt es wie in jedem großen Werk der Literatur auch eine Liebesgeschichte. Zu Sofja, die sich aufgrund der Geldnöte ihrer Familie prostituieren muss. Ihr Schicksal wühlt Raskalnikow noch mehr auf.«

»Ach, tut das gut«, seufzte Moni. »Ich hab seit über einer Woche nicht mit Erwachsenen gesprochen.«

»Und jetzt diskutieren wir über einen Axtmord«, meinte Leo trocken, woraufhin alle lachten.

»Und über eine Liebesgeschichte«, fügte Clara hinzu.

»Ich habe eine Nichte und einen Neffen, die Kleinen können wirklich anstrengend sein«, erzählte Leo und drehte sich zu Moni.

»Endlich jemand, der mich versteht«, antwortete sie mit einem theatralischen Seufzer.

Leo trank einen Schluck von seinem alkoholfreien Bier und lächelte dann Emma an. Sie sprachen noch eine Weile über das Buch, doch als sie sich anderen Themen zuwandten, ging Emma in die Küche und räumte das Geschirr in die Spülmaschine. Dabei machte sie mehr Lärm als nötig. Am liebsten hätte sie alle außer Leo rausgeschmissen.

Gegen halb elf verabschiedete sich Feli. Kaum hatte sie die Wohnung verlassen, meinte Clara: »Der Termin mit dem Cyberfreund …«

Emma konnte sich nicht verkneifen, zu sagen: »Das kann euch doch egal sein! Was soll sie außerdem machen, wenn er so weit weg ist?«

Moni und Clara sahen sie überrascht an. »Was ist dir

denn über die Leber gelaufen?«, fragte Moni.

»Bist du müde?«, erkundigte sich Clara.

»Das auch, aber ich finde es nicht gut, über unsere Freundin zu lästern.«

»Ich lästere doch nicht.«

Clara, die sehr harmoniebedürftig war, meinte: »Ich bin auch sehr, sehr müde, ich glaube, ich gehe jetzt.«

»Emma scheint auch müde zu sein, vielleicht sollten wir alle gehen«, sagte Leo.

Am liebsten hätte sie gesagt: *Ja, bitte – aber Leo, du bleibst.* Doch natürlich sagte sie dies nicht laut. Stattdessen standen alle auf und verabschiedeten sich. Clara musterte Emma mit einem seltsamen Blick. Ahnte sie etwa, dass sie eifersüchtig war?

Nachdem alle gegangen waren, ließ sich Emma auf die Couch sinken in der Hoffnung, noch etwas von seinem Geruch zu erhaschen.

Plötzlich klingelte es. Sie ging zur Tür, schaltete dieses Mal die Kamera ein und sah, dass es Leo war. Leo! Ihr Herz raste.

»Ich habe etwas vergessen.«

Sie drückte auf den Knopf und wartete an der offenen Tür. »Was hast du denn vergessen?«

Er blieb vor ihr stehen, umfasste ihre Arme mit seinen Händen und küsste sie auf den Mund. Sie war so überrascht, dass sie den Kuss kaum erwidern konnte.

»Das hatte ich vergessen.«

Nachdem er ihr tief in die Augen gesehen hatte, küsste er sie wieder. Emma knallte mit einem Fuß die Tür zu und erwiderte seine Berührungen. Er roch wirklich gut, sie wäre am liebsten ewig mit ihren Lippen an seinen geblieben.

Plötzlich seufzte er. »Ich glaube, ich muss erst klar Schiff machen, bevor ...« Er stockte.

Emma wusste sofort, was er meinte.

»Emma, glaubst du an Schicksal?«

»Das hast du mich schon einmal gefragt ...«

»Die Sache mit Lotte wäre ganz bestimmt die vernünftigste Entscheidung, die ich treffen könnte. Ihre Familie ist richtig reich, das wäre wieder einmal das sichere Pferd, auf das ich setzen könnte. Aber als ich dich das erste Mal gesehen hab, hatte ich das Gefühl, dass das Schicksal etwas anderes mit mir vorhat. Und ich konnte die letzten Tage an nichts anderes denken als an dich und daran, wie du von den *Leiden des jungen Werther* gesprochen hast.«

Sie sah ihn an. »Was ich weiß, kann jeder wissen. Mein Herz hab ich allein«, zitierte sie aus dem Werther.

»Du willst mich leiden sehen«, seufzte er.

Sie lächelte siegessicher. »Nein, ich wollte nur sexy sein.«

»Ich werde das mit Lotte regeln. Ich weiß jetzt, dass diese Beziehung keine Zukunft hat.«

Sie küsste ihn und zog ihn an sich heran. Plötzlich vibrierte sein Handy in seiner Jackentasche. Er löste sich aus ihrer Umarmung, zog es heraus und sah auf das Display. Sein Strahlen verschwand.

»Was ist denn?«, fragte Emma.

»Das ist mein Kumpel von der Waldaktion. Kleine Planänderung. Sie brechen noch heute Nacht auf.«

»Und du musst mit?«

»Nur wenn es für dich okay ist.«

Er sah ihr in die Augen. *Es ist nicht okay!,* schrie es in ihr. Dennoch nickte sie.

»Danke.« Er lächelte und ging zur Tür. Dort blieb er stehen, drehte sich um und sagte leise: »Das bleibt erst mal unser Geheimnis, okay?«

»Okay.«

»In ein paar Tagen bin ich wieder da und dann regeln wir alles.«

Er kam zurück, küsste sie noch einmal und verschwand im Treppenhaus. Emma stand noch lange an die geschlossene Tür gelehnt und dachte über das nach, was geschehen war. Sie fragte sich, ob sie es sich nur eingebildet hatte. Am liebsten hätte sie eine ihrer Freundinnen angerufen, doch sie hatte versprochen, es geheim zu halten.

In dieser Nacht konnte sie lange nicht einschlafen. War es möglich, dass sie endlich einmal den Mann bekommen würde, in den sie sich verliebt hatte? Das war in der Vergangenheit nie der Fall gewesen. Männer, die ihr gefielen, übersahen sie meist, und die anderen, denen sie gefiel, waren einfach zu langweilig. Bei ihren wenigen Beziehungen war die Initiative eher von den Männern ausgegangen, aber das war nie wirklich gut gegangen. Hatte die Literatur tatsächlich die Macht, aus ihr eine verführerische Frau zu machen? Der Gedanke stärkte ihr Selbstbewusstsein. Sie fühlte sich gut, wie ein Star, der von allen geliebt wurde. In ihr wuchs das Bedürfnis nach Veränderung. Sie wollte ihr Büchereidasein im Institut beenden oder zumindest neue Herausforderungen erleben. Sie würde ihrer Chefin die Meinung sagen. All das würde sie tun, denn sie war stark, sie wurde geliebt – und zwar von einem echten Traumtyp!

Obwohl sie kaum zwei Stunden geschlafen hatte, war sie am nächsten Morgen nicht müde. Sie schickte Leo zwei Textnachrichten, erhielt jedoch keine Antwort, deshalb rief sie ihn an. Doch sein Handy war ausgeschaltet oder er hatte im Wald keinen Empfang. Sicher würde er sich melden, sobald er konnte.

Emma verbrachte den gesamten Sonntag mit Lesen und am nächsten Morgen ging sie bester Laune zur Arbeit, geschminkt und in Minirock und Stiefeln statt der gewohnten Jeans. Mal sehen, was Angie dazu sagen würde.

Ihre Chefin musterte sie tatsächlich mehr als sonst und meinte dann trocken: »Na, sind die Jeans zu eng geworden?«

»Nein, die passen immer noch.«

Emma ärgerte sich darüber, dass sie nicht schlagfertiger war. Sie wusste, dass Angelika es bei diesem einen

Spruch nicht belassen würde, deshalb ging sie rasch in den Pausenraum, wo sie auf ihre Kollegin traf.

»Die Chefin ist heute nicht gut gelaunt. Sie macht Diät …«, erklärte Iris vielsagend und seufzte.

»Nichts kann meine gute Laune trüben«, antwortete Emma.

»Ich sehe schon, du hast einen Typen kennengelernt.«

»Und was für einen!«

Plötzlich stand ihre Chefin in der Tür. Sie setzte ihre Brille auf ihrer spitzen Nase zurecht und ermahnte die beiden schlecht gelaunt: »Das hier ist ein Pausenraum, der Arbeitsbereich befindet sich draußen und die Besucher warten.«

Die beiden nickten und gingen wortlos an ihr vorbei. An diesem Tag war leider nicht viel los und somit gab es viele Gelegenheiten für Angelika, herumzunörgeln. »Wer hat denn schon wieder das Buch falsch einsortiert?« Dieser Satz fiel mindestens jede halbe Stunde.

Kurz nach der Mittagspause kam der Paketbote, ein junger Mann Anfang dreißig, der sonst recht neutral gegenüber den Damen der Bücherei war. Doch diesmal lächelte er, als er Emma sah. Er machte einen Witz und ließ es sich nicht nehmen, das Paket zum ersten Mal bis zur Theke zu tragen. »Das ist zu schwer für solch eine hübsche Frau«, meinte er.

Ihre Kollegin sah ihm entgeistert hinterher und rief aus: »Was ein Minirock und etwas Schminke ausmachen!«

Emma wunderte sich ebenfalls. Bis vor Kurzem hatte er ihnen immer etwas von seinen Rückenproblemen vorgejammert und jetzt? Iris hatte recht. Was

Äußerlichkeiten alles bewirken konnten!

In diesem Moment kam Angelika an den Tresen. »Ich hatte ein Buch für den Geschäftsführer bestellt, mal schauen, ob es dabei ist.« Sie öffnete das Paket, doch das Buch fehlte. Dafür lagen mehrere teure Bücher in dem Karton, die Emma für Leo bestellt hatte. Angelika schaute auf die Rechnung. »Was ist das denn? *3-D-Technik in Videospielen*? *Geheimnisse der Videospiel-Dramaturgie*? Bestellen wir den Nerds jetzt auch noch extra teure Computerspiel-Bücher?«

Emma seufzte, sie ahnte, dass sich Angelikas Frust gleich über sie ergießen würde. Sie erklärte: »Das ist für irgendein Projekt. Er hat mich gebeten, es zu bestellen.«

»Wer er, wie heißt er?«

»Leopold aus dieser neuen Abteilung für Innovationen und Medien und so.«

»Eine Abteilung *und so* gibt es nicht. Ich kann nicht glauben, dass du schon zwei Jahre hier arbeitest und immer noch nicht die Abteilungen kennst.«

Emma zuckte mit den Schultern. Sie versuchte den Rest des Tages, die Sprüche ihrer Chefin zu ignorieren. Als sie am Abend die Sicherheitstür abschloss, merkte sie jedoch, dass sie müde und verspannt war und sich überhaupt nicht mehr hübsch und stark fühlte. Leider lief es die nächsten Tage nicht besser, außer dass Emma statt dem Minirock wieder ihre gewohnten Jeans und Sneaker trug. Leo meldete sich nur sporadisch. Auf ihre SMS kamen immer nur kurze Antworten wie *Sorry, hier ist überall schlechter Empfang*, *Hab leider zu tun, melde mich später* oder *Vermisse dich*, gefolgt von einem Kuss-Emoji. Sie hatte gehofft, ihn noch vor dem nächsten

Literaturtreffen wiederzusehen, doch er blieb verschollen.

Am Sonntagabend erschienen ihre Freundinnen pünktlich um acht Uhr zum Bücherclub. Jede von ihnen hatte sich schick gemacht, Clara war sogar beim Frisör gewesen. Wer nicht kam, war Leo. Anfangs konnten sie sich nicht für ein Buch entscheiden, jede hoffte, dass Leo doch noch auftauchte. Aber er kam nicht und entsprechend gedrückt war die Stimmung. Schließlich beschlossen sie, die Liebesgeschichte von Duncan und Katherine weiterzuverfolgen. Mit einem verführerischen Augenaufschlag begann Feli, vorzulesen.

9.

Vom Fenster der kleinen Steinhütte aus konnte man das Meer sehen. Heute war das Wasser grau und die Wellen schlugen hoch. Katherine saß allein in der Hütte und wärmte sich an dem kleinen Ofen. Das Feuer flackerte. Sie hatte ihr schönes blaues Gewand gegen ein einfaches graues Kleid eingetauscht, das für den Alltag praktischer war.

In diesem Moment kam Duncan mit einem Fasan herein. Sobald sie die Tür hörte, rannte Katherine auf ihn zu, umarmte und küsste ihn.

»Für meine Liebste«, flüsterte Duncan und hielt ihr den Fasan hin.

»Liebster, du warst so lange weg.«

»Wie geht es dir?«, fragte er.

»Wenn ich mit dir zusammen bin, geht es mir gut«, antwortete sie, doch dann musste sie husten.

Duncan musterte sie traurig. Er fühlte sich schuldig, dass seine Geliebte alles für ihn aufgegeben hatte und jetzt in einfacher Bauernkleidung in dieser Hütte saß und fror.

»Liebste, wäre es nicht besser, du gingst zurück? Ich kann dir hier nichts bieten!«

Sie sah ihm tief in die Augen. »Die schönen Kleider und der Komfort sind mir egal. Lieber lebe ich glücklich und arm hier mit dir, statt unglücklich mit diesem langweiligen Schnösel Richard. Ich finde unser Haus wunderschön und das blaue Kleid war mir ohnehin viel zu unbequem.«

Er lächelte und hob sie hoch, wie er es so oft tat. Dann küsste er sie und legte sie auf das einfache Bett. Sie löschte die Öllampe. Ihre Körper wurden nur noch vom flackernden Licht des Ofens erhellt. Katherine wusste, dass es die richtige Entscheidung gewesen war. Für diesen Moment mit ihm wäre sie jederzeit wieder bereit gewesen, alles aufzugeben.

Die vier Frauen saßen eine Weile einfach nur da und schwiegen.

»Ich muss ja zugeben, es ist schon ziemlich spannend«, meinte Moni dann. »Vielleicht hätte ich früher doch lieber Liebesromane statt Hesse lesen sollen.«

»Sie bescheren einem so ein schönes Gefühl«, seufzte Feli.

»Komisch, man möchte immer mehr davon lesen, obwohl doch klar ist, wie die Geschichte ausgeht«, warf Clara ein.

»Mädels, was ist nur los mit uns!«, rief Emma. »Wir

klingen wie verliebte Teenager.«

»Wir sind Frauen«, sagte Clara. »Feli, wie geht es denn deinem Fritz?«

Feli zuckte mit den Achseln und meinte: »Es ist nicht wie bei Duncan und Katherine.« Dann sah sie hastig wieder ins Buch und las weiter.

Trotz der romantischen Liebesgeschichte herrschte an diesem Abend eine gedrückte Stimmung, als würde nicht der gewünschte Kinofilm laufen, sondern ein unbefriedigender Ersatzfilm. Deshalb war es nicht verwunderlich, dass Clara sehr früh sagte: »Ich muss heim.«

»Ich auch«, erklärte Moni.

»Dann mache ich mich wohl auch auf den Weg«, meinte Feli.

Emma fragte sich, ob es etwas mit Leo zu tun hatte, dass alle gingen. Nachts hatte sie einen eigenartigen Traum.

Sie befand sich im Haus von Katherine und Duncan. Sie hatte das Gefühl, die Wärme des Ofens zu spüren. Katherine backte gerade ein Brot und summte ein Lied. Sie wirkte sehr zufrieden und glücklich. Dann drehte sie sich zu Emma um und sagte: »Kannst du bitte noch ein Holzscheit in den Ofen legen?«

Emma nickte und tat wie befohlen.

»Ich backe gerade ein Brot für meinen Liebsten«, erklärte Katherine.

Alles fühlte sich sehr real an. Deshalb bat Emma: »Kann ich dich etwas fragen?«

Katherine lächelte und knetete weiter das Brot. »Gern.«

»Wie ist es, mit einem Menschen zusammen zu sein, den man über alles liebt?«

Katherine ließ vom Teig ab und drehte sich zu Emma um. »Es ist wie ein Traum, der wahr geworden ist. Ich kann mein Glück kaum beschreiben.«

»Vermisst du denn nicht dein Schloss, die Bediensteten, deine wunderschönen Kleider?«

Katherine schüttelte den Kopf. Emma betrachtete sie. Die Katherine in ihrem Traum erinnerte sie sehr an Giselle Bündchen zu der Zeit, als sie noch mit Leonardo DiCaprio zusammen gewesen war. Irritiert dachte sie: *Schon wieder ein Leo!*

»Wenn Duncan bei mir ist, dann brauche ich sonst nichts, und wenn wir uns lieben, dann ist das der Himmel auf Erden! Wie ein Feuerwerk zum Geburtstag des Königs!«

Emma war neidisch. Das wünschte sie sich auch.

»Gleich kommt er«, erklärte Katherine mit einem Seufzer.

Doch aus Richtung der Tür erklang kein Klopfen, sondern ein Summen, das überhaupt nicht in den Traum passte.

»Was ist das?«, fragte Emma irritiert.

Das Summen wurde immer lauter und schließlich verschwanden Katherine und die kleine Steinhütte. Emma öffnete die Augen. Ihr Wecker klingelte.

Sie musste zur Arbeit. Doch sie konnte sich nicht dazu überwinden aufzustehen. Also blieb sie, benommen von dem Traum, im Bett und dachte über Katherines Sätze nach. Sie hatte alles aufgegeben für die Liebe und war glücklich. Vielleicht war dieser Traum ein Zeichen. Doch was sollte sie aufgeben?

Sie ließ ihren Blick schweifen. Als sie den Wecker sah,

fiel ihr ein, dass sie die Schlüssel für die Bibliothek hatte und ihre Chefin heute später kommen wollte. Ach du Schreck!

Sie sprang auf, zog sich schnell ihre Jeans vom Vortag und einen Pullover an, schnappte sich ihre Zahnbürste und einen Kamm und raste zur Tür hinaus. Sie kam genau fünf Minuten zu spät. Oft war zur Öffnungszeit noch kein Mensch da, doch an diesem Morgen standen bereits drei Personen wartend vor der Tür: ihre Kollegin Iris, eine Institutsmitarbeiterin, die sie nicht kannte, und Leopold.

»Entschuldigung!«

»Ist die Bahn wieder ausgefallen?«, fragte Leopold.

Sie lächelte verlegen und schloss die Tür auf. Zum Glück hatte sie in der Bahn Zeit gehabt, ihre Haare zu kämmen und etwas Mascara und Lipgloss aufzutragen. Die beiden Frauen legten schnell Jacken und Taschen ab und fuhren die Computer hoch. Leopold wartete geduldig an der Theke, bis Emma bereit war.

»Wie kann ich dir helfen?«, wollte sie wissen.

»Ich wollte die bestellten Bücher abholen. Außerdem will ich am Wochenende ins Kino gehen. Ich hab VIP-Tickets mit Sekt und Häppchen.«

»Das wird bestimmt interessant«, antwortete sie.

»Es gibt wohl keine Chance, dass du mich begleitest?«

Sie sah ihn an. *Oh nein, das hört ja gar nicht mehr auf,* dachte sie. »Lass mich mal überlegen, ich glaube, ich hab da etwas vor. Entschuldige …«

»Ist es wegen des anderen Kerls?«

»Quatsch«, antwortete sie und lächelte.

»Aber es ist nur ein Kinobesuch …«

»Jetzt fällt es mir ein, am Sonntag geht es nicht, da habe ich meinen Literaturkreis.« Sie lächelte und sagte diplomatisch: »Erst einmal das Geschäftliche. Die Bücher sind angekommen und ich habe ganz schön Ärger bekommen, weil du ständig die teuersten Fachbücher benötigst.«

»Wenn sich jemand beschweren möchte, kann sich die Person gerne direkt an mich wenden«, erwiderte er gelassen. »Schade, dass du nicht mitkannst am Sonntag. Es läuft ein ganz guter Film.«

»Ich liebe es, ins Kino zu gehen, aber wie gesagt, der Literaturkreis hat leider Priorität, es ist ja so schwer, Termine zu finden.«

Er gab sich geschlagen, nickte höflich und meinte: »Da kann man wohl nichts machen.«

Emma lächelte ihn an. Sie war erleichtert, dass sie seine Einladung auf eine höfliche Weise hatte ausschlagen können.

Am Dienstag erhielt sie endlich wieder eine Textnachricht von Leo. Er entschuldigte sich dafür, dass er es nicht zum Literaturabend geschafft hatte.

»Kein Problem«, schrieb sie zurück. »Aber es war ziemlich langweilig ohne dich.«

»Ich muss leider noch ein paar Tage wegbleiben. Bis Sonntag bin ich auf jeden Fall wieder da. Vielleicht können wir ins Kino gehen?«

Sie schmunzelte und antwortete sofort mit: »Nur, wenn es kein Horrorfilm ist.«

Er schrieb zurück: »Ich werde dich beschützen.«

»Aber am Sonntag ist doch Literaturkreis«, wandte sie ein.

Prompt kam eine Antwort: »Stimmt, wie schade. Kannst du nicht auch mal schwänzen? Er könnte doch dieses Mal bei Moni stattfinden?«

Er hatte recht, sie musste nicht jedes Mal dabei sein. Die anderen hatten alle schon mehr als einmal gefehlt. Einmal konnte sie sich auch etwas gönnen.

»Ich versuche, das zu klären«, antwortete sie.

Gleich darauf schrieb sie ihren Freundinnen, dass sie am Sonntag keine Zeit hätte und schlug vor, dass sich die drei bei Moni oder Clara treffen könnten. Alle waren einverstanden, wahrscheinlich in der Hoffnung, dass Leo beim Literaturabend dabei sein würde. Emma grinste. *Wenn die wüssten!*

10.

In den nächsten Tagen schrieben Emma und Leo sich regelmäßig. Als sie am Sonntag vor dem Kino standen, hoffte sie, nicht Leopold aus dem Institut zu begegnen. Aber vielleicht wollte er ja in ein anderes Kino gehen und außerdem fingen nicht alle Filme zur selben Zeit an. Für alle Fälle hatte sie sich eine Ausrede zurechtgelegt, falls sie ihm doch über den Weg laufen sollte: *»Der Literaturkreis wurde wegen Krankheit verschoben und ich habe ja leider keine Nummer von dir.«*

Beim Betreten des Foyers entdeckte Emma tatsächlich Leopold in der VIP-Ecke, die zu den teuren Balkon-Plätzen führte und in der Häppchen und Sekt gereicht wurden. Er war in Begleitung einer äußerst attraktiven jungen Frau. Im Vorbeigehen sah sie, welchen Film Instituts-Leopold sehen wollte – es war der neue Film von Pedro Almodóvar.

Emma liebte Almodóvar und seine Filme, aber heute würde sie wohl besser einen anderen Film auswählen. Sie zog Schreiner-Leo rasch mit sich und war erleichtert, dass Leopold sie nicht bemerkte. Leo hatte bereits Karten besorgt und so gingen sie direkt in den Kinosaal. Dort angekommen holte er eine Packung Chips und zwei Flaschen Bier aus seinem Rucksack.

»Das macht mir mehr Spaß, als dieses teure Zeug an der Bar zu kaufen«, erklärte er.

Emma sah ihn leicht irritiert an, nickte dann aber. Sie hatten nicht die besten Plätze, aber sie saßen wenigstens recht weit vorn. Es hatte auch sein Gutes, wie authentisch Leo beim Kinobesuch war, schließlich waren Sekt und Häppchen nicht alles. Rasch nahm sie einen Schluck Bier. Innerlich schüttelte sie sich, es schmeckte abscheulich, aber sie ließ sich nichts anmerken. Während der Werbung unterhielten sie sich leise, dann begann der Film.

»Das ist ja doch ein Horrorfilm«, sagte Emma, nachdem in der ersten Szene ein Monster auftauchte und drei Touristen nacheinander den Kopf abbiss.

»Sorry«, sagte Leo. »Ich hab gelesen, dass es sich um einen gesellschaftlich relevanten Film handeln soll. Ein Kommentar auf Rassismus und die Angst vor Fremden. Wusste nicht, dass es so abgeht. Ist das schlimm?«

Sie schüttelte den Kopf und sagte: »Ich bin ja nicht aus Zucker«, obwohl sie am liebsten gegangen wäre.

Den ganzen Film verbrachte sie an Leo gekuschelt mit geschlossenen Augen. Ihm schien es zu gefallen, den coolen Beschützer zu spielen. Als er sie küsste, genoss sie es nicht, der Biergeschmack war einfach ekelhaft. Doch in einer Beziehung war nicht alles rosarot. Anschließend verfolgte Leo gebannt den Film. Emma dagegen schaute gar nicht mehr auf die Leinwand. Wenn sie erst einmal etwas Gruseliges gesehen hatte, verfolgten die Bilder sie monatelang in Alpträumen. Stattdessen fragte sie sich, was wohl im Saal nebenan lief, bei Almodóvar. Ein wenig bedauerte sie, dass sie nicht mit Instituts-Leopold den anderen Film bei einem Glas Sekt genießen konnte, sondern stattdessen in einem blutigen Kopffresser-Spektakel saß, Bier aus Plastikflaschen trank und Chips vom Discounter aß.

Als sie absehen konnte, dass die Massenabschlachtung sich ihrem Ende zuneigte, flüsterte sie: »Ich gehe schon mal raus. Warte draußen auf dich.«

»Okay«, antwortete er, ohne sie anzusehen.

Emma ging in den Flur und huschte in den Nachbarsaal. Sie wollte wenigstens das Ende sehen, doch dafür kam sie zu spät. Aber die emotionale Orchestermusik des Abspanns mit spanisch-folkloristischem Einschlag trieb ihr Tränen in die Augen. So erging es ihr meistens bei solchen Filmen. Die anderen Kinobesucher hatten anscheinend wenig Interesse am Abspann, sie gingen bereits zum Ausgang.

»Emma?«, hörte sie plötzlich eine bekannte Stimme. Es war Leopold. »Was machst du denn hier?«

Emma sah ihn sprachlos an und vergaß, was sie sich zurechtgelegt hatte, falls sie ihn treffen würde.

»Es war ein toller Film«, sagte die hübsche Begleitung an seiner Seite. Sie kam Emma bekannt vor. Hatte sie die Frau vielleicht schon einmal im Institut gesehen?

»Ich wollte das Ende sehen«, antwortete Emma. Als sie merkte, dass das völlig verwirrt klingen musste, eilte sie schnell aus dem Saal. Draußen wartete Leo auf sie.

»Na, Süße. War es zu gruselig?«

»Oh ja.«

Sie spürte Leopolds Blick, traute sich jedoch nicht, sich

umzudrehen. Am liebsten wäre sie im Erdboden versunken. Sie hatte sich gründlich blamiert.

In diesem Moment klingelte Leos Telefon. »Oh, Clara ruft an«, sagte er. »Hi, nein, ach was. Ja klar komme ich gern.« Er legte auf. »Sie sind fertig mit dem Literaturabend und beim Italiener um die Ecke. Sie haben gefragt, ob ich mitkommen möchte. Das wäre doch noch nett. Komm, lass uns hingehen.«

»Zusammen? Ich weiß nicht, das ist doch blöd«, sagte Emma. »Ich kann nicht plötzlich dort auftauchen.«

»Da findet sich eine Ausrede. Vielleicht hast du ein Date verpasst und wolltest zu deinem Lieblingsitaliener …«

Emma zierte sich noch ein wenig, aber dann vereinbarten sie, dass zuerst Leo ins Restaurant gehen und sie ihm eine Viertelstunde später folgen würde.

Als sie hereinkam und alle überrascht aufsahen, erklärte sie: »Leo hat mir geschrieben, dass ihr euch hier trefft, und nachdem mein Date mich versetzt hat, dachte ich, ich komme auch.«

Sie hatte das Gefühl, dass ihr niemand ihre Worte abnahm, aber Leo lachte und sagte: »Hey, *the more, the merrier*. Das wird ein schöner Abend.«

Er bestellte zwei Flaschen des Hausweins für alle und bald wurde die Stimmung heiter. Feli, die neben Emma saß, flüsterte ihr fragend zu: »Date?«, aber Emma zuckte nur mit den Schultern.

Leo erzählte von dem Film, und die anderen hörten ihm interessiert zu, während sie Pizza aßen und Wein tranken. Feli war heute jedoch besonders still. Sie zupfte ständig an ihrem Wollkleid und rutschte unruhig auf ihrem Stuhl herum.

»Emma, ich fahre dich gern nach Hause«, bot sie schließlich an. Sie hatte nur ein Glas Wein getrunken, da sie mit dem Auto da war.

»Das musst du nicht«, meinte Emma, weil sie lieber mit Leo nach Hause gegangen wäre. Doch Feli beharrte darauf. Da Emma noch nicht mit Leo darüber gesprochen hatte, wann sie allen erzählen wollten, dass sie jetzt zusammen waren, willigte sie schließlich ein.

Als sie im Auto saßen, platzte Feli heraus: »Ich muss dir unbedingt was erzählen.«

»Bist du schwanger?«

Feli sah sie entgeistert an. »Von was denn? Vom Skypen?«

Emma lachte. »Erzähl.«

»Ich glaube, Leo mag mich«, sagte Feli trocken.

Als ob jemand gerade »Stopp!« geschrien hätte, während sie über Rot lief, starrte Emma ihre Freundin entgeistert an. »Warum denkst du das?«, fragte sie dann vorsichtig.

Feli flüsterte, obwohl sie allein im Auto saßen: »Na, weil er den ganzen Abend mit seinem Fuß mein Bein gestreichelt hat!«

»Deshalb bist du ständig hin und her gewackelt auf deinem Stuhl!«, stammelte Emma.

»Ich wollte ihn stoppen. Aber er hat ewig gebraucht, bis er kapiert hat, dass er damit aufhören soll. Ich konnte ihn ja schlecht vor allen direkt darauf ansprechen.«

Emma war sich sicher, dass Leo sie gemeint und aus Versehen Feli erwischt hatte. »Hat er sonstige Andeutungen gemacht?«, wollte sie dennoch wissen.

»Nö, er ist auch nicht unbedingt mein Typ. Aber ihr

drei Mädels seid ja sofort in Ekstase, wenn ihr ihn seht.«

»Wir alle drei? Findest du?«

»Ja klar, ihr müsstet euch mal sehen, wie ihr kichert und flirtet, puh. Zum Glück hab ich einen Freund.«

Nach einer Pause, in der Emma nachdenklich aus dem Fenster starrte, erklärte Feli: »Irgendwie traue ich dem Typen nicht.«

»Warum das denn?«

»Ich weiß nicht, er ist zu gut, um wahr zu sein.«

»Na komm, diese Typen muss es doch auch in der Realität geben, nicht nur im Film und in Büchern!«, antwortete Emma. Sie war erleichtert, dass Feli offensichtlich kein Interesse an Leo hatte. Vielleicht konnte sie mit ihr über ihre Gefühle sprechen?

»Hoffentlich.«

»Und dein Skype-Verlobter?«

»Er ist wahrscheinlich auch nur toll, weil wir im Alltag kaum Zeit miteinander verbringen«, antwortete Feli lakonisch.

»Sei doch nicht so negativ!«

Feli zuckte mit den Achseln. Kurz darauf hielt sie vor Emmas Wohnhaus. Sobald Emma in ihrer Wohnung war, rief sie Leo an, doch er nahm nicht ab. Kurz darauf kam eine Nachricht.

»Kann gerade nicht sprechen.«

»Du hast die Falsche erwischt«, schrieb sie zurück und fügte ein Männerschuh- und ein Frauenschuh-Emoji hinzu.

»???«

»Du hast heute Abend in der Pizzeria die Falsche mit deinem Fuß erwischt.«

»Oh.«

»Feli denkt, du wärst ein Gigolo.«

»Oh. Das ist nicht gut.«

»Wir können es ihr ja später erklären.«

Er antwortete darauf mit einem großen Herz-Emoji und Emmas Herz machte einen kleinen Sprung.

Die Tür des Aufzugs öffnete sich und Emma betrat das zweite Untergeschoss ihres Instituts. Der Gang hatte einen grauen Fußbodenbelag aus Gummi und die Umgebung erinnerte sie an den Keller eines Krankenhauses. Sie blickte auf den handgeschriebenen Zettel mit der Beschreibung, wo sie seinen Arbeitsplatz finden würde, ging langsam den leeren Flur entlang und fühlte sich etwas verloren. Es roch nach Reinigungsmitteln, und das Licht der Neonröhren erinnerte sie an einen Horrorfilm, den sie in ihrer Jugend gesehen hatte.

Warum sehen Kellerflure immer so deprimierend aus?, fragte sie sich. An den Türen standen keine Namensschilder, nur Abkürzungen. Emma suchte die 0.1414. Die Tür befand sich am Ende des Flurs. Sie klopfte zaghaft. Neben der Tür stand ein Kasten mit einem Touchscreen und Fingerabdruckerkennung. Sie kam sich vor wie in einem Science-Fiction-Roman.

Kurz darauf wurde die Tür von einer Blondine in Emmas Alter geöffnet, die ihr bekannt vorkam.

»Ja bitte?«

»Äh, ich wollte zu Leopold«, sagte Emma.

»Ah, hallo. Du bist aus der Bib, oder?«

Sie nickte.

Die Blondine streckte ihr die Hand hin. »Ich bin Alexa.«

»Emma.«

Während sie ihr die Hand schüttelte, fiel ihr ein, woher sie Alexa kannte. Sie war Leopolds Kinobegleitung gewesen!

Alexa führte Emma an einigen Schreibtischen vorbei zu Leopold.

»Hey, du bist tatsächlich gekommen«, begrüßte er sie erfreut.

»Klar, ich möchte schließlich wissen, an welchem Geheimprojekt ihr hier arbeitet. Irgendwie bin ich ja schließlich auch Teil dieses Instituts.«

Er lächelte. Sie sah sich um und war erstaunt, wie groß der Raum war.

»Jetzt verstehe ich«, sagte sie.

Er sah sie fragend an. »Was verstehst du?«

»Sie haben so viel Geld in diese Ausstattung gesteckt, dass für den Flur nichts mehr übrig war.«

Er lachte. »Das wäre möglich.«

Als Alexa in einem Nebenraum verschwunden war, fragte Emma: »Seit wann sind ITler denn so gutaussehend und … weiblich? Ich dachte, hier gibt es nur Männer.«

»Es gibt mehr Programmiererinnen als du denkst. Aber es stimmt schon, dass sie etwas exotisch sind und ihre männlichen Kollegen manchmal ins Schwitzen bringen.«

»So, so …«

»Alexa ist meine Doktorandin. Sehr begabt. Ein absolutes Gerücht, dass nur Männer etwas von Mathematik verstehen.«

Sie nickte ein wenig neidisch. Diese Alexa war also gutaussehend *und* superschlau.

»Komm«, sagte Leopold und berührte ihre Schulter. Ihr Blick fiel auf eines dieser furchtbaren T-Shirts, die er immer trug. Heute zeigte es einen Superhelden.

»Möchtest du einen Kaffee oder einen Tee?«

»Gerne einen Kaffee.«

»Mit aufgeschäumter Milch?«, fragte er.

»Ihr habt hier unten einen Milchaufschäumer?«

Er lächelte siegessicher. »Komm mit.«

Leopold führte sie in eine Küche, die wesentlich neuer und moderner aussah als ihre kleine Kochnische oben in der Bibliothek. Es gab einen Herd, eine Mikrowelle, einen Kühlschrank mit integriertem Eiswürfelbereiter und eine echte Edelstahl-Siebdruckmaschine.

»Latte macchiato oder Cappuccino?«, fragte er.

»Cappuccino, bitte.«

Während sie auf ihren Kaffee wartete, meinte sie: »Ihr habt wohl ein separates Budget hier.«

»Wegen des Kaffees meinst du? Nein, die Maschine habe ich mitgebracht.«

Sie sah ihn verblüfft an.

Leopold drückte ihr den Cappuccino in die Hand und sagte: »Komm, ich zeige dir die anderen Räume.«

Sie durchquerten den Hauptraum, in dem ein Mitarbeiter am Rechner saß und ein anderer Kabel zusammensteckte. Dann kamen sie in einen dunklen, schmucklosen Raum.

»Willkommen in meiner Märchenwelt«, verkündete Leopold.

»Märchenwelt?«

»Wir testen immersive 3-D-Welten. Virtuelle Realität.«

»Ach, wie bei *Avatar*?«

»Hm, so ähnlich. Wir testen VR-Brillen und arbeiten daran, sie zu verbessern. Man soll sich in diesen digitalen Welten wie in einem dreidimensionalen Raum bewegen können.«

»Cool.«

Leopold zeigte ihr eine Brille und fragte: »Möchtest du sie mal aufsetzen?«

Emma musterte das Teil, das eher wie das Arbeitsgerät eines Luftwaffenpiloten aussah, skeptisch. »Mir wird zwar schon beim Busfahren schlecht, aber ich kann es ja mal versuchen.«

»Das ist nicht das gleiche Gefühl wie bei den 3-D-Brillen im Kino«, beruhigte Leopold sie und gab ihr die Brille. »Gleich helfe ich dir, sie aufzusetzen, ich muss erst kurz an den Computer.«

Sie lächelte ihm zu. Langsam wurde sie neugierig. Irgendwie war Leopold hier in seinem Reich überhaupt nicht der nervöse, schüchterne Nerd, für den sie ihn in der Bibliothek immer gehalten hatte. Seine Begeisterung für die Technik hatte etwas Ansteckendes. Und es beeindruckte sie, wie selbstbewusst er auf einmal auftrat.

Leopold tippte irgendetwas in die Tastatur und rief dann: »Bereit! Jetzt helfe ich dir, die Brille aufzusetzen«. Als er neben sie trat, konnte sie sein Aftershave riechen. Es gefiel ihr, es erinnerte sie an eine grüne Wiese. Im nächsten Moment hatte sie die Brille auf ihrer Nase und war in einer völlig anderen Welt.

Anfangs fühlte es sich komisch an. Emma stand auf einer saftig grünen Wiese und hörte hinter sich das Rauschen von Wasser. Sie drehte sich um und sah einen wunderbaren Wasserfall. Er schillerte in Farben, die es in der Natur nicht gab, und doch war die Illusion perfekt. Unwillkürlich wich sie den digitalen Wasserspritzern aus.

»Wow! Der sieht ja echt aus.«

»Willkommen in Leos Wunderland!«, rief Leopold.

Sie schmunzelte und fragte: »Und du kannst einfach alles hereinzaubern, was ich mir so wünsche?«

»Das hängt von deinen Wünschen ab.«

»Hm, ich hätte gerne noch einen Regenbogen.«

Nach einer kurzen Zeit der Stille stand plötzlich ein Regenbogen am Himmel.

»Krass! Und wie sieht es mit ein paar Sternen aus?«

»Kommt sofort«, antwortete er und innerhalb kürzester Zeit standen Sterne am blauen, klaren Himmel.

»Ich muss sagen, Sterne sehen nachts doch besser aus«, meinte Emma.

»Okay«, hörte sie und plötzlich wurde es nicht nur dunkel, sondern auch irgendwie kühl.

»Hast du die Klimaanlage angemacht?«, fragte sie.

»Nein, das ist nur dein Gehirn, das die visuelle Stimulanz interpretiert. Es denkt, dass es kalt sein muss, und löst bei dir damit einen Gänsehauteffekt aus.«

Die Illusion war wirklich perfekt.

»Jetzt würde ich mir das Ganze noch gerne bei dir am Rechner anschauen«, meinte Emma. Sie legte die Brille ab und ging zu ihm. »In deiner digitalen Welt war es doch etwas einsam.« Sie fühlte sich eigenartig, als würde sie im Sommer aus einem dunklen Kinosaal ins grelle Licht treten.

»Das nächste Mal kann ich dich gerne begleiten«, meinte Leopold lächelnd.

Plötzlich sah sie ihn mit anderen Augen. Hinter der dicken Brille, hinter der er sich bei ihren ersten Begegnungen versteckt hatte, steckte ein feiner, intelligenter Mensch. Sie hatte bisher in ihm nur den leicht weltfremden Programmierer gesehen. Jetzt stand vor ihr ein Mann, der zu träumen verstand. Und er verwandelte seine Träume sogar in Welten, die andere Menschen besuchen konnten – im Grunde wie ein Romanautor. Sie fand es schon fast sexy, wie er den Regenbogen einfach so hingezaubert hatte.

Als Leopold ihr nun das Simulationsprogramm zeigte, verstand Emma nicht viel von dem, was er erklärte, aber zumindest hatte sie jetzt eine Ahnung, wie diese virtuellen 3-D-Welten entstanden.

»Du bist ein richtiger Künstler«, stellte sie erstaunt fest.

»So weit würde ich nicht gehen, aber es macht mir Spaß, Welten zu kreieren. Leider sind die Brillen noch nicht perfekt.«

»Ich fand sie schon richtig gut. Das nächste Mal machen wir irgendwo in der Südsee Urlaub«, sagte sie völlig unbedacht.

Er blickte von seinem großen Bildschirm zu ihr auf und meinte: »Gerne.«

Sie hatte doch tatsächlich mit ihm geflirtet und es hatte ihr Spaß gemacht! Sie wunderte sich über sich selbst. Er war doch eigentlich gar nicht ihr Typ. Sie stand auf Handwerker wie Leo. Ob es an der Genetik lag oder woran auch immer – Schreiner-Leos männliche Ausstrahlung fand sie unwiderstehlich.

»Ich glaube, ich gehe dann mal wieder«, sagte sie und lächelte etwas verlegen.

»Verstehe, vielleicht können wir uns die Tage mal wieder in der realen Welt treffen.«

Sie zuckte mit Schultern.

»Klar.«

Leopold brachte sie zur Tür.

»Viel Spaß noch in deinem Hochsicherheitstrakt«, sagte sie zum Abschied mit einem Augenzwinkern. Beide lächelten und er sah ihr nach, während sie den Flur entlang zurück zum Aufzug ging.

In diesem Moment vibrierte ihr Smartphone. Leo hatte ihr eine Nachricht gesendet: »Vermisse dich.«

Ein fröhliches Lächeln glitt über Emmas Gesicht.

»Wann sehen wir uns?«, schrieb Emma, als sie im Aufzug war.

»Heute wird es nichts. Sitze gerade im Zug. Muss zu einem Auftrag.«

»Oh. Arbeitest du nicht in deiner Werkstatt?«

»Ich restauriere ein paar alte Schränke für einen Kunden. Das geht vor Ort am besten. Tut mir leid. Ich würde dich auch am liebsten sofort wiedersehen. Normalerweise bin ich nicht so viel unterwegs. Aber ich mache das wieder gut, versprochen!«

»Okay!«

»In ein paar Tagen bin ich wieder da.«

In ein paar Tagen? Sie wusste nicht, wie sie es so lange aushalten sollte. Wenigstens schrieb er regelmäßig Nachrichten – jeden Tag ein bisschen intimer, fantasievoller und aufregender. Emma war so beflügelt, dass sie ständig lächeln musste. Doch dann kamen ihr wieder Zweifel. Meinte er es wirklich ernst? Zweimal sprach sie ihn auf seine bisherige Beziehung an.

»Keine Sorge. Das regle ich, wenn ich wieder in Heidelberg bin. Schlussmachen am Telefon geht nicht.

Und letztes Wochenende war Lotte auf einer Fortbildung.«

Sie versuchte, ihm zu vertrauen, auch wenn ein unangenehmes Gefühl blieb. Sie hatte nie verstanden, wie Frauen jahrelang Beziehungen mit verheirateten Männern haben konnten, nur weil diese versprachen, irgendwann ihre Ehefrauen zu verlassen. War sie nun in der gleichen Situation? Eigentlich wollte sie weder eine Beziehung zerstören, noch so enden.

Doch Leo war eine ehrliche Haut, sie glaubte ihm, dass er die Beziehung eigentlich längst hätte beenden wollen und einfach nur noch nicht dazu gekommen war. Das Drumherum war nur noch Kulisse für das, was sie sich schrieben und die Welt, die sie sich ausmalte.

Da er am Sonntag noch nicht zurück war, hatten sie im Buchclub Zeit, mit der Lektüre des Highlander-Romans fortzufahren. Ihre Freundinnen schienen sich damit abgefunden zu haben, dass Leo nicht kommen würde, und sie hatten eine Menge Spaß zusammen.

Am Montagmorgen fragte Angelika Emma, als diese zur Tür hereinkam: »Was hast du denn mit dem Typen von den neuen Medien gemacht?«

»Wie bitte?«

»Ich hatte der Personalabteilung ja schon angeboten, dass ich bereit wäre, die Leitung des Archivs mit zu übernehmen, aber das wollten sie anscheinend nicht.«

Emma verstand überhaupt nichts, aber sie hatte auch keine Lust, ihre Chefin zu unterbrechen, daher wartete sie geduldig ab.

»Da ist das letzte Wort noch nicht gesprochen«, fuhr Angelika fort. »Aber bis die Personalsituation dort unten geklärt ist, benötigen sie jemanden, der den Abschnitt 50b neu sortiert.«

»Was für einen Abschnitt?«

»Na das Archiv der neuen Medienabteilung. Die brauchen irgendwelche Daten für ein Projekt, aber da herrscht das absolute Chaos. Wäre unter meiner Leitung nicht passiert.«

»Ja, aber was hat das mit mir zu tun?«, fragte Emma nun doch nach.

»Du sollst ein paar Tage im Archiv aushelfen und gucken, dass die Wissenschaftler sich da irgendwie zurechtfinden.«

»Ich?«

»Ja, du. Die Order kommt direkt vom Abteilungsleiter Neue Medien. Es macht den Anschein, als hättest du ihn irgendwie beeindruckt.« Angelika zuckte mit den Schultern. »Ich wusste nicht, dass Kaffee über Bücher zu schütten heutzutage schon als besondere Fähigkeit gilt. Du kannst jedenfalls gleich runtergehen.«

Als ihre Chefin ihr den Rücken zukehrte, streckte Emma ihr die Zunge raus. *Blöde Ziege!,* dachte sie. Dann machte sie sich auf den Weg nach unten. Das Archiv von Leopolds Abteilung war ein kleiner Raum, vollgestopft mit zahlreichen Regalen und Kisten. Dort traf sie auf Alexa und Leopold. Beide standen an dem einzigen Schreibtisch im Raum über einen Stapel Akten gebeugt und wirkten etwas verloren.

»Hallo, Emma!«, rief Leopold begeistert, als er sie sah. »Hier herrscht das totale Chaos. Irgendwie scheinen die Akten einfach zwanzig Jahre lang ohne System gestapelt worden zu sein.«

103

»Wir finden leider gar nichts mehr«, stimmte Alexa zu.

»Wir brauchen einen Profi, der sich mit Ordnungssystemen auskennt. Kannst du uns helfen?«

»Klar, sonst wären all die Jahre Studium ja verlorene Zeit gewesen«, antwortete Emma mit einem Schuss Selbstironie.

»Du bist unsere Rettung.«

»Leider ist Organisation nicht Leos Stärke«, meinte Alexa.

»Da hat sie recht«, gab er zu. » Ich verliere gerade ein wenig den Überblick.«

»Keine Angst, das kriegen wir schon hin«, tröstete Emma. Irgendwie fühlte sie sich hier unten selbstbewusster, als oben in der Bibliothek unter Angies ständiger Beobachtung.

Zunächst verschaffte sie sich einen Überblick über die Akten, die zumindest einigermaßen chronologisch sortiert waren, allerdings ohne jegliche thematische Ordnung. Emma sortierte sie neu, versah die einzelnen Themen mit unterschiedlichen Farbcodes und begann damit, die handschriftlichen Zettel aus den Archivkästen in das Computersystem zu übertragen und auszusortieren, was vermutlich nicht mehr benötigt wurde. Die letzte Entscheidung in dieser Hinsicht würde dann jemand aus der Abteilung fällen.

Jeden Tag kam Alexa vorbei und Emma half ihr, die Akten herauszusuchen, die sie benötigte. Sie fand die Doktorandin sehr sympathisch. Wenn Leopold jeden Tag so eine attraktive und nette Gesellschaft hatte, die auch noch Single war, wie Emma inzwischen erfahren hatte, dann musste sie kein schlechtes Gewissen haben, dass sie nicht auf seine Avancen eingegangen war. Aber einen leichten Stich versetzte ihr der Gedanke, dass Leopold nun vielleicht Alexa schöne Augen machte, dennoch. Begehrenswert zu sein, fühlte sich einfach gut an.

Am Freitag saß Emma zum ersten Mal wieder in der Bibliothek und sortierte Bücher. Sie musste zugeben, dass ihr die vier Tage im Archiv gefallen hatten. Endlich einmal Ruhe vor Angie! Aber vor allem war es schön gewesen, dass sie eigenverantwortlich handeln konnte – und dass das auch von Menschen geschätzt wurde. Außerdem hatte sie die Arbeit etwas davon abgelenkt, dass sie Leo vermisste.

Plötzlich rief ihre Kollegin Iris nach ihr: »Emma, komm schnell!«

»Was ist?«

»Schau mal.« Sie hielt die Mitarbeiterzeitung in der Hand und zeigte auf ein Foto von Leopold. »Der ist jetzt Geschäftsführer geworden!«, rief sie aufgeregt.

Emma nahm ihr die Zeitung aus der Hand. Tatsächlich war Leopold zum Geschäftsführer für den Bereich Medien und neue Technologien berufen worden.

»Mensch, der steht doch auf dich, da wirst du quasi Frau Chefin«, sagte Iris.

Emma verdrehte die Augen. »Da ist nichts zwischen uns, aber krass, wie schnell man Karriere machen kann.

Außerdem ist er ja nur der Geschäftsführer für den Medienbereich.«

»Das ist sein Spezialgebiet. Aber als einer der drei Geschäftsführer steht er über allen Abteilungen. Er ist jetzt auch unser Chef. Angie wird Augen machen, bin gespannt, wie sie sich dir gegenüber gibt. Sie muss ja nicht wissen, dass zwischen euch nichts ist. Siehst du mal, Emma, du verdrehst schon Geschäftsführern den Kopf.«

»Ja, bin quasi über Nacht eine Femme fatale geworden.«

Ihre Kollegin betrachtete sie von Kopf bis Fuß. Sie machte ein nachdenkliches Gesicht und sagte plötzlich: »Dann habe ich auch gute Chancen.«

Iris hatte rot gefärbte Haare, trug immer Jeans, burschikose Hemden und ebenso unauffällige wie bequeme Lederschuhe. Sie war geschieden und Mitte fünfzig. Emma fragte sich, was sie mit ihren Worten gemeint hatte. Dass sie sich selbst für sehr hübsch hielt, oder dass Emma genauso unauffällig war wie sie selbst?

Ein paar Minuten später kam eine Nachricht von Leo, Handwerker-Leo, *ihrem* Leo: »Bin wieder in Heidelberg.«

An komplizierte Arbeiten war jetzt nicht mehr zu denken! Emma sortierte freiwillig die zurückgebrachten Bücher ein. Sie fragte sich, wie ihre Freundinnen reagieren würden, wenn sie ihnen beichtete, dass sie und Leo ein Liebespaar waren. Ihnen gefiel Leo schließlich auch. Clara und Moni würden vielleicht eifersüchtig sein. Aber was sollte sie tun, er hatte sie erwählt und sie waren füreinander bestimmt. Wie Katherine und Duncan.

Kurz vor Feierabend waren alle Mitarbeiter im Haus noch zu einem Umtrunk in die Kantine eingeladen, um den neuen Geschäftsführer kennenzulernen. Leopold stand mit einem der Vorstandsmitglieder an der Theke. Er trug einen Anzug, kam frisch vom Frisör und sah heute richtig gut aus. Das Vorstandsmitglied hielt eine Lobeshymne auf ihn: »Ein junger Mann, intelligent, freundlich und genau der Richtige für diesen Posten.«

Nach einem lauten Beifall wurde Leopold gebeten, etwas sagen. Er nahm das Mikrofon, bedankte sich bei allen für das Vertrauen und versprach, alles zu tun, damit der Laden lief und die Mitarbeiter zufrieden wären. Dann gab es Schnittchen und alkoholfreien Sekt für alle.

Emma holte tief Luft und ging zu ihm.

»Herzlichen Glückwunsch!«, sagte sie.

»Danke.«

Sie stießen an.

»Puh, jetzt muss ich aufpassen, was ich sage«, witzelte Emma.

»Genau, sonst kommt die Firmenpolizei.«

Sie grinsten beide.

»Jetzt bist du ein hohes Tier«, meinte Emma anerkennend.

»Ach was, wir kochen alle nur mit Wasser.«

»Aber einige verdienen fürs Wasserkochen das Drei- bis Vierfache.«

Er lächelte und gab zu bedenken: »Dafür muss ich Überstunden machen.«

»Klar. Das ist schon eine ziemliche Verantwortung.«

Plötzlich tauchte Angelika auf. »Gratuliere!«, rief sie und begann mit einem breiten Lächeln zu erzählen, wie es damals für sie gewesen war, als sie die Leitung der Bibliothek übernommen hatte. Emma winkte Leopold kurz zu und entfernte sich. Die Unterbrechung war eine gute Gelegenheit, endlich nach Hause zu fahren. In der Straßenbahn schrieb sie Leo und fragte, wann sie sich treffen würden oder ob sie ihn abholen solle.

»Ich komme später zu dir«, schrieb er als Antwort.

Sie schwebte nach Hause und kochte eine Sauce aus Meeresfrüchten, Cherrytomaten und Knoblauch. Dann holte sie einen guten Weißwein aus dem Schrank und stellte ihn kalt. Sie öffnete rasch das Tiefkühlfach – da war noch eine Packung Eis. Anschließend ließ sie sich ein Bad ein, badete in Mandelöl und zündete sogar die Kerzen an, die schon seit Jahren nur noch als Staubfänger dort standen. Sie peelte und rasierte ihren Körper und ölte ihn ein. Für diesen besonderen Abend wollte sie sich von ihrer besten Seite zeigen. Sie frisierte ihre Haare, schminkte sich, zog erneut die schöne schwarze Unterwäsche an, die sonst einfach nicht praktisch war, und ein hübsches dunkelblaues Kleid. Anschließend setzte sie sich vorsichtig auf die Couch und traute sich nicht einmal, ihren Kopf anzulehnen, aus Angst, ihre Frisur zu zerstören.

Die nächste Stunde wartete sie und sah immer wieder auf die Uhr. Um einundzwanzig Uhr wurde sie ungeduldig. Hoffentlich wollte er nicht erst um Mitternacht kommen! Sie konnte nicht anders, sie musste ihm schreiben: »Wann kommst du? Es wartet eine Überraschung auf dich.«

Doch es kam keine Antwort. *Was ist passiert?*, fragte sie sich. Warum antwortete er nicht? Sollte sie noch eine Nachricht senden? Nein, das war zu viel.

Sie schaltete den Fernseher ein, doch in Gedanken war

sie ganz woanders. Sollte sie sich Sorgen machen oder war sie einfach zu ungeduldig? Warten zu müssen und gleichzeitig aufgeregt zu sein war keine schöne Kombination. Als gerade die Politshow anlief, klingelte es endlich an der Tür. Diesmal benutzte sie die Kamera. Es war Leo. Sie drückte auf den Türöffner und wartete ungeduldig, versuchte jedoch, sich nichts von ihrer Aufregung anmerken zu lassen.

Als sie seine Schritte hörte, öffnete sie die Tür. Er sah besorgt und erschöpft aus, doch bei ihrem Anblick pfiff er. »Wow, du siehst absolut klasse aus.«

Sie bedankte sich und zwirbelte an ihrem Haar herum wie ein Kind.

»Ich habe mir schon Sorgen gemacht.«

»Ich bin vorhin erst in Heidelberg angekommen und wollte erst zu Lotte, aber sie war nicht da. Ich glaube, sie ist mit ihren Eltern über das Wochenende auf dem Landsitz.«

Landsitz? Wie reich war Lottes Familie bloß? Die beiden schienen wirklich nicht mehr viel miteinander zu reden, wenn sie ihm nicht einmal Bescheid sagte, wenn sie verreiste.

»Entschuldige, wenn ich aussehe wie ein ausgeknockter Boxer. Aber so fühle ich mich auch«, fuhr er fort.

Er küsste sie kurz, dann umarmten sie sich und Emma streichelte seinen Rücken.

»Hast du Hunger?«, fragte sie.

»Ich hab ehrlich gesagt noch nichts gegessen außer einem Apfel.«

Er zog seine Stiefel aus, dann nahm sie seine Hand und führte ihn in die Küche. Während die Spaghetti kochten, zündete sie eine Kerze an und sie unterhielten sich über belanglose Dinge. Beim Essen waren beide recht schweigsam. Emma beobachtete ihn, wie er genüsslich die Spaghetti aß. Er trug heute einen gestreiften Pullover und Jeans. Seine Socken hatten ebenfalls Streifen, fast dieselben wie der Pullover, stellte Emma belustigt fest.

»Das schmeckt absolut klasse«, seufzte Leo und sie errötete.

Nach dem Nachtisch setzten sie sich auf die Couch und Leo sank in die Kissen.

»So erschöpft?«

»Es war eine lange Woche«, antwortete er. Dann fragte er: »Hast du deinen Freundinnen schon von uns erzählt?«

»Es ist mir sehr schwergefallen, es geheim zu halten, aber ich habe dichtgehalten.«

Er nickte. »Wir können es ihnen bald sagen. Vielleicht beim nächsten Buchclub? Wenn ich es bis dahin Lotte gesagt habe. Normalerweise kommt sie Sonntagnachmittag zurück, dann kann ich sie noch vor dem Literaturabend abpassen.«

»Okay.«

»Du bist eine absolute Traumfrau!«, rief er aus und sah ihr tief in die Augen.

»Ach komm, das sagst du bestimmt jeder.«

Er schüttelte den Kopf und bedeutete ihr, dass sie sich an ihn lehnen solle. Das tat sie, doch dann richtete sie sich noch einmal auf.

»Ich bin gleich wieder da«, flüsterte sie.

Sie ging ins Badezimmer, um sich die Zähne zu putzen, schließlich wollte sie nicht nach Knoblauch riechen. Als sie zurückkam, war Leo eingeschlafen. Sie überlegte einen Moment, ihn zu wecken, aber er sah so friedlich aus. Er musste wirklich sehr müde sein. Sie holte eine Decke und breitete diese über ihm aus. Wie gerne hätte sie jetzt in seinen starken Armen gelegen. Aber irgendwie war sie auch froh, dass nicht mehr passierte, solange er noch nicht mit Lotte gesprochen hatte.

In diesem Moment piepte ihr Telefon, mehrere Nachrichten trudelten ein. Sie waren von Clara, die sich entschuldigte und schrieb, dass sie morgen nicht mit Emma und Feli ihr traditionelles Schlussverkauf-Shoppen Anfang Februar machen könne, etwas sei dazwischengekommen. Die beiden müssten alleine los.

Seltsam, bisher hatte sie das Shoppen noch nie ausfallen lassen. Emma zuckte mit den Schultern. Dann zog sie sich um, legte sich ins Bett und war bald eingeschlafen.

14.

Als sie am nächsten Morgen aufwachte, war die Couch leer. Auf dem Wohnzimmertisch lag ein Zettel mit einem großen Herz darauf, darunter stand: »Sorry, musste in die Werkstatt. Wollte dich nicht wecken. Vermisse dich jetzt schon.«

Emma setzte sich auf die Couch und betrachtete den Zettel. Wie gern wäre sie jetzt bei ihm gewesen. Sie seufzte und sah auf die Uhr. Es war bereits kurz vor zehn. In einer Stunde war sie mit Feli verabredet.

Schnell machte sie sich fertig und fuhr mit der Straßenbahn zum Bismarckplatz, von wo aus sie sich die knapp zwei Kilometer bis zum Marktplatz durch die Fußgängerzone kämpfen wollten, Nase an Nase mit Tausenden anderen Käufern und ausländischen Touristen. Die sonst so schöne Hauptstraße war voller Menschen, so voll, dass nicht einmal das Kopfsteinpflaster zu sehen war. Es ging nur langsam vorwärts. Immer wieder sah man die Regenschirme der Fremdenführer oder kleine Flaggen über die Köpfe der Menschen hinausragen. Die beiden Freundinnen fingen bei H&M an.

»Es werden jedes Jahr mehr Menschen!«, rief Feli.

»Ja! Warum müssen denn alle heute unterwegs sein? Ich dachte, die Touristen kommen nur im Sommer in solchen Scharen!«

Feli zuckte mit den Schultern.

Nachdem sie im ersten Laden nicht fündig geworden waren, ging es weiter in die Passage daneben. Dort wurden an einem kleinen Stand frische Crêpes gebacken. Da beide nichts gefrühstückt hatten, machten sie eine kleine Pause. Während sie in der Schlange standen, meinte Feli: »Du bist aber ganz schön aufgeblüht in letzter Zeit.«

»Na, ich möchte eben mehr machen aus meinem Typ. Das rätst du mir doch die ganze Zeit«, antwortete Emma. Zum Glück sah Feli nicht ihre roten Ohren, da diese von einer dicken hellblauen Mütze verdeckt wurden.

»Stimmt, ich dachte schon, es wäre wegen Leo«, erwiderte Feli und musterte sie dabei eindringlich.

Eigentlich wäre das die Gelegenheit gewesen, um zu sagen: »Ja, genau, wir sind ein Paar.« Doch hatte Leo nicht gesagt, dass sie es beim nächsten Buchclub öffentlich machen sollten? Wenn alle dabei waren? Also antwortete Emma nur etwas schwammig: »Und wenn es so wäre?«

»Ich weiß nicht, ob du sein Typ bist.«

Die Worte trafen Emma wie ein Schlag ins Gesicht. »Warum sollte ich nicht sein Typ sein?«, fragte sie mit zitternder Stimme.

»Ich weiß nicht. Vielleicht, weil seine Freundin ein dunkler Typ ist.«

»Du kennst seine Freundin?«

»Nee, aber er hat doch ein Foto von ihr auf dem Handy-Bildschirm.«

»Hat er?«

Dachte Feli etwa, Leo würde auf sie stehen, weil er sie aus Versehen gefüßelt hatte? Arme Feli. Aber Emma wollte sie nicht verletzen.

»Wer weiß, vielleicht hat er festgestellt, dass die dunklen Typen doch nicht zu ihm passen«, gab Emma zurück.

Feli betrachtete sie mit Mitleid im Blick. In diesem Moment rief der Verkäufer: »Der Nächste bitte!«, und ihr Gespräch brach ab. Sie bestellten und aßen kurz darauf schweigend ihre Crêpes mit Nutella und Apfelmus, während sie weitergingen. Ein Dorn, klitzeklein, steckte nun zwischen ihnen. Emma fühlte sich verletzt, weil Feli, ihre langjährige Freundin, sie offensichtlich als nicht besonders attraktiv ansah. Das hatte sie zwar nicht gesagt, aber bestimmt gedacht. Nachdem sie aufgegessen hatten, sprachen sie nur noch über die schlechte Qualität der Ware in den Kaufhäusern.

»Clara verpasst nicht viel.«

»Weißt du eigentlich, was sie heute vorhat?«, fragte Emma.

»Bestimmt irgendetwas mit ihrer italienischen Sippe.«

Emma nickte. Nach einem längeren Schweigen erzählte Feli, dass sie wieder zu Moni ins Yogastudio ging.

»Echt? Ich dachte, du hättest festgestellt, dass das nichts für dich ist?«

»Es gibt einen neuen Kurs am Dienstagabend, und vielleicht gefällt es mir diesmal doch.«

Emma überlegte, an welchem Tag wohl Leo zum Yoga ging. Um das Gespräch in Gang zu halten, fragte sie: »Kommt dein Fritz eigentlich bald mal wieder zurück nach Deutschland?«

Feli nickte.

»Wie lange habt ihr euch jetzt nicht gesehen?«

»Drei Monate.«

»Also so eine Fernbeziehung wäre nichts für mich.«

»Ich habe auch keine Lust mehr darauf.«

»Dann hoffe ich, dass er bald nicht mehr so viel verreisen muss. Aber er wohnt ja auch so weit weg.«

Feli machte eine bedauernde Geste, antwortete jedoch nichts.

Als sie am Marktplatz angekommen waren, taten ihnen die Füße weh, doch viele Schnäppchen hatten sie nicht gemacht. Ob es am schlechten Angebot lag oder an Emmas Laune? Die Worte ihrer Freundin hatten ihre Freude vom Morgen sehr getrübt.

Leo meldete sich den Rest des Tages nur sporadisch. Auf Emmas Einladung, etwas zusammen zu unternehmen, antwortete er, er müsse dringend ein Projekt fertigstellen und sie würden sich dann zum Buchclub sehen. Emma beschloss, die Fenster zu putzen, um sich abzureagieren. Am Sonntag stand sie spät auf, ging eine Runde joggen, räumte auf und machte sich dann schick.

Kurz vor acht klingelte es. Moni stand vor der Tür. Es folgten Clara, Feli und schließlich Leo. Jede der Frauen hatte etwas Leckeres zum Essen mitgebracht.

Emma war heute sehr schweigsam. Misstrauisch beobachtete sie ihre Freundinnen. Alle, auch Moni, die doch eindeutig viel zu alt für Leo war, hatten sich herausgeputzt, als ob sie ins Theater gingen. Moni hatte sogar ihre grauen Haare, auf die sie sonst so stolz war, blond gefärbt. Waren sie etwa alle in ihn verliebt? Die Ärmsten. Sie würde ihnen mitteilen müssen, dass Leo sich für sie entschieden hatte. Doch wie sollte sie das machen? Schließlich waren es ihre besten Freundinnen. Sie wollte sie nicht verletzen. Vor allem Clara wünschte sich seit Jahren einen Mann, der zu ihr passte. Plötzlich taten sie ihr leid.

Leo setzte sich diesmal auf den Boden und die Freundinnen verteilten sich auf der Couch und dem Sessel. Er fragte jede, wie es ihr ging und hörte zu. Und jede Einzelne erlag seinem Charme – zumindest kam es Emma so vor.

»Können wir heute etwas von John Irving lesen? Das ist zwar kein Klassiker, aber ich habe gehört, dass er ein ganz besonderer Autor ist«, bat Leo schließlich.

»Oh, Emma liebt John Irving«, rief Clara.

»Bei *Gottes Werk und Teufels Beitrag* musste ich echt viel weinen«, warf Feli ein.

»Buch oder Film?«, fragte Moni.

»Bei beidem«, sagte Feli.

»Ich kenne weder das eine noch das andere«, erklärte Leo und lächelte.

Irgendetwas stimmte hier nicht. Leo war freundlich und allen gegenüber ein aufmerksamer Zuhörer. Er flirtete nicht mit ihnen und dennoch benahmen sich ihre Freundinnen ein bisschen so, als ob er ihnen gehörte. Oder bildete sie sich das nur ein?

Emma holte das Buch aus dem Regal und fasste den Inhalt für Leo zusammen. Es entstand eine heiße Diskussion in der Gruppe, die sich hauptsächlich um die tragische Liebesbeziehung zwischen Homer und Candy drehte und weniger um die restlichen Themen des Buchs.

»Das heißt, Candys Verlobter ist im Zweiten Weltkrieg verschollen und sie wissen nicht, ob er tot ist oder irgendwann wiederkommen wird?«, fragte Leo.

»Genau«, antwortete Emma. »Und deshalb halten Homer und Candy ihre Beziehung weiterhin geheim. Theoretisch ist Candy ja immer noch mit Wally verlobt.«

Als sie den letzten Satz gesagt hatte, musste Emma schlucken. Irgendwie kam ihr die Situation von Homer und Candy unangenehm bekannt vor. Sie sah Leo an, der ihr zulächelte. »Aber hier geht es doch nicht nur um die Liebesgeschichte, es geht um die Abwägung, was gut ist und was nicht, wie der Titel sagt, was ist Gottes Werk und was des Teufels Beitrag.«

»Das stimmt«, meinte Moni nachdenklich.

»Wobei der Titel auf Englisch *Cider House Rules* lautet«, ergänzte Feli. »Das ist das Haus, in dem Homer als Apfelpflücker mit den anderen schwarzen Arbeitern lebt. An der Wand hängen Regeln, eben die Cider House Rules.«

»Warum müssen die Deutschen die Titel immer so verunstalten?«, fragte Clara.

»Wieso?«, widersprach Leo. »*Gottes Werk und Teufels Beitrag* klingt doch besser als *Regeln der Apfelpflückerhütte*.«

Die Frauen lachten.

»Was ich an Irving liebe, ist diese Mischung von Tragik und Witz. Er erzählt die schrecklichen Geschichten immer so leicht und gekonnt«, meinte Emma.

Die anderen Frauen seufzten und nickten zustimmend. Clara las noch einige Seiten aus dem Buch vor, darunter auch die Stelle mit den Hüttenregeln.

»Interessant«, sagte Leo, als sie fertig war. »Ich glaube, mir gefällt Irving besser als Goethe. Aber ich bin eben kein Literaturkenner.«

»Du hast jedenfalls Geschmack bewiesen und allein deine Argumente und Anregungen waren für einen Anfänger beachtlich«, lobte Moni.

Er lächelte, sah dann auf sein Telefon und seufzte. »Oh Mädels, ich muss heute leider früher los.«

Emma sah ihn irritiert an.

»Jetzt schon?«, fragte Clara. »Es ist ja noch nicht einmal zehn Uhr.«

»Ich muss noch etwas Wichtiges erledigen.«

Er stand auf, gab jeder von ihnen einen Kuss auf die Wange und umarmte sie. Emma begleitete ihn zur Tür.

»Was ist denn los?«, flüsterte sie.

»Keine Angst. Ich muss noch etwas erledigen.«

Er sah sie mit seinem umwerfenden Lächeln an. Sie verstand nicht, was er sagen wollte.

»Ich muss mich mit jemandem treffen, um etwas zu regeln«, flüsterte er. »Damit ich endlich frei bin.«

Nach und nach wurde ihr die Bedeutung dieses kurzen Satzes klar. Sie würde nicht mehr Single sein, sie würde mit ihrem Traummann zusammen sein und in einem kleinen Schloss würden sie sich das Ja-Wort geben. Ihre Kinder wären wunderschön, er würde die Wiege selbst schreinern und natürlich auch alle anderen Möbel ihrer gemeinsamen Wohnung. Und jedes Möbelstück würden ihre Initialen und ein dickes fettes Herz zieren. Das Leben war wundervoll! Das Glück, das sie auf sich zurollen sah, war fast nicht zu ertragen.

Sie küsste ihn und er erwiderte ihren Kuss so leidenschaftlich, dass Emma fast schwindelig wurde. Dann hielt er sich die Hand mit gestrecktem Daumen und kleinem

Finger ans Ohr als Zeichen, dass sie später telefonieren würden, und verschwand.

Sie schloss die Tür und blieb einen Moment stehen. Sie war noch ganz überwältigt von diesem Moment. Sie würde es ihren Freundinnen mitteilen! Sie konnte ihre Freude einfach nicht mehr für sich behalten!

Doch bevor sie im Wohnzimmer ankam, traten ihre Freundinnen bereits heraus, um sich zu verabschieden. In diesem Moment war sich Emma sicher, dass sie nur wegen Leo dagewesen waren. Der Gedanke verwirrte sie so sehr, dass ihr die Worte im Hals stecken blieben. Sie verabschiedete sich mit einem aufgesetzten Lächeln und schloss die Tür. Sie musste so schnell wie möglich mit Leo sprechen!

Bei dem Gedanken, wie sie es den anderen sagen sollten, bekam Emma Bauchschmerzen. Würden ihre Freundinnen eifersüchtig sein und ihre Freundschaft zu einer losen Bekanntschaft werden?

Leo meldete sich erst am nächsten Morgen. Er schrieb: »Bin endlich frei! Muss jetzt in die Werkstatt. Melde mich heute Abend.«

Bei diesen Worten packte sie eine fieberhafte Vorfreude. Es war überhaupt nicht daran zu denken, jetzt in die Bibliothek zu gehen und den Tag damit zu verbringen, sich von Angelika runterputzen zu lassen. Kurzentschlossen rief sie im Institut an und meldete sich krank.

Dann überlegte sie, was sie mit ihrem freien Tag tun sollte. Ihr kam ein Gedanke und ein fröhliches Lächeln glitt über ihr Gesicht. Sie würde ein Picknick vorbereiten und Leo in seiner Werkstatt überraschen. Dabei fiel ihr ein, dass er nie erzählt hatte, wo er genau arbeitete. Sie setzte sich an ihr Tablet und startete eine Google-Suche. Er hatte erwähnt, dass sich seine Werkstatt in einem Hinterhof in der Altstadt befand. Er betrieb sie allein, also musste sie seinen Namen tragen. Außerdem wusste sie, dass sein Nachname »Maier« lautete, weil er sich einmal am Telefon so gemeldet hatte – ganz langweilig und gewöhnlich. So schwer konnte es also nicht sein, die Adresse herauszufinden, sie musste nur die unterschiedlichen Schreibvarianten des Namens ausprobieren.

Tatsächlich war eine *Schreinerei Meyer* auf der Google-Karte eingetragen. Und sie lag in einem Hinterhof. Die musste es sein!

So schwer war die Detektivarbeit gar nicht gewesen. Jetzt musste sie nur noch das Picknick vorbereiten. Er liebte ihre Kochkünste, das wusste sie, und sie wollte für ihn etwas Außergewöhnliches kreieren. Sie beschloss, eine Quiche und einen Kuchen zu backen. Nachdem sie den ganzen Morgen in der Küche gestanden hatte, zog sie ein enges schwarzes Wollkleid und High Heels an und schminkte sich.

Vielleicht würden sie sich ja heute zum ersten Mal irgendwo zwischen Holz und Maschinen lieben? Aufgeregt nahm sie einen alten geflochtenen Korb aus der Abstellkammer. Sie legte ein schönes Geschirrtuch hinein und dann eine Flasche Wein, Gläser, die Quiche, den Kuchen, eine Decke, Teller, Besteck – eben alles, was zu einem schnellen Picknick gehörte.

Um den Korb besser transportieren zu können, mietete sie einen Stadtmobil-Wagen. In Heidelberg gab es zahlreiche Mietstellen, da viele Einwohner auf Carsharing setzten. Parkplätze gab es sowieso viel zu wenige in der Innenstadt und mit den öffentlichen Verkehrsmitteln kam man überall gut hin.

Bald darauf parkte Emma in einem Parkhaus am Neckarufer und lief die letzten Meter durch die engen Altstadtgassen. An der Adresse angekommen, ging sie durch das große Holztor, das in den Innenhof führte. Tatsächlich befand sich hier eine Schreinerei – oder zumindest das, was davon übrig war. Die Werkstatt war verschlossen, die Scheiben verschmutzt. Soweit sie sehen konnte, brannte nirgendwo Licht und die gesamte Werkstatt sah so aus, als sei sie vor langer Zeit aufgegeben worden. Das konnte nicht der richtige Ort sein.

Hatte er wirklich gesagt, dass sich die Schreinerei in der Altstadt befand? Kurzentschlossen schickte sie ihm eine SMS und fragte nach der Adresse.

Doch auf ihre Frage bekam sie keine Antwort, dafür schrieb er: »Ich bin fertig und ganz bei dir in der Nähe.«

»Bin gleich zu Hause«, schrieb sie zurück.

Emma lief eilig zurück zum Parkhaus. Sie konnte es gar nicht erwarten, ihn wiederzusehen. Tatsächlich stand er bereits vor ihrer Tür, als sie daheim ankam, und war überrascht über den Korb in ihrer Hand.

»Ich wollte dich in der Werkstatt überraschen, aber ich weiß ja gar nicht, wo du arbeitest«, beantwortete Emma die unausgesprochene Frage.

Er sah sie ernst an. »Ich mag es nicht, die Arbeit mit Privatem zu vermischen.«

Was sollte das denn heißen? Irritiert antwortete sie: »Okay.«

Sein ernster Blick verwandelte sich in ein Lächeln.

»Das ist die Überraschung? Wow, dann müssen wir wohl draußen picknicken.«

Es war immer noch bitterkalt und seit dem Morgen lag der Frost wie Puderzucker über den Bäumen und Sträuchern. *Irgendwie sieht das elegant aus,* dachte Emma. Aber sie fror jetzt schon, weil sie nur dünne Strumpfhosen trug. Der schöne beigefarbene Mantel war auch nicht dick genug. Leo wirkte etwas müde, dennoch sah er in der Wollmütze und dem dicken Parka einfach zum Anbeißen aus. Bei diesem Gedanken wurde ihr warm.

»Gibt es hier in der Nähe einen Park?«, fragte Leo.

»Ich finde es etwas frisch, aber wir könnten im Auto picknicken.«

Sein Blick fiel auf den Wagen, mit dem sie gekommen war, und er fragte: »Du hast ein Auto?«

»Nur gemietet. Ein Stadtmobil.«

»Na dann! Ein Picknick im Auto klingt toll!«

Er nahm ihr den Korb ab und sie gingen gemeinsam zu dem kleinen Lupo. Emma breitete auf der Rückbank das Picknick aus und sie setzten sich nebeneinander auf die beiden vorderen Sitze. Zum Glück war der Wagen schon angewärmt und durch den Wein wurde ihr noch wärmer.

Während Leo genüsslich die Quiche verspeiste, konnte Emma nicht länger warten. Sie musste einfach die Frage stellen, die sie mehr als alles andere beschäftigte: »Wann wollen wir es den anderen sagen?«

»Demnächst auf jeden Fall, ich möchte nicht, dass sie denken, ich wäre nur zu eurem Lesezirkel gekommen, um Frauen aufzureißen.«

»Warum sollten sie das denken?«

»Du weißt doch, was ich meine … dass ich Schluss mache mit der Freundin, um gleich wieder eine Neue zu haben, das ist normalerweise nicht meine Art.«

»Das werden sie bestimmt verstehen.«

Er zuckte mit den Achseln und gab ihr einen Kuss. »Ihr Frauen seid kompliziert.«

»Nun, so kompliziert auch wieder nicht, wie du siehst. Ich möchte klare Verhältnisse schaffen, weil ich das Gefühl habe, dass die anderen Mädchen dich auch mögen.«

»Ich hoffe doch, sie mögen mich«, antwortete er und trank einen Schluck Wein.

»Du weißt, was ich meine. Sie stehen auf dich.«

Sie biss in ein Stück Zitronenkuchen. Leo sah sie nachdenklich an. »Meinst du wirklich?«

»Ich kenne meine Mädels.« Sie sah ihn an.

Er kratzte sich am Hinterkopf. »Vielleicht hat mich Clara deshalb angerufen.«

Emma verschluckte sich fast an dem Kuchen. »Angerufen?«

»Sie hatte zu Hause noch einmal einen Blick in die Sekundärliteratur geworfen und wollte mir ein paar Infos zum besseren Verständnis von Goethe mitteilen.«

Sie hatte es doch geahnt. *Moni wird sich bestimmt auch noch einen Trick überlegen*, dachte sie, da fuhr Leo bereits fort: »Aber Moni ist zumindest viel zu alt für mich, sie denkt nur an ihre Enkel.«

»Meinst du?« Emma war erleichtert.

»Als ich neulich bei ihr war, hat sie nur von ihnen geredet.«

»Wie, du warst bei Moni?«, fragte Emma verblüfft. Die Yogalehrerin lud selten jemanden zu sich nach Hause ein, erst recht keinen ihrer Kursteilnehmer.

»Ja, sie wollte, dass ich für ihre Enkel einen Tisch baue.«

Das war doch unglaublich! Ihre Freundinnen versuchten, sich Leo hinter ihrem Rücken zu angeln. Er schien ihre Gedanken gelesen zu haben.

»Sie sind alle nett, aber du bist etwas Besonderes«, flüsterte er und streichelte ihr übers Haar.

Dennoch konnte sie sich nicht mehr entspannen. Ihre Freundinnen wollten Leo auch für sich gewinnen. Sie musste mit ihnen sprechen, konnte es aber nicht, weil Leo es nicht wollte und sie ihm versprochen hatte, das Geheimnis noch eine Weile aufrechtzuerhalten. Doch die Wahrheit würde sowieso ans Licht kommen. Je früher sie es ihnen sagte, desto weniger würden sie verletzt werden, vor allem Clara, der vermutlich am meisten an Leo lag.

Als Leo sie intensiver küsste, schob sie diese Gedanken beiseite und verlor sich ganz in seinen Zärtlichkeiten. Plötzlich klingelte sein Telefon.

»Ach, das kann warten«, flüsterte er und küsste sie erneut.

»Du kannst ruhig drangehen«, meinte Emma jedoch, als das nervtötende Klingeln nicht enden wollte.

Sein Blick fiel noch einmal auf das Display und er machte eine Kopfbewegung, die zeigen sollte, dass es wirklich nicht wichtig war. »Es ist eine unbekannte Nummer.«

Emma schaute instinktiv ebenfalls auf das Display. Das war Felis Nummer! Eigentlich konnte sie sich Nummern nicht gut merken, doch Felis war einfach, sie hatte am Ende ihr Geburtsdatum, 1305 für den 13. Mai. In ihrem Kopf ratterte es. Feli wusste doch, dass sie verliebt in Leo war. Und sie war selbst liiert!

Wieder klingelte das Telefon. Leo warf einen Blick aufs Display und sagte dann: »Oh, da muss ich rangehen. – Hallo?«

Es schien sich um seine Arbeit zu drehen. Er erklärte dem Anrufer etwas und legte dann auf.

»Musst du wieder arbeiten?«

»Ich muss tatsächlich noch einmal los. Es geht um eine Spezialanfertigung.«

Er streichelte über ihr Gesicht, seine Hände waren groß und weich und sie schloss für einen kurzen Moment ihre Augen. Dann nickte sie resigniert und packte die Reste des Picknicks ein. Leo begleitete sie noch bis zur Haustür.

Zum Abschied küssten sie sich erneut. Dann ging sie ins Haus.

Obwohl sie ihr Picknick genossen hatte, war Emma nicht glücklich. Auf dem Weg nach oben zu ihrer Wohnung dachte sie bedrückt über ihre Beziehung nach. Das Ganze fühlte sich komisch an. War es wegen ihrer Freundinnen und dieser Geheimnistuerei? Was hatte es mit diesem Anruf von Feli auf sich? Wollte die Leo etwa auch Goethe-Nachhilfe geben?

Ob sie sich Sorgen machen musste? Emma wusste es nicht. Doch sie konnte das Ganze auch nicht einfach auf sich beruhen lassen.

Sie lief so lange nervös in ihrer Wohnung auf und ab, bis die Nachbarin aus der Wohnung unter ihr an der Tür klingelte: »Von dem Getrampel in ihren Pfennigabsätzen bekomme ich Migräne.«

Emma nickte freundlich, schloss die Tür wieder und zog ihre Stiefel aus. Dann ging sie weiter in Strumpfhosen auf und ab. Schließlich schaltete sie den Fernseher an. In einem der dritten Programme lief die Wiederholung einer TV-Schnulze. Noch während sie sich das Ende ansah und eine Krankenschwester dabei beobachtete, wie sie dem Millionärssohn vor einem alten Anwesen irgendwo in

England das Ja-Wort gab, entschied sie, ihre Freundinnen einzuladen, um ihnen endlich die Wahrheit zu sagen. Leo hin oder her, sie konnte nicht länger schweigen. Außerdem konnten ihre Mädels, wie sie die Truppe liebevoll nannte, sehr gut Geheimnisse bewahren. Sie waren keine Tratschtanten.

Sie schickte den dreien jeweils eine Nachricht, in der sie vorgab, ihre Hilfe zu brauchen. Kurz vor neunzehn Uhr waren alle da.

»Emma, was ist denn los, du machst es so geheimnisvoll«, fragte Moni gleich zu Anfang.

»Setzt euch erst mal hin.«

Feli fragte verwundert: »Du siehst so schick aus, was ist los?«

»Jetzt setzt euch bitte.«

»Ist was passiert, weil du Schwarz anhast?«, fragte Clara besorgt.

»Ja.«

Erschrocken musterten die drei sie.

»Leo ist passiert«, sagte sie.

Moni verstand als Erste: »Du hast dich in ihn verliebt?«

Emma nickte. »Ja, wir haben uns verliebt.«

»Er auch?«, fragte Clara verunsichert.

»Ja, er auch.«

»Hat er das gesagt?«, fragte Feli.

»Was soll das, Mädels, ist das ein Verhör?«

»Was genau hat er gesagt?«, hakte Clara nach.

»Warum möchtest du das so genau wissen?«, fragte Emma irritiert.

Clara sank tiefer in die Couch. »Na, weil er und ich eigentlich verliebt sind.«

Emma lachte kurz auf und Clara erhob sich so ruckartig, dass ihre blonden Haare durch die Luft flogen. Wütend fuhr sie Emma an: »Warum lachst du? Glaubst du, dass man sich in mich nicht verlieben kann?«

Emma sah ihre Freundin verwirrt an. »Nein, natürlich nicht, aber Leo ist nicht in dich verliebt.«

Clara verschränkte ihre Arme. »Aha, und du bist Expertin dafür? Nur weil du jetzt kurze Röckchen trägst und Stiefel mit Absatz, bist du keine Heidi Klum.«

Das muss ich mir nicht bieten lassen, dachte Emma, stand ebenfalls auf und legte die Hände in die Hüften. »Ha, die möchte ich auch nicht sein. Und warum sollte Leo ausgerechnet in dich verliebt sein?«

Claras Augenbrauen zogen sich zusammen. Eine Zornesfalte bildete sich.

»Das wüsste ich auch gern«, sagte Moni.

Feli hatte die ganze Zeit geschwiegen. Nun meldete sie sich zu Wort: »Mädels, bevor es noch eine Schlägerei gibt, lasst mich was sagen.«

Verwirrt sahen die drei Feli an, die ganz entspannt in ihren schwarzen Leggins und einem goldenen oversized-Oberteil im Sessel thronte. Ihre dunklen Locken trug sie zu einem lässigen Dutt frisiert. »Ich möchte vorab nur klarstellen, dass ich nicht wie ihr in Leo verknallt bin.«

Diese Äußerung führte dazu, dass Clara und Emma sie misstrauisch ansahen.

»Wie soll ich sagen, ich scheine Leo auf eine rein körperliche Art anzuziehen«, fuhr Feli fort.

»Wie kommst du denn darauf?«, platzte Moni heraus.

»Tja, da gab es einige Begebenheiten!«

»Begebenheiten!«, riefen Emma und Clara fast gleichzeitig.

Doch dann fiel Emma ein, was Feli ihr erzählt hatte. Ihr Gesicht verzog sich zu einem erleichterten Lächeln. »Du meinst sicher das Füßeln beim Italiener. Nein, das war doch für mich gedacht.«

Feli hob die Augenbrauen. »Das glaubst du?«

»Das weiß ich.«

Jetzt fiel ihr Clara ins Wort: »Du weißt immer alles besser, Emma! Und du, Feli, nur weil du einen Internetfreund hast und enge Leggins trägst, die ehrlich gesagt viel zu eng für deine Oberschenkel sind, soll er dich flachlegen wollen? Das ist erbärmlich.«

»Erbärmlich!«, jetzt stand Feli ebenfalls auf.

Entsetzt sah Emma in die Runde. Würden sie sich nun tatsächlich in die Haare kriegen?

In diesem Moment vibrierte Emmas Handy und kurz darauf Monis und Claras.

»Von Leo«, sagte Emma, als sie auf ihr Display blickte. Die anderen nickten.

»Bei mir auch«, sagte Clara.

»Hier ist doch was faul!«, rief Moni. »Er war ja neulich auch bei mir.«

»Wegen des Tisches für deine Enkel?«, fragte Emma.

Moni sah sie verblüfft an. »Was für ein Tisch?«

Emma musterte sie irritiert. Ihr fiel ein, dass Leo vorher erzählt hatte, dass er nur mit Moni telefoniert hatte. Hatte er überhaupt Zeit gehabt, sie zu besuchen? Er war doch ständig verreist. Oder etwa nicht?

Langsam wie ein schlecht trainierter Marathonläufer, der nur schleppend ans Ziel kommt, kam Emma der

Gedanke, dass hier vielleicht ein Spiel gespielt wurde. »Was habt ihr für eine Nachricht bekommen?«, fragte sie.

»Einen Spruch von Goethe«, antwortete Clara. »*Heut ist mir alles herrlich; wenn's nur bliebe! Ich sehe heut durchs Augenglas der Liebe.*«

»Bei mir ist es ein Zitat von John Irving«, sagte Emma.

»Und bei mir hat er einen Spruch aus Hesses *Siddhartha* genommen.«

»Feli, hast du auch was bekommen?«

»Nee, ich glaube, er weiß nicht so recht, was mein Lieblingsbuch ist.«

»Wie?«, fragte Clara.

»Na, guckt doch mal. Er versucht euch alle genau mit dem zu beeindrucken, was euch am wichtigsten ist«, meinte Feli.

Für einen Moment sagte keine etwas. Emma musste an die Momente mit Leo denken, wenn sie allein gewesen waren. Hatte er die ganzen Sprüche vom Schicksal nur gebracht, weil er wusste, dass sie eine heillose Romantikerin war und genau darauf anspringen würde?

»Ich dachte wirklich, er wäre so wie ich«, sagte Moni leise. »Hat so getan, als sei er ein Freigeist auf der Suche. Wir wollten schon eine Reise nach Indien planen.«

Emma sah sie entsetzt an.

»Er war so ein guter Zuhörer!«, rief Clara. »Nicht wie die Kinder in der Schule.«

»Bei mir hat er es mit Komplimenten über mein Aussehen versucht«, sagte Feli und sah nun etwas beschämt zu Boden. »Irgendwie war das genau das, was ich gebraucht habe.«

»Das ist doch ein Schwein!«, rief Moni aus.

Emma wusste nicht, was sie denken sollte. Die rosarote Brille, durch die sie Leo gesehen hatte, war zerbrochen und ihr Herz schmerzte. Andererseits war sie furchtbar wütend auf ihn. Ihre Marathonläufer-Gedanken arbeiteten nun auf Hochtouren. »Ich glaube, er arbeitet auch nicht in einer Schreinerei. Die hab ich nämlich heute gesucht und nicht gefunden.«

»Warum? Wolltest du neue Möbel?« Moni musste lachen. »Ha! Wir kloppen uns fast wegen ihm und er will uns bloß alle vier ins Bett kriegen.«

»Das will er doch gar nicht«, protestierte Clara. »Außer Knutschen wollte er mit mir nichts machen. Er sagte, es sei gegen seine Religion.«

»Und mir hat er gesagt, dass er es nicht wolle, weil er noch mit seiner Freundin zusammen sei«, erklärte Moni.

Erleichtert sah Emma sie an. Irgendwie beruhigte es sie, dass Leo nicht mit den anderen im Bett gewesen war.

»Der hat uns total verarscht!«, fasste Feli kurz zusammen. »Und das werde ich ihm heimzahlen.«

»Mich verarscht der kein zweites Mal. Ich will Rache!«, rief plötzlich Moni.

Erst sahen sie sich kurz ratlos an und dann, wie die drei Musketiere, riefen Emma, Moni und Feli noch einmal gemeinsam: »Rache!«

Nur Clara kam mit der neuen Situation noch nicht zurecht. Verzweifelt fragte sie: »Wie sollen wir denn vorgehen? Er hat mir gerade noch ein Herzchen geschickt.«

»Hey Musketier, nicht schwach werden«, rief Feli.

Clara sah zu Boden, ihre blauen Augen waren gerötet. »Es wäre auch zu schön gewesen, um wahr zu sein. Solch einem Traumtypen sollte man einfach nicht trauen!«

»Es gibt keine Traumtypen«, stellte Moni trocken fest.

»Aber warum macht er das?«, fragte Emma in die Runde.

»Vielleicht ist er ein Psychopath, der uns alle um die Ecke bringen will!«, überlegte Feli.

»Quatsch«, meinte Emma. »Also Mädels, wir lassen uns erst einmal nichts anmerken und finden heraus, wer er wirklich ist. Ich hab den Verdacht, dass er gar nicht Leo heißt.«

Clara begann zu weinen. »Ich traue mich gar nicht nach Hause, was, wenn er irgendwo wartet, um mir etwas anzutun?«

»Du kannst hier schlafen, wenn du möchtest«, bot Emma an, obwohl sie Claras Angst übertrieben fand. Wobei – sie wussten wirklich nicht, was das für ein Kerl war.

»Kann ich auch hier schlafen?«, fragte die sonst so selbstbewusste Feli.

»Dann bleibe ich auch hier!«, rief Moni.

Plötzlich lachten alle vier los. Sie prusteten und kicherten, bis ihnen die Bäuche wehtaten.

17.

Eine ganze Weile saßen Clara, Feli und Emma dicht beieinander auf dem Sofa, teilten sich eine überdimensionale Fleecedecke, die Emma vor einem Jahr von ihren Eltern zu Weihnachten bekommen hatte, und sinnierten über die Stunden, die sie mit Leo gehabt hatten. Moni hatte es sich auf dem Sessel gegenüber bequem gemacht.

»Na ja, vermutlich fand er es herausfordernd, mich zu erobern, weil ich eigentlich nichts von ihm wollte. Ich hatte ja meinen Freund«, meinte Feli.

»Eigentlich?«, hakte Clara nach.

Feli räusperte sich. »Klar, ich finde natürlich auch, dass er gut aussieht. Aber Emma fuhr ja so auf ihn ab und deshalb habe ich mir keine Gedanken darüber gemacht – bis er mir kleine Briefchen in die Tasche gelegt hat.«

Clara und Emma sahen sie entgeistert an. »Briefchen?«, echote Clara.

Feli zuckte mit den Schultern. »Schon seit der Schule stehe ich auf Liebesbriefe und irgendwie hat er diese

Vorliebe ausgenutzt. Schreiben kann er, so viel steht fest.«

»Woher wusste er denn, dass du Liebesbriefe magst?«, fragte Moni irritiert.

»Gute Frage. Er scheint ein guter Beobachter zu sein.«

»Ach Quatsch, alle Frauen stehen auf Liebesbriefe!«, rief Clara schnippisch.

»Ach Mädels, ich fühle mich ziemlich verarscht und irgendwie erbärmlich. Außerdem hab ich meinen Freund für diesen Betrüger verlassen«, sagte Feli bedrückt.

»Das ist vielleicht noch das Positivste daran!«, rief Emma.

Nach Felis traurigem Blick zu urteilen, war diese anderer Meinung.

»Entschuldige, Feli, aber dieses Hologramm war auch keine gute Wahl.«

»Da muss ich Emma recht geben, er hat dich doch nur für billigen Telefonsex benutzt«, fand Moni.

Feli sah zu Boden. »Irgendwie habt ihr ja recht, dieses ständige Skypen, wir sind uns emotional nie so richtig nahgekommen. Wahrscheinlich ist es mir deshalb auch so leichtgefallen, die Beziehung zu beenden.« Kampfeslustig fragte sie in die Runde: »Also, wie wollen wir uns rächen?«

»Erst mal finden wir heraus, wer er wirklich ist, und dann überlegen wir uns etwas, womit wir ihm Angst machen können«, sagte Moni.

»Eine von uns könnte sich mit ihm verabreden. Die anderen könnten ihm folgen, wenn er nach Hause geht. Dann finden wir heraus, wo er wohnt«, schlug Emma mit belegter Stimme vor. Sie wusste nicht, was sie denken und fühlen sollte. Einerseits war sie wütend, andererseits unglaublich traurig. Am liebsten hätte sie ein paar bullige Typen dafür bezahlt, Leo zu verprügeln. Und dennoch wünschte sich ein Teil von ihr immer noch, dass das alles ein Missverständnis war.

Moni schien die Situation nicht so mitzunehmen. »Ich hab eine Scheidung hinter mir, das hier ist nichts dagegen«, erklärte sie in dem Versuch, die anderen zu trösten.

»Trotzdem finde ich solche Typen einfach widerwärtig«, antwortete Feli. »Erst gestern hat er mir gesagt, dass er so glücklich ist, dass er in die Gruppe gekommen ist, weil er mich dort kennengelernt hat.«

Emma fühlte sich erbärmlich. Sie erwähnte nicht, dass er ihr dasselbe gesagt hatte. Je mehr jede von ihnen preisgab, desto größer wurde die Wut in ihrem Bauch. Sie war nichts Besonderes für ihn, sondern nur eine von vielen. Das schmerzte. »Dem werde ich es heimzahlen«, murmelte sie frustriert.

Während die anderen noch vor sich hin brüteten, fielen Moni die Augen zu. Emma bot ihr an, auf der Couch zu schlafen, während sie mit ihren Jugendfreundinnen ins Schlafzimmer umzog, um weiter Rachepläne zu spinnen.

»Wie sollen wir es anstellen?«, fragte Clara, während die drei in Emmas 140er-Bett lagen und an die Decke starrten.

»Wir fesseln ihn und machen ihn fertig!«, rief Feli.

»Au ja!«, stimmte Clara zu.

Feli seufzte. »Ich hab seinetwegen mit Fritz Schluss gemacht. Weil Leo es nicht richtig fand, mit mir was anzufangen, während ich noch mit einem anderen zusammen war. Ich fühle mich erbärmlich! Jetzt bin ich auch allein, wie ihr. Sorry.«

Emma, die in der Mitte lag, nahm beide in die Arme.

Feli wischte sich die Tränen weg. »Warum gerate ich immer an Freaks, kann mir das mal jemand sagen?«, jammerte sie.

»Besser Freaks, als immer alleine ...«, meinte Clara traurig.

In diesem Moment musste Emma an Leopold denken, den netten Typen mit der randlosen Brille, der bis vor Kurzem seine schwarzen Haare mit altmodischem Seitenscheitel getragen hatte. Vielleicht hätte sie sich doch öfter mit ihm treffen und ihm eine Chance geben sollen. Stattdessen hatte sie sich von Schreiner-Leos Lügen blenden lassen.

»Männer sind Schweine!«, rief Feli.

»Hört mal, was haltet ihr von folgender Idee? Ich bitte ihn, zu mir zu kommen. Und wenn er kommt, warte ich hinter der Tür, haue ihm mit einer Pfanne auf die Birne, dann fesseln wir ihn und machen ihm Angst mit einer Kettensäge«, sagte Clara.

Emma sah sie entsetzt an. »Hast du denn eine Kettensäge?«

Sie dachte einen Moment nach. »Nö, aber mein Onkel Luigi.«

»Oder wir entführen ihn in den Wald und sperren ihn in ein Baumhaus«, überlegte Feli.

»Was habt ihr denn für kranke Fantasien?«, rief Emma. »Wir wollen doch nicht wegen Körperverletzung in den Knast! Wir müssen uns so rächen, dass er so was nie wieder probiert.«

»Und wie?«, wollte Clara wissen.

»Das muss ich mir noch überlegen.«

»Erst mal soll er nichts merken«, meinte Feli. »Wir haben schon viel zu lange damit gewartet, auf seine Nachrichten zu antworten. Wir könnten ihm so etwas schreiben wie: *Ich vermisse dich, wann können wir uns wiedersehen?* Oder: *Ich brauche deine starken Arme.* Auf so was stehen Männer doch. Aber jede muss etwas anderes schreiben.«

Clara gähnte und sie beschlossen, ihre Pläne am nächsten Tag, wenn sie ausgeschlafen waren, realistischer auszufeilen. Bevor sie einschliefen, schrieb jede von ihnen Leo noch eine süße Nachricht, damit er nicht misstrauisch wurde.

»Hast du morgen Lust auf einen Spaziergang am Neckar?«, schrieb Emma.

»Mit dir würde ich überall hingehen«, lautete seine Antwort.

Sie musste im ersten Moment lächeln, doch als sie sich vorstellte, dass er Feli und Clara dieselben Zeilen sandte, kam wieder die Wut hoch. Neben sich im Bett hörte sie die ruhigen Atemzüge von Clara. Feli lag auf einer Luftmatratze auf dem Boden und starrte noch eine Weile an die Decke, bevor sie einnickte. Irgendwann beruhigten sich auch Emmas Gedanken und sie schlief ebenfalls ein.

Auf der Arbeit war am Dienstag zum Glück nicht viel los. Um die Mittagszeit kam Leopolds Doktorandin vorbei. Alexa hatte heute ihre langen blonden Haare zu einem Dutt zusammengebunden und trug eine dieser großen schwarzen Brillen mit dickem Rand. Emma dachte bei diesem neuen Modetrend an ihre Großmutter, die auf alten Fotos so ein riesiges Brillen-Ungetüm getragen hatte. Doch sie musste zugeben, dass der Look Alexa sehr gut stand. Sie trug dazu eine weiße Bluse und eine Hose, in der sie Emma an Marlene Dietrich erinnerte. Sie wirkte unheimlich cool und sexy.

»Einen wunderschönen Tag wünsche ich«, grüßte Alexa gutgelaunt.

Emma lächelte freundlich und sagte: »Hallo.«

»Ich soll noch ein Buch bestellen für Leopold. *Perspektiven der Quantenphysik für die Datenverarbeitung* von H. L. Wainwright.«

»Ist Leopold nicht in den zweiten Stock versetzt worden?«, fragte Emma.

»Doch. Er hat nun sein Büro in der Verwaltung. Aber er arbeitet immer noch an seinem Projekt. Und mich haben sie auch nach oben versetzt. Ich teile mir momentan einen Schreibtisch mit seiner Assistentin.«

Bei ihren Worten fühlte Emma einen kleinen Stich, doch sie ließ sich nichts anmerken. Nachdem sie einen Blick in den Computer geworfen hatte, erklärte sie: »Das Buch sollte bis Donnerstag hier sein.«

»Ah, da bin ich mit Leopold auf einer Tagung in München.«

»Ach«, meinte Emma knapp. »Viel Spaß.« Erneut fühlte sie einen Stich.

»Danke.«

Als Alexa die Bibliothek verließ, sah Emma ihr nach. Jetzt verreisten die beiden also schon zusammen. Da hatte Leopold wirklich das große Los gezogen.

Als Emma sich auf den Heimweg machte, traf sie am Ausgang des Instituts Leopold. Sie bemerkte sofort, dass er heute keine Brille trug. Er sah richtig gut aus. Sie dachte an die verschiedenen Gelegenheiten, bei denen sie miteinander gesprochen hatten, und ihr fiel auf, dass er ihr immer zuhörte. In seiner Gegenwart fühlte sie sich wie Emma, sie musste keine Maske aufsetzen, sie fühlte sich frei. Doch was nützte diese späte Erkenntnis? Jetzt war er einer der Chefs von diesem Laden und der Weg zu ihm führte neuerdings durch ein Vorzimmer, das von einer Assistentin bewacht wurde.

»Hallo Chef, wie geht es da oben?«, fragte sie betont locker.

Er grinste freundlich und antwortete: »Ich kann mich nicht beklagen. Aber bitte sag nicht Chef zu mir. Ich heiße immer noch Leo.«

Sie nickte. »Klar, sollte ein Witz sein.«

Er lächelte, schien aber leicht genervt zu sein. »Solche Bemerkungen häufen sich in letzter Zeit, dabei bin ich immer noch derselbe.«

»Small Talk war noch nie meine Stärke«, gab Emma achselzuckend zu.

Jetzt lachte er. »Wie geht es dir?«

Wieder zuckte sie mit den Achseln. »Okay.«

»Das klingt nicht gut. Möchtest du darüber sprechen? Ist es deine Chefin? Ich werde sie sofort zum Gespräch bitten«, meinte er halb im Spaß, halb ernst.

»Nein, nein, Beziehungskram«, antwortete sie ausweichend. Er lächelte mitfühlend, doch es lag noch etwas anderes in seinem Blick, das Emma nicht einordnen konnte.

Rasch schob sie diese Gedanken beiseite. Sie erinnerte sich selbst daran, dass Leopold mittlerweile nicht mehr eine Abteilung im Keller leitete, sondern als einer der Geschäftsführer des Instituts irgendwie ihr Chef geworden war. Und der von Angelika.

Er hielt ihr die Tür auf und fragte: »Soll ich dich mitnehmen?«

»Wohin?«, fragte sie.

Er lächelte und meinte: »Wohin du möchtest.«

Irritiert blickte Emma in seine braunen Augen.

»Ich fahre dich gerne nach Hause«, fuhr Leopold fort, als keine Antwort kam.

»Mit dem E-Auto?«

»Jetzt hab ich einen ganz langweiligen Mercedes.«

»Das ist sehr freundlich von dir, aber ich denke, ein bisschen Bewegung tut mir gut.«

Er zuckte mit den Achseln. Doch als er ich abwandte, sagte sie laut: »Ach, es wäre doch nett, wenn du mich mitnimmst.«

»Wie läuft es denn mit deinem Freund?«, fragte er, während sie in den Mercedes stiegen.

»Es ist kompliziert«, sagte sie.

Leopold merkte wohl, dass sie in Gedanken war, denn er stellte das Radio an, statt ein Gespräch zu beginnen. Während er durch die Stadt fuhr, fiel Emma auf, dass er sie gar nicht nach dem Weg fragte. Anscheinend hatte er ein gutes Ortsgedächtnis. Vor ihrem Haus hielt er an und machte den Motor aus.

»Ich glaube, hier war's, oder?«

Sie nickte. »Warum machst du das eigentlich?«

»Was?«, fragte er.

»Warum bringst du mich heim? Heute stürmt es nicht und die Bahnen fahren auch ganz normal.«

»Stimmt«, sagte er und lächelte geheimnisvoll.

Sie sah ihn erwartungsvoll an, aber er sagte nichts weiter. Sie lächelte ihm zu, bedankte sich, verabschiedete sich und ging in ihre Wohnung.

Kaum war sie dort angekommen und hatte Jacke und Schuhe ausgezogen, klingelte es. Sie schaltete das Video an der Sprechanlage ein. Es war der andere Leo! Der Schreiner-Leo. Wenn er überhaupt ein Schreiner war!

Darauf war sie nicht vorbereitet. Sie hatte doch mit ihren Freundinnen organisieren wollen, dass eine ihn verfolgte! Rasch wählte sie Claras Nummer.

»Er steht bei mir vor der Tür!«, rief sie.

»Hä, wer?«

»Wer wohl? Der Weihnachtsmann! Leo!«

»Was? Jetzt?«

»Ja! Ruf Feli und Moni an und kommt schnell.«

Sie legte auf und aktivierte die Sprechanlage.

»Hallo?«

»Ich bin's«, grüßte Leo und lächelte in die Kamera.

Er trug seine dicke Mütze und den schicken Parka. Ach, sah er gut aus. Energisch schüttelte Emma diesen Gedanken ab und drückte auf den Türöffner.

»Hey, schöne Frau!«, grüßte Leo mit tiefer Stimme, als er an ihrer Haustür ankam, und umarmte sie. Vorsichtig löste sie sich aus seiner Umarmung.

»Was ist denn? Freust du dich gar nicht, mich zu sehen?«

»Doch, doch«, beeilte sie sich zu sagen.

Wieder nahm er sie in den Arm, in seinem Blick lag Verlangen. Obwohl es zwischen ihnen bisher nie zum Äußersten gekommen war, schien sein Blick zu sagen, dass er heute nur aus diesem Grund hier war. Er wollte gar nicht aufhören, sie zu küssen und zu streicheln. Emma stieß ihn sanft zurück.

»Mir geht es nicht so gut heute …«, stammelte sie. »Ich muss mal kurz für kleine Mädchen.« Sie rannte zur Toilette.

Von dort schrieb sie ihren Freundinnen, sie sollten vor ihrem Haus warten und ihm dann folgen. Einen Moment hielt sie inne. Oder sollte sie doch der Versuchung nachgeben und einfach mit ihm ein paar wunderschöne Momente verbringen? Sozusagen als Abschied?

Spinnst du?, rief sie sich im nächsten Moment zur Ordnung. *Sex ohne Liebe ist nichts für dich! Erst recht nicht mit so einem Betrüger!*

Als sie aus dem Bad kam, saß er auf der Couch und hatte ein Buch in der Hand. Die Kombination aus gutem Aussehen und dem Bild des gemütlichen Lesers brachte ihren Hormonhaushalt erschreckenderweise sofort Wallung. Zum Glück klingelte es in diesem Moment an der Tür.

»Erwartest du Besuch?«, fragte er.

»Nein, das ist bestimmt nur der Paketdienst.« Als sie den Bildschirm der Klingelanlage einschaltete, rief sie: »Ach nein, es ist Clara, stimmt, sie wollte heute Nachmittag kurz vorbeikommen.«

»Clara?«, hörte sie ihn im Hintergrund alarmiert fragen.

»Stört es dich, wenn sie da ist?«

Doch er hatte sich schon wieder gefasst und antwortete lässig: »Nein, überhaupt nicht.«

Emma drückte auf den Türöffner. Als Clara hereinkam, flüsterte sie statt einer Begrüßung: »Ihr wolltet doch unten warten!«

»Ich weiß, ich hab einfach geklingelt. Manchmal überkommt mich mein sizilianisches Temperament. Am liebsten würde ich ihm die Augen auskratzen!«

»Beruhig dich erst mal. Wir machen das ganz professionell.«

»Mit einer Gabel?«

Emma sah sie missbilligend an. Ihre Freundin atmete tief durch und nickte. Als sie das Wohnzimmer betrat, tat sie überrascht.

»Was machst du denn hier, Leo?«

»Ach, ich war in der Gegend und wollte mir ein Buch von Emma ausleihen«, erklärte er.

»Ach ja?«, fragte Emma.

Clara hatte sich ganz offensichtlich noch einmal richtig hübsch gemacht. Vermutlich wollte sie Leo zeigen, was er verpasste. Die blonden Haare trug sie offen, dazu einen dicken weißen Mantel, Jeans und sogar Stiefel mit Absatz. Emma merkte, wie Leo ihre Freundin musterte.

»Gut siehst du aus«, sagte er.

»Welches Buch wolltest du denn ausleihen?«, fragte Emma.

»Ich dachte an Balzac.«

»Du kennst Balzac?«, fragte Clara.

»Tja, ich bilde mich weiter.«

»*Verlorene Illusionen* hätte ich anzubieten. Darin habe ich sogar markiert, was mir am besten gefallen hat«, erklärte Emma.

»Cool.«

Eine Pause entstand. Ein Moment, in dem Clara und Emma ihn wohl etwas eigenartig anschauten. Spürte er, dass Clara in ihren Leopardinnen-Modus geschaltet hatte? Hatte er etwa bemerkt, dass etwas nicht stimmte?

Oder gab es einen anderen Grund dafür, dass er sagte: »Gut, dann will ich euch mal nicht weiter stören.«

Nach einem Abschiedskuss auf die Wange, verließ er eilig die Wohnung. Clara und Emma blieben verdutzt zurück.

»Er hat das Buch gar nicht mitgenommen«, stammelte Emma verwirrt.

»Was war das denn?«

Clara sah ihre Freundin an.

»Ich glaube, er hat verstanden, dass wir ihm auf der Spur sind. Sind Moni und Feli auch da?«

»Sie liegen unten auf der Lauer.«

Emma griff schnell zum Telefon und rief Moni an. »Er ist auf dem Weg nach unten, nehmt die Verfolgung auf.«

»Alles klar. Wir sitzen schon im Auto.«

»Wir kommen nach«, sagte Emma.

Sie huschten nach unten und warteten einen Moment, bevor sie die Tür öffneten. Die Luft war rein. Kurz darauf saßen sie in Claras neuem weißen Cinquecento.

»Ist das aufregend …«, rief Clara.

Emma rief erneut Moni an. »Ich sitze am Steuer, warte mal, ich reiche dich weiter«, sagte ihre Freundin.

Dann hörte sie Felis Stimme. »Er fährt auf der Stadtautobahn nach Mannheim«, berichtete sie. »Moment, jetzt fährt er schon wieder runter, bei Edingen-Neckarhausen.«

»Wir folgen euch.«

19.

Vor Edingen-Neckarhausen bogen sie rechts ab, während Feli ihnen jeweils die aktuelle Position durchgab. Sie fuhren durch den Mannheimer Vorort Seckenheim und über die Neckarbrücke nach Ilvesheim ins Mannheimer Stadtgebiet. Beim Stadtteil Gartenstadt bogen sie von der Schnellstraße ab. Emma kannte sich in Mannheim nicht gut aus, aber hier schien es sich um eine unauffällige Wohngegend mit vielen kleinen Reihenhäusern zu handeln. Dort parkten in einer langweiligen und unauffälligen Straße Moni und Feli. Clara stellte ihren Wagen hinter ihnen ab. Die Straße war nur von wenigen Laternen beleuchtet.

»Was für ein Auto fährt er denn?«, fragte Emma, als sie alle neben Monis Wagen standen.

»Einen Opel Zafira«, berichtete Moni.

»Was? So eine Familienkutsche passt gar nicht zu ihm«, meinte Emma.

»Vielleicht ist es der Firmenwagen«, überlegte Clara.

»Bestimmt!«, rief Moni.

»Und jetzt?«, fragte Clara.

»Jetzt schauen wir, was für ein Name am Haus steht«, sagte Emma.

Kurzentschlossen ging sie zur Tür und sah auf das Klingelschild. Meier. Der Nachname passte also, wenn auch anders geschrieben als gedacht.

»Was sollen wir jetzt tun?«, fragte Feli, als Emma zurück zu ihren Freundinnen kam.

»Lasst uns doch einfach mal durch das Wohnzimmerfenster spähen«, schlug Emma vor.

»Und wenn er uns sieht?«, fragte Moni.

»Ach was, es ist doch dunkel«, wischte Feli ihre Bedenken weg.

»Oh Mann, ist das aufregend …«, stammelte Clara.

Sie kletterten über den Holzzaun, der den Garten umgab. Zum Glück war er recht niedrig. Rasch versteckten sie sich hinter einem Walnussbaum. Der Garten lag in perfekter Dunkelheit, weit und breit stand keine Laterne. Emma dankte den Stadtplanern für ihre Sparsamkeit.

Durch eine Glastür konnte man vom Garten aus in das beleuchtete Wohnzimmer blicken. Auf einer Couch saß eine alte Dame und sah fern.

»Gut gepflegter Garten. Ich wette, er ist verheiratet. Wer wohnt denn sonst in einem Reihenendhaus, fährt einen Zafira und ist Single?«, flüsterte Moni.

»Aber die alte Frau dort kann höchstens seine Mutter sein«, wandte Feli ein.

»Achtung, die Tür geht auf«, warnte Emma.

Leo trat ins Wohnzimmer. Er hatte sich umgezogen. In der abgewetzten Jogginghose, dem T-Shirt und den

Hausschuhen sah er nicht so cool aus, wie sie ihn kannten. Er setzte sich neben die alte Frau auf die Couch. Während die Frauen noch überrascht von seinem unangenehmen Äußeren waren, kratzte er sich zu allem Übel noch an seinen Weichteilen, als die Dame nicht hinsah.

»Iiiihhh!«, rief Clara.

»Psst!«, zischte Moni. »Das ist normal, Schätzchen. Das machen sie alle, sogar mein Enkel«, beschwichtigte sie sie.

Emma und Feli prusteten los und hielten sich rasch die Hände vor den Mund.

»Wohnt der echt bei seiner Mutter? Das ist ja noch schlimmer, als wenn er verheiratet wäre«, wisperte Feli.

»Vielleicht lässt er seine Mutter bei sich und seiner Familie wohnen …«, vermutete Clara.

»Sieht nicht wirklich wie das Haus einer jungen Familie aus«, widersprach Moni.

Von außen konnten sie sehen, dass die Einrichtung des Wohnzimmers von dunklem Holz, Marke Eichenfurnier, dominiert wurde. Leo nahm gerade einen Laptop von einem Beistelltisch, setzte sich wieder neben *Mutti* auf die Couch und begann, zu tippen. Ein kleiner Hund kam ins Zimmer.

»Viel mehr, als dass er noch bei Mutti lebt, können wir ihm in Bezug auf seine Wohnung nicht vorwerfen«, meinte Moni.

»Und dass sich im Wohnzimmer kaum Bücher befinden, zeigt, dass er in puncto Lesen vermutlich ehrlich war. Vielleicht hat er ja wirklich eine Verlobte«, sagte Clara.

»Aber er hat uns alle belogen!«, zischte Emma und holte ihre Freundinnen auf den Boden der Tatsachen zurück.

Der Hund begann, auf und ab zu hüpfen. Leo erhob sich und öffnete die Balkontür.

»Schnell, Mädels, ducken!«, rief Emma.

Alle vier sprangen hinter dem Baum auf den Boden, doch der Hund lief genau in ihre Richtung.

»Das hat uns gerade noch gefehlt«, flüsterte Clara ängstlich.

Der Hund bellte laut und rannte weiter auf sie zu.

»Hat jemand etwas zu essen dabei?«, flüsterte Emma.

Sie kramten panisch in ihren Taschen. Zum Glück schien Leo nichts zu bemerken. Er ging zurück ins Wohnzimmer, schloss die Tür zum Garten und setzte sich wieder auf die Couch.

»Ich hab eine Bifi«, meinte Feli, riss hastig die Verpackung auf und hielt sie dem Hund hin, der mittlerweile schwanzwedelnd vor ihnen stand und offensichtlich nur gestreichelt werden wollte.

»Wieso hast du eine Bifi in der Tasche?«, fragte Emma verblüfft.

»Meine Mutter hat mir mal gesagt, man sollte immer ein paar frische Unterhosen, eine Zahnbürste, einen Kamm und etwas zu essen in der Tasche haben. Bifi hält sich lange. Falls ich irgendwo festsitze …«

»Jetzt macht sich die Fürsorge deiner Mutter tatsächlich bezahlt.«

»Ich hab ein Päckchen Gummibärchen und einen Schokoriegel dabei«, sagte Moni.

»Das schleppst du immer mit dir rum?«, fragte Clara ungläubig, während Moni und Emma den Hund streichelten.

Dann ging die Balkontür wieder auf und die ältere Dame trat auf die Terrasse.

»Die hat bestimmt wieder eine tote Maus gefunden«, murmelte sie. »Timmy, kommst du jetzt her!«

Frau Meier war etwa Mitte sechzig, hatte graue, dauergewellte Haare und trug wie Leo einen Jogginganzug. Der Hund schien mehr Wert auf Gehorsam als auf Wachsamkeit zu legen, denn er rannte zurück zu seinem Frauchen. Als beide im Wohnzimmer waren, schloss die Dame die Tür wieder.

»Los Mädels, lasst uns gehen«, sagte Clara.

Plötzlich ging im Keller des Hauses ein Licht an.

»Lasst uns nachsehen, ob er vielleicht ein paar Frauenleichen dort unten hat«, rief Emma und lief geduckt zum Kellerfenster.

Clara verdrehte die Augen. »Bist du wahnsinnig geworden?«

»Das macht irgendwie Spaß, ich komme mit«, sagte Moni kurzentschlossen und folgte Emma, die beiden anderen trotteten unschlüssig hinterher.

»Schaut euch das mal an!«, wisperte Emma.

Als die anderen bei ihr ankamen, staunten sie nicht schlecht. Leo bewohnte wohl ein Zimmer im Keller. Neben ein paar Kisten standen eine Schlafcouch, ein Schreibtisch, ein Stuhl und vier Regale, vollgestopft mit Büchern. Gerade suchte er etwas in einem der Regale.

»Das gibt's doch nicht«, sagte Moni.

»Vielleicht sind es die Bücher seiner Mutter«, meinte Clara.

»Ich denke, der ist wirklich ein Psychopath«, flüsterte Feli. »Der führt was im Schilde, Mädels.«

In diesem Moment blickte Leo zum Fenster, das zum Glück mit bestickten Gardinen dekoriert war, die ihre

Gesichter verbargen.

»Lasst uns abhauen«, flüsterte Moni.

20.

Die vier rannten zurück über den Rasen, kletterten über den Zaun und liefen zu ihren Autos. Sie vereinbarten, sich bei Feli zu treffen. Dort angekommen, holte diese sofort eine Flasche Jägermeister. »Ich muss meinen Puls entschleunigen.«

»Das alles erinnert mich irgendwie an Psycho«, meinte Clara, die ein großer Hitchcock-Fan war.

»Also hier stimmt definitiv etwas nicht, so viel ist sicher«, rief Feli und trank den Jägermeister in einem Zug aus.

Emma hob den Finger. »Ich nehme auch einen.«

»Können wir noch einmal zusammentragen, was wir bis jetzt über Leo wissen?«, schlug Moni vor. »Ich kriege das alles immer noch nicht zusammen.«

»Dass er nicht liest, war auf jeden Fall eine seiner Lügen«, sagte Feli.

»Dass er kein Schreiner ist, müssen wir erst noch beweisen«, überlegte Clara und nippte an ihrem

Jägermeister. »Wir müssen weiter Nachforschungen anstellen.«

»Ich schlage vor, wir machen uns rar, wenn er uns kon-
taktiert, aber dafür folgen wir ihm auf Schritt und Tritt«,
meinte Moni.

»Wie soll das mit einem Vollzeitjob funktionieren?«,
wollte Feli wissen.

»Wir wechseln uns ab«, bestimmte Moni.

»Meine Arbeitszeiten sind aber nicht flexibel«, warf
Clara ein.

»Dann feiert krank, wir werden ja nicht tagelang
Sherlock Holmes spielen«, sagte Emma.

»Ich weiß nicht, Mädels, vielleicht machen wir uns
umsonst Sorgen. Was ist, wenn wir doch etwas falsch verstanden haben?«, erwiderte Clara zögerlich.

»Ha, das denken wahrscheinlich viele Opfer von
Psychopathen. Ich bin auch dafür, dass wir die Wahrheit
herausfinden«, sagte Feli.

»Können wir ihn nicht einfach fragen?«, schlug Clara
vor.

Moni lachte auf. »Als ob der die Wahrheit sagen
würde!«

»Wir sollten niemanden verurteilen, bevor wir uns
nicht sicher sind«, verteidigte Clara ihn.

»Genau deshalb müssen wir mehr herausfinden«, kon-
terte Moni.

»Lasst es uns versuchen«, stimmte Emma zu.

»Gut. Wir können ihn später immer noch direkt darauf
ansprechen«, sagte Moni. »Aber erst hätte ich gerne ein
paar Fakten gesammelt.«

»Er würde uns wahrscheinlich eh wieder irgendeinen

Stuss erzählen«, stimmte Feli zu. »So haben wir etwas gegen ihn in der Hand und können ihn in Widersprüche verwickeln. Lasst ihn uns morgen verfolgen und Erkenntnisse sammeln!«

Gesagt, getan. Die vier übernachteten bei Feli und am nächsten Morgen meldeten sich Clara und Emma krank. Feli feierte ihre Überstunden ab und Moni engagierte eine Vertretung für ihre Nachmittagskurse. Um acht Uhr morgens postierten sie sich unauffällig hinter einem Van in der Nähe von Leos Haus. Alle vier trugen schwarze Hosen und dunkle Jacken. Die kalten Temperaturen kamen ihnen gerade recht, so konnten sie sich die Wollmützen bis zu den Augenbrauen hinunterziehen. Moni hatte sogar ein Fernglas dabei, das ihr Ex-Mann bei einer Tombola gewonnen hatte.

»Hätte nie gedacht, dass es mir mal was nützen würde«, kommentierte sie trocken.

»Aber nicht gerade unauffällig«, gab Clara zu bedenken.

»Es kommt darauf an, dass man sich damit unauffällig verhält. Guckst du nie Detektiv-Serien?«

Feli zog eine Spiegelreflexkamera mit Zoomobjektiv aus der Tasche.

»Wow, was ist das denn für ein Gerät?«, fragte Emma.

»Ach, das ist ein altes Teil. Hat mir mal ein Art Director aus der Agentur geschenkt, der was von mir wollte.«

Mit der Zeit wurde es den Frauen langweilig, denn es tat sich nichts.

»Hm, vielleicht geht er spät zur Arbeit?«, überlegte Clara. »Oder wir sind zu spät gekommen und er hat das

Haus vorher verlassen?«

»Der Zafira steht jedenfalls noch da«, warf Emma ein.

Kurz nach zehn kam Leos Mutter heraus und ging mit dem Hund Gassi. Zum Glück kannten sie sich nicht. Trotzdem duckten die vier sich instinktiv, als die Dame in ihre Richtung kam. Dummerweise blieb der Hund vor dem Auto stehen und bellte, doch die Dame lief einfach weiter und zog ihn mit sich. Fröstelnd standen die Frauen weiter in der Kälte und traten von einem Bein aufs andere. Erst nach elf Uhr kam Leo aus dem Haus. Er trug dieselbe Jogginghose wie am Vorabend und blickte kurz die Straße hinunter in ihre Richtung. Wieder gingen alle vier Frauen hinter dem Van in Deckung.

Sie warteten über eine Minute, dann fragte Feli: »Ist er noch da?«

Emma hob vorsichtig ihren Kopf. »Ich sehe ihn nicht mehr.«

»Wir müssen ihn verfolgen«, flüsterte Moni.

Die vier erhoben sich und blickten sich um, aber Leo war nirgendwo zu sehen.

»Wir wissen doch gar nicht, in welche Richtung er gelaufen ist.«

»Wir können uns ja aufteilen«, schlug Moni vor.

»Aber ist das Risiko dann nicht viel zu hoch, dass er uns entdeckt, wenn wir einfach so die Straße entlanglaufen? Da sieht er uns doch sofort«, wandte Feli ein.

»Mir ist arschkalt«, sagte Clara. »Können wir nicht irgendwo reingehen?«

»Ich hab so einen Kohldampf, lasst uns was essen gehen«, schlug Emma vor. Außerdem taten ihr die Füße weh.

Die anderen nickten und Feli meinte belustigt: »Das mit dem Observieren müssen wir wohl noch etwas üben.«

Kurzentschlossen fuhren sie in die Mannheimer Innenstadt und kehrten in einem chinesischen Imbiss ein. Während sie ihre Nudeln aßen, beobachtete Emma ihre Freundinnen. Clara sprach schließlich aus, was alle dachten: »Auch wenn ich schon Frostbeulen habe – irgendwie macht das Ganze hier Spaß.«

»Du meinst, einen Mann gemeinsam zu stalken?«, hakte Feli nach.

Die anderen prusteten los.

»Er hat schließlich angefangen.«

»Sollen wir noch mal zurückfahren?«, fragte Emma. Bevor die anderen antworten konnten, brummte ihr Telefon. Sie hatte eine Textnachricht bekommen.

»Leo?«, fragte Moni.

»Er will mich sehen. Ich schreibe, ich wäre krank.«

Wieder kicherten sie.

»Haben wir eigentlich eine Ahnung, wie wir weitermachen wollen?«, fragte Emma.

»Wir lassen uns einfach treiben«, schlug Feli vor.

Erneut piepste Emmas Telefon. Leo schrieb: »Soll ich dich gesund pflegen?«

»Oh, du bist süß, aber ich will nicht, dass du dich ansteckst«, antwortete sie.

Er schickte ihr ein Kuss-Emoji.

»Ha, ich hab dieselbe Nachricht. Er schreibt ebenfalls, dass er mich sehen will«, rief Clara. »Ich schreibe ihm gleich, dass wir alle uns angesteckt haben, sonst wird er misstrauisch.«

Er ist wirklich ein Schwein, dachte Emma. Ihre Gefühle

Leo gegenüber verwandelten sich langsam in blanke Wut. Was glaubte der Kerl eigentlich, wer er war?

21.

Nach dem Essen fuhren sie zurück in die Gartenstadt. Dort blieben sie diesmal im warmen Auto sitzen und beobachteten den Eingang des Reihenhauses. Einmal konnten sie Leo sehen, wie er an einem Fenster vorbeiging. Er war also wieder zurück vom Joggen und verbrachte offensichtlich den ganzen Tag zu Hause. Es war mittlerweile fünfzehn Uhr. Sie beschlossen, sich aufzuteilen. Jede von ihnen sollte eine Schicht vor seinem Haus übernehmen. Feli übernahm die erste Schicht, schließlich waren sie mit ihrem Auto unterwegs. Die anderen nahmen den Bus zurück nach Heidelberg. Später wollte Moni die Beobachtung fortsetzen und anschließend wollte Clara sie ablösen und die Nachtschicht übernehmen. Emma würde am nächsten Tag mit der Frühschicht beginnen.

Zu Hause war Emma noch immer sehr aufgewühlt. Sie beschloss, eine Runde joggen zu gehen. Das Bedürfnis, zu laufen, war so groß, dass sie die Treppen hinunterrannte, sobald sie ihre Turnschuhe angezogen hatte. Sie musste ihre Gedanken irgendwie sortieren. War sie etwa in einen Psycho verliebt gewesen? Und jetzt? Empfand sie noch etwas für ihn? Wut und Enttäuschung überdeckten alle anderen Gefühle. Irgendwie war ihr schlecht. Sie lief immer schneller in der Hoffnung, dadurch diese Gedanken irgendwie hinter sich lassen zu können. Plötzlich sprang wie aus dem Nichts ein nicht angeleinter Hund vor sie. Vor Schreck schrie sie laut auf und blieb keuchend stehen.

Der Hund kam ihr bekannt vor. Doch bevor sie sich erinnern konnte, zu wem er gehörte, stand Leopold neben ihr und sie atmete auf. Er befahl Miller, sich zu setzen, und entschuldigte sich. Irgendwie freute sich Emma, ihn zu sehen. Sie beugte sich vor und streichelte den Hund.

»Trainierst du für den Halbmarathon?«, fragte Leopold.

Sie lachte. »Nein, sicher nicht. Ich versuche nur, meine Gedanken zu sortieren.«

Sie hoffte, dass er nichts von ihrer Krankmeldung wusste.

»Sport hilft manchmal«, antwortete er.

»Und du?«

»Ich versuche auch, meine Gedanken zu sortieren.« Er leinte den Hund an. »Magst du uns ein Stück begleiten oder sind wir dir zu langsam?«

Emma dachte nicht lange nach. »Ich brauche sowieso eine Pause«, antwortete sie.

Am Morgen war es noch sehr kühl gewesen, doch die Sonne hatte die Luft etwas angewärmt und es war angenehm, in der klaren Winterluft spazieren zu gehen. Es war ein wirklich schöner Tag.

»Wie geht es dir?«, fragte Emma, um ein Gespräch zu beginnen.

»Gut«, antwortete Leo. »Eigentlich. Ich arbeite heute von zu Hause aus. Brauche einen klaren Kopf für eine Präsentation, die ich bald halten muss.«

»Du klingst nicht gerade begeistert.«

Leopolds Blick wirkte müde, verstärkt wurde dieser Eindruck noch durch das Fehlen der Brille, die er in letzter Zeit anscheinend immer seltener trug. Er zuckte mit den Schultern und stieß einen langen, gequälten Seufzer aus.

»So schlimm?«

»Das ist der einzige Nachteil an dem Job. Wir müssen uns immer wieder präsentieren und zeigen, wie toll wir sind.«

»Das ist bestimmt anstrengend.« Am liebsten hätte Emma eine Begebenheit erzählt, bei der sie sich ähnlich gefühlt hatte, doch sie stoppte sich. Nein, heute würde sie nur zuhören und Rückfragen stellen. »Wann ist denn die Präsentation?«

»Heute Abend.«

»Oh, das ist wirklich sehr bald.«

»Genau.«

Er kratzte sich am Hinterkopf. »Jetzt machst du mich noch nervöser.«

Emma legte ihre Hand auf seinen Arm. »Entschuldige, das war nicht meine Absicht. Du wirst das bestimmt super machen. Ist sie noch nicht fertig?«

»Doch, schon, aber ich hasse es, vor Menschen zu sprechen. Und dann muss es auch noch lustig und trotzdem auf den Punkt sein.«

»Ich kann dir gerne beim Üben helfen.«

Er sah sie überrascht an.

»Ich kann gut zuhören und sage dir dann meine ehrliche Meinung«, schlug Emma vor.

Leopold blieb stehen. »Würdest du das machen?«

»Klar.«

»Jetzt?«

»Warum nicht.«

»Ich wohne im Neuenheimer Feld in der Nähe des Cafés, in dem wir brunchen waren«, sagte er. Als sie ihm zunickte, meinte er: »Okay, dann lass uns mal zu meinem Wagen gehen.«

Unterwegs erkundigte er sich, warum Emma nicht bei der Arbeit war. Als sie ihm gestand, dass sie ausnahmsweise blau gemacht hatte, meinte er mit einem Augenzwinkern: »Da wirst du deine Arbeitszeit jetzt wohl bei mir absitzen müssen.«

Neuenheim war ein beschauliches Viertel auf der anderen Seite des Neckars. Wer genug geerbt hatte oder äußerst gut verdiente, wohnte hier. Oft waren das Ärzte, die ganz in der Nähe im Uniklinikum arbeiteten. Es war wie ein kleines Dörfchen innerhalb von Heidelberg, mit vielen netten Cafés, einem kleinen, romantischen Marktplatz und wunderschönen alten Gebäuden.

»Schön ist es hier«, sagte Emma, als sie aus dem Wagen stiegen.

Er stimmte ihr zu: »Ich bin General Eisenhower dankbar, dass er Heidelberg nicht hat bombardieren lassen.«

»Bist du hier geboren oder hergezogen?«

»Geboren. Meine Urgroßeltern haben damals hier im

Viertel gebaut und später hat meine Mutter das Haus geerbt – sie war ein Einzelkind.«

»Die Häuser sind jetzt ein Vermögen wert«, sagte Emma ohne Neid in der Stimme.

Leopold nickte. Er schien sich nichts auf den Reichtum seiner Eltern einzubilden. Für einen alteingesessenen Heidelberger wirkte er aber ziemlich südländisch mit seinem schwarzen Haar, der etwas dunkleren Haut und seine braunen Augen.

»Du bist irgendwie ein ziemlich dunkler Typ, für so deutsche Wurzeln«, entfuhr es Emma daher.

»Ist dir das erst jetzt aufgefallen?«

»Nein, aber jetzt frage ich mich, woran das wohl liegt.«

»Mein Vater kommt aus Tunesien.«

Sie sah ihn überrascht an und er ergänzte: »Da passt Leopold als Name nicht so richtig, oder? Mein Vater wollte einen möglichst weltläufigen Namen für mich. Außerdem hat er früher viele Bücher des französisch-senegalesischen Schriftstellers Léopold Sédar Senghor gelesen.«

»Den kenne ich gar nicht.«

»Sieh an«, Leopold lächelte. »Senghor hat mit seiner Literatur das Afrikabild der Europäer etwas ins rechte Licht gerückt und dafür einige Preise erhalten.«

Emma nickte anerkennend und meinte: »Da muss ich mich wohl mal weiterbilden.«

Sie blieben vor einem schönen alten Gebäude stehen. Durch eine Tür, die recht alt und schäbig aussah, kamen sie in einen engen Gang. Am Ende führte eine zweite Tür in einen riesigen Hinterhof. Darin stand ein kleines Häuschen.

»Das ist mein Reich«, sagte Leopold und hielt ihr höflich die Tür auf.

Der Hund raste hinein und Emma folgte ihm langsamer. Sie war schon im Eingangsbereich angetan von dem Flair des Hauses, dem alten Steinfußboden und den weißen Wänden. Sie hatte das Gefühl, in das neunzehnte Jahrhundert versetzt worden sein.

»Wow!«, entfuhr es ihr.

Die beiden legten ihre Jacken ab und zogen die Schuhe aus. Erschrocken bemerkte Emma, dass ihre Socke ein kleines Loch hatte.

»Mir ist etwas kalt, kann ich meine Schuhe anlassen?«, fragte sie daher rasch, um sich diese Peinlichkeit zu ersparen.

»Klar«, meinte er lächelnd und erklärte: »Dieses Häuschen ist älter als das Haupthaus. Es wurde bereits 1880 gebaut. Meine Urgroßeltern haben es damals im Hinterhof stehen lassen und während der Bauphase an Handwerker vermietet. Nach dem Krieg wohnten hier Flüchtlinge und später Studenten. Bis vor ein paar Jahren war es eine absolute Bruchbude. Ich habe es gemeinsam mit meinem Vater renoviert, über fünf Jahre hinweg. Hättest du es damals gesehen, hättest du nicht gedacht, dass so etwas Schönes daraus werden könnte.«

Emma schaute ihn bewundernd an. Sie hätte nie gedacht, dass ein Handwerker in diesem Computerfreak steckte. Sie gingen in das Wohnzimmer, an das eine Küche grenzte. Dieser Hauptraum war etwa zwanzig Quadratmeter groß. Die Wände waren weiß, die Decken hoch. Die Möbel waren zwar einfach, passten aber hervorragend in den Raum: eine Ikea-Küche, verschiedene alte Stühle, um einen modernen Holztisch gruppiert, eine Ledercouch und eine Wand voller Bücher. In einer Ecke lag ein Hundekorb, in dem Miller es sich schon gemütlich gemacht hatte.

Leopold fragte aus der Küche: »Was möchtest du trinken?«

»Einen Tee bitte.«

Emma stand immer noch in der Mitte des Wohnzimmers und bewunderte die geschmackvolle Einrichtung.

»Wie alt bist du eigentlich?«, fragte sie plötzlich.

»Einen Gentleman fragt man nicht nach seinem Alter!«, rief er.

»Oh, das heißt, du bist alt.«

»So könnte man es auch sagen«, antwortete er, als er zu ihr ins Wohnzimmer trat.

»Na komm, Männer werden doch mit zunehmendem Alter nur attraktiver, hab ich gehört.«

Er lachte. »Dann habe ich noch ein paar Jahre vor mir, um attraktiver zu werden. Ich bin vierunddreißig. Sechs Jahre älter als du.«

»Woher weißt du, wie alt ich bin?«

»Ich hab es in deinen Personalunterlagen gesehen.«

Sie sah ihn überrascht an. »Du weißt also alles über mich?«

»Nein, viel zu wenig«, erwiderte er und lächelte geheimnisvoll. Dann drehte er sich zu einem kleinen Lautsprecher um, der auf einer Kommode stand, und sagte: »Alexa, spiel die Tee-Playlist.«

Automatisch ertönte Soul-Musik. Das war also das, was er unter Musik zum Tee verstand? Interessant. Sie hatte noch nie einen intelligenten Lautsprecher in Aktion gesehen und musste schmunzeln, während sie feststellte: »Deine Doktorandin heißt genauso wie dein intelligenter Lautsprecher.«

»Stimmt. Alexas Eltern haben sicher schon bei der Namenswahl gewusst, dass sich ihre Tochter mal für IT interessieren würde. Aber meine Doktorandin spielt leider keine Musik ab, wenn ich klatsche«, antwortete er und zuckte mit den Schultern.

»Eine Runde Mitleid«, rief Emma und beide lachen.

In diesem Moment hörte sie ein Brummen hinter sich. Sie fuhr zusammen und schrie kurz auf.

Unter dem Tisch fuhr ein rundes Etwas hervor, das eine gewisse Ähnlichkeit mit einem Roboter aus *Star Wars* hatte.

»Oh, sorry. Der Saugroboter geht mit Zeitschaltung los, normalerweise bin ich um diese Zeit ja noch nicht zuhause. Ich habe ihn als R2D2 verkleidet.«

»Das ist also dein zweites Haustier?«

Er zuckte wieder mit den Schultern. »Wir Entwickler haben alle einen Knall.«

Sie grinste und fragte: »Hier ist wohl alles voll technologisiert?«

Er nickte. »Klar, das muss sein. Alexa, Licht.« Automatisch ging die Deckenbeleuchtung an.

Emma nickte bewundernd und meinte dann: »Ich habe mir ganz klar den falschen Beruf ausgesucht. Ich wohne in einer winzigen, gemieteten Zweizimmerwohnung ohne jeden Schnickschnack.« Sie zuckte mit den Achseln. »Wobei, ich habe eine Videokamera am Türöffner, zählt das?«

»Wir Ingenieure und Informatiker sind gerade gefragt, das ist reine Glückssache. In ein paar Jahren wird sich der Spieß wieder umdrehen«, tröstete Leopold sie.

»Vielleicht kommt dann die Zeit der Bibliothekarinnen«, antwortete Emma selbstironisch.

Er lächelte. »Ich finde, das ist eine sehr wichtige Tätigkeit«, sagte er.

Dann ging er in die Küche und holte den Tee. Unterdessen fiel Emmas Blick auf einige gerahmte Fotos.

»Für Fotos gibt es doch heutzutage digitale Rahmen«, sagte sie.

»Man muss es ja nicht gleich übertreiben«, erwiderte Leopold mit einem Grinsen.

Ein Bild zeigte ihn an einem Aussichtspunkt mit der Golden-Gate-Brücke im Hintergrund.

»Im Silicon Valley suchen sie bestimmt auch noch ein paar clevere Köpfe wie dich«, meinte Emma.

»Ja, daraus wurde aber nichts.«

»Du warst nicht nerdig genug«, scherzte sie.

»Das ist eine lange Geschichte«, antwortete er knapp.

»Klingt geheimnisvoll.«

Leopold druckste kurz herum, dann erklärte er: »Ich hatte tatsächlich eine Einladung von Google. Zum Ende meiner Studienzeit wollten sie mich anwerben.«

»Wow. Und du wolltest nicht in die USA gehen?«

»Zu der Zeit wäre ich sehr gerne gegangen.«

»Und woran ist es gescheitert?«

Nach einem kurzen Moment der Stille antwortete er: »An der Liebe. Meine damalige Freundin wollte nicht, dass ich gehe. Sie wollte nicht mitkommen und ich wollte sie nicht zurücklassen. Ich dachte, es wäre die große Liebe.«

»War es aber nicht?«

Er schüttelte den Kopf. »Nicht für sie. Es hat eine ganze Weile gedauert, bis ich kapiert habe, dass sie sich noch mit ihrem Ex-Freund traf … oder wieder.«

»Oh …«

»Tja.« Leopold und blickte zu Boden. Nach einem kurzen Schweigen blickte er auf: »Komm, lass uns mal die Präsentation anschauen.«

Er zeigte auf den Laptop, der auf einem Couchtisch lag, der aus mehreren alten Weinkisten zusammengebaut war.

Emma setzte sich auf die Couch und fragte: »Geht es bei der Präsentation wieder um 3-D-Brillen?«

»Leider nein. Das ist ein neues Projekt, das wir im Institut entwickeln wollen. Und als Geschäftsführer ist es an mir, die Präsentation zu halten.«

Leopold setzte sich ihr gegenüber in einen Sessel. Dann trug er ihr seine Rede vor, die für neue Investoren gedacht war und wohl eine Einführung in das Projekt bieten sollte. Emma verstand die meisten Fachbegriffe nicht und ihr fiel auf, dass Leopold eigentlich lediglich die PowerPoint-Präsentation ablas.

Als er fertig war, sah er sie erwartungsvoll an. »Und?«

»Hm …«, machte sie und stellte die Teetasse auf den Tisch. Darauf lagen stapelweise Papiere, Zettel und Bücher. »Inhaltlich ist bestimmt alles richtig, aber ich hab ehrlich gesagt außer *und*, *das* und ein paar Verben kein Wort verstanden.«

Er verzog das Gesicht. »Das ist schlecht.«

»Die Investoren kennen sich in dem Thema bestimmt viel besser aus«, tröstete sie.

»Hm, nicht wirklich. Es kommen einige Mitarbeiter von Investment-Firmen, die in alle möglichen Bereiche investieren. Ein bisschen werden sie das Thema schon kennen, aber es sind keine Ingenieure. Und dann kommen noch politische Vertreter. Die kennen sich meist in unserem Themenbereich gar nicht aus.«

Emma nahm ihre Tasse. »Erkläre es mir doch mal so, wie du es einem kleinen Kind erklären würdest«, schlug sie vor.

Leopold kratzte sich am Hinterkopf. »Puh, das ist nicht einfach.«

Die nächste halbe Stunde verbrachte er damit, ihr den komplizierten Sachverhalt in einfachen Worten zu erklären. Immer wieder hakte sie nach. Anscheinend hatte das Projekt etwas mit smarten Technologien in der Landwirtschaft und in ländlichen Gebieten zu tun. Er erzählte etwas von Traktoren, die mittlerweile allesamt Hochleistungscomputer waren. Es sollte ein Modellprojekt werden, für das das Institut auf staatliche Fördermittel hoffte.

»Warum wollt ihr denn ausgerechnet den ländlichen Raum mit neuen Technologien erschließen?«, erkundigte sich Emma. »Wir haben ja schon in Heidelberg Probleme mit den Internetleitungen.«

Er lachte. »Genau. Deutschland ist eine Infrastrukturwüste. In Sachen Hochleistungsinternet sind wir von unseren Nachbarländern längst abgehängt worden. Aber gerade im ländlichen Bereich hat man viel bessere Möglichkeiten, in einem Pilotprojekt neue Internetleitungen zu testen und die Menschen vor Ort mit smarten Lösungen zur Speerspitze der Technologie-

Revolution in Deutschland zu machen. Wenn es plötzlich interessant ist, eine Technologiefirma auf dem Land zu gründen, könnten wir vielleicht auch die Entwicklung umkehren, dass immer mehr Menschen in die Städte abwandern.«

»Ach so, dann sag das doch gleich so. *Das* Argument werden die Politiker sehr gut verstehen«, meinte Emma.

»Also weniger technische Fachbegriffe?«

»Sehr viel weniger«, antwortete sie und lächelte.

In der nächsten Stunde unterbreitete sie ihm noch weitere Verbesserungsvorschläge für seine Präsentation. Zwischendurch machte sie ein paar Scherze, über die beide lachten.

»Hier würde ich noch folgenden Satz einfügen ...«, sagte Emma und griff nach dem Laptop. Dabei berührte sie seine Hände. Es war, als ob eine Art Energie von ihm aus auf sie überströmte. Leopold sah ihr in die Augen und sie konnte sich nicht rühren. Während im Hintergrund *Sade* mit ihrem Achtziger-Jahre-Hit *Smooth Operator* zu hören war, nahm er ihre Hand und sie versank in seinen Augen.

Dann küssten sie sich.

22.

Ob es einfach nur angestauter sexueller Trieb war oder wirklich die Magie des Augenblicks – es war, als hätte der Pfeil Amors Emma getroffen. Wieso war ihr bis jetzt nicht aufgefallen, dass Leopold ein cooler Typ war? Lag es wirklich nur an dem unmöglichen Seitenscheitel, der randlosen Brille und diesen furchtbaren T-Shirts? Zwar hatte er inzwischen eine coole Frisur und trug meistens Kontaktlinsen, aber diese bunten T-Shirts mit dem albernen Aufdruck gehörten wohl weiterhin zu ihm.

Plötzlich löste sich Leopold von ihr und sagte mit belegter Stimme: »Emma, ich weiß nicht, ob wir das tun sollten ... Was ist mit deinem Freund?«

»Das ist Geschichte.«

»Sicher?«

Sie nickte. »Ganz sicher.«

Er grinste erleichtert. Emma legte eine Hand auf seinen Oberarm, an dem erstaunlich viele Muskeln zu spüren waren. »Machst du Sport?«, fragte sie spontan.

Etwas irritiert sah er sie an. »Äh, also ich klettere … versuchst du abzulenken?«

»Nein, nein«, antwortete sie und küsste ihn stürmisch.

So viel Mut hätte sie sich nicht zugetraut. Sie genoss es, Zärtlichkeiten mit ihm auszutauschen, es fühlte sich irgendwie vertraut an. Ihr gefiel, wie er roch, und sie atmete seinen Duft tief ein. Gerade, als sie begann, sich dem Moment voll und ganz hinzugeben, klingelte ihr Telefon.

Leopold seufzte. »Diese Dinger schaffen es, die romantischsten Augenblicke zu zerstören.«

»Von wegen *Smart*-Phone«, sagte Emma. »Ich stelle es auf lautlos.«

Sie warf einen Blick auf das Display. Betrüger-Leo hatte ihr geschrieben. Schnell legte sie das Telefon weg und umarmte Leopold wieder. Er küsste sie, sie ihn. Der Moment war perfekt, außer, dass sie verschwitzt war und ihr Tchibo-Sportoutfit trug. Doch sobald Leopolds Hand begann, an ihrem Rücken hinabzuwandern, sah sie plötzlich Leo vor ihrem geistigen Auge. Der magische Moment war Vergangenheit, die elektrisierende Amor-Wolke verdunstet.

»Alles okay?«, fragte Leopold, als sie zurückzuckte.

»Ja, klar … Nur geht mir das ehrlich gesagt doch alles ein bisschen zu schnell.«

Leopold nickte, fuhr sich durchs kurze Haar und seufzte. »Das merkt man, du wirkst gerade etwas abwesend.«

»Nein, wirklich nicht, ich … das war gerade ein ganz besonderer Moment, wirklich«, versuchte sie zu erklären. Aber sie merkte selbst, dass das nach inhaltsleeren Floskeln klang.

»Wenn du Zeit brauchst, kann ich das verstehen. Aber bitte spiel keine Spielchen mit mir. Halte mich nicht warm wie einen Braten vom Vortag, der zum Resteessen gedacht ist, falls nichts Besseres auf den Tisch kommt.«

Sie musste lachen und antwortete grinsend: »Nein, ich will dich nur kurz schockgefrieren und dann wirst du schonend aufgetaut.«

»Okay«, sagte er und lächelte. »Hättest du Lust, heute Abend mit mir zu der Veranstaltung zu gehen? Die Teilnehmer sind Langweiler und Angeber, aber das Essen ist bestimmt fabelhaft«.

»Klar.«

Ihr Telefon blinkte. Moni versuchte, sie anzurufen. Emma drückte sie weg.

»Dann muss ich aber schnell nach Hause, mich umziehen«, sagte sie. »Außer es ist eine ganz coole Veranstaltung, bei der man im Jogginganzug auftauchen kann.« Mit einem Grinsen zeigte sie an sich herunter.

»Eher nicht«, antwortete Leopold und nahm sie ihn den Arm. Er küsste sie noch einmal, dann sagte er: »Ich hole dich gegen acht Uhr ab.«

Auf dem Nachhauseweg sah sich Emma die Textnachrichten an, die sie von Leo erhalten hatte.

»Wie geht es dir?«, fragte er. Und da sie nicht geantwortet hatte, hatte er ein paar Minuten später geschrieben: »Wann können wir uns sehen?«

Sie schrieb zurück. »Bestimmt in ein paar Tagen. Das muss ein hartnäckiges Virus sein.«

Er antwortete sofort. »Das stimmt, die halbe Stadt ist krank.«

Aha, dachte sie, er meinte wohl die anderen Frauen.

»Wollen wir telefonieren?«, fragte er.

»Hab keine Stimme«, schrieb sie zurück und schickte ihm ein Emoji mit verbundenem Kopf. Darauf kam ein Kuss-Emoji zurück.

Dann rief Emma Moni zurück.

»Na, was gibt es?«, fragte Emma.

»Du glaubst es nicht, weißt du, wo er heute hin ist?«

»Nein, aber du wirst es mir bestimmt gleich erzählen.«

»Also, ich habe die Schicht nach Feli übernommen. Kaum saß ich vor seinem Haus, ist er in die Stadtbibliothek gefahren und hat sich mindestens fünf Bücher ausgeliehen und etwa genauso viele zurückgebracht und dann …« Sie legte eine dramatische Pause ein.

»Und dann?«

»Und dann, du glaubst es nicht … und das habe ich übrigens auf eigene Faust herausgefunden, ihr dürft mich ab jetzt Sherlock Holmes nennen …«

»Jetzt sag endlich.«

»Am besten treffen wir uns gleich alle.«

»Äh, nein, ich kann heute Abend leider nicht, ich muss noch zu einer Sitzung.«

»Was? Seit wann bist du Faschingsprinzessin?«

»Quatsch, von der Arbeit aus.«

»Aber du hast dich doch krankgemeldet!«

Da hatte Moni natürlich recht. Hoffentlich sah sie niemand bei der Veranstaltung, der das wusste.

»Jetzt lenk nicht ab, Moni, was hast du herausgefunden?«, fragte Emma.

»Dass der gute Mann arbeitslos ist!«

»Woher weißt du das?«

»Weil er zur Agentur für Arbeit gegangen und längere Zeit dringeblieben ist.«

Emma stieß einen Pfiff aus.

»Sag ich doch! Außerdem, wer sonst kann den ganzen Tag mit Joggen und Nichtstun vertrödeln – außer wir Detektive natürlich.«

Zwei Stunden später ging Emma die Treppe ihres Wohnhauses hinab. Sie hatte ein dunkelblaues Cocktailkleid angezogen und ihre Winterstiefel gegen High Heels eingetauscht.

An der Tür wartete Leopold auf sie. Er hatte sich ebenfalls in Schale geworfen und trug einen schicken Anzug.

»Du siehst toll aus«, sagte er.

Bald darauf fuhren sie in seinem Wagen den Schloss-Wolfsbrunnenweg entlang, der oberhalb des Schlosses entlangführte. Es war immer noch Heidelberger Stadtgebiet, allerdings fühlte es sich an wie Urlaub in den Bergen. Überall gab es Wiesen und große Villen aus der Zeit der Jahrhundertwende. Im Tal konnte man die Lichter der Stadt sehen, die sich auf dem Neckar spiegelten.

Der Empfang war im Restaurant Wolfsbrunnen, einem historischen Gebäude mit holzvertäfelten Wänden, in dem in den letzten zweihundert Jahren bereits zahlreiche Kaiser, Könige und ihre Gemahlinnen, darunter auch Sissi, diniert hatten. Nun kehrten hier Spaziergänger ein und es wurden Hochzeiten und Firmenveranstaltungen gefeiert. In einem großen Saal standen fünf vollbesetzte Tische, die festlich gedeckt waren.

»Wie hältst du es bloß ohne eine klitzekleine Comiczeichnung aus?«, fragte sie scherzhaft, als sie an einem der Tische saßen.

»Ha, schau mal nach unten«, flüsterte er. Dabei zog er sein Hosenbein etwas hoch. Auf seinen Socken prangte Superman.

»Dachte ich es mir doch. Was ich mich noch frage …«, fuhr sie fort.

»Ja?«

»Warum ich?«

Er lächelte. »Es ist selbst für einen Kopfmenschen wie mich nicht rational zu erklären, warum man sich für die eine Person mehr und für die andere weniger interessiert.«

So hatte sie die Dinge nie betrachtet. Sie hätte gedacht, dass eine Frau wie Alexa, die hübsch und intelligent war, eigentlich jeden Mann um den Finger wickeln musste. Anscheinend war Leopold da eine Ausnahme.

Leopold fuhr fort: »Aber wenn du eine konkrete Antwort möchtest, bitteschön: Du bist süß, charmant und intelligent. Außerdem hast du Humor, eine Eigenschaft, die vielen anderen fehlt.«

Sie gab ihm einen Kuss.

»Oh, soll ich weitermachen? Du hast wunderschöne Augen und vor allem dein Lächeln …«

»Hey, jetzt veräppelst du mich.«

»Nein, wenn du es ehrlich wissen willst … nach der Sache mit meiner Ex habe ich den Glauben an die Liebe verloren. Alle Frauen, mit denen ich seither ausgegangen bin, waren irgendwie gleich. Ich konnte einfach keinen Grund mehr sehen, warum ich mit einer von ihnen etwas anfangen sollte und nicht genauso gut mit der

Nächstbesten. Meine Laune wurde so schlecht, dass mir mein Vater geraten hat, ich solle einfach mal ein Jahr überhaupt nicht nach Frauen schauen, mich auf mich selbst und meine Karriere konzentrieren.«

»Und du hast auf ihn gehört?«

»Mein Vater ist ein weiser Mann. Natürlich habe ich auf ihn gehört.«

»Und dann?«

»Kaum war das Jahr vorbei, betrete ich die Bibliothek und stoße mit dir zusammen. Würde ich an so was glauben, würde ich sagen: Es war Schicksal.«

Emma wusste nicht, was sie darauf erwidern sollte. Schicksal! Was für ein großes Wort. Vor Kurzem hatte es sie noch beeindruckt, wenn sie es in einem ihrer geliebten Romane gelesen hatte, aber nun war sie sich nicht mehr so sicher, was sie davon halten sollte.

In diesem Moment kam ein Kollege auf sie zu, sprach Leopold an und verwickelte ihn in ein Fachgespräch.

Emma fiel auf, dass sehr wenige Frauen im Saal waren. Sie selbst war mit ihrem Cocktailkleid definitiv zu festlich angezogen, die anderen trugen klassische Hosenanzüge. Sie fühlte sich etwas unwohl, doch der Wein, der gereicht wurde, war so gut, dass sie sich damit Mut antrank.

Dann war Leopold mit seiner Präsentation an der Reihe. Emma bemerkte, dass er immer wieder zu ihr herübersah, während er redete. Die Präsentation war gut und sie war stolz auf sich, schließlich hatte sie daran mitgewirkt. Vielleicht nicht inhaltlich, aber sie hatte zu einer gewissen Würze beigetragen. Die potenziellen Investoren hörten sehr aufmerksam zu.

Während Emma Leopold beobachtete, konnte sie kaum glauben, dass sie vor ein paar Stunden noch vor Leos Haus herumgeschlichen war. Und dass sie später eigentlich nur hatte joggen gehen wollen, schließlich ihrem Chef Leopold bei seiner Präsentation geholfen hatte und ihn zu guter Letzt geküsst hatte. Nun saß sie hier als seine offizielle Begleitung. Bestimmt dachten alle Anwesenden, sie wäre die Freundin. War sie das denn? Wollte sie es überhaupt sein?

Wieder wanderte ihr Blick zu ihm. Er wirkte sehr selbstbewusst und sah in diesem dunkelblauen Anzug gut aus. Wirklich gut. Dann machte sich ihr Telefon bemerkbar, mal wieder. Zum Glück hatte sie es auf lautlos gestellt, doch sie spürte die Vibration in ihrer Handtasche. Unauffällig warf Emma einen Blick auf das Display. Es war eine Textnachricht von Clara.

»Hilfe, ihr müsst mir helfen! Bin in Leos Keller eingeschlossen.«

23.

Emma rannte aus dem Saal und rief sofort ihre Freundin an. Clara flüsterte ins Telefon: »Ich habe Scheiße gebaut, es tut mir leid.«

»Was ist passiert?«

»Gerade als ich meine Observierungsschicht begonnen hatte, haben er und seine Mutter das Haus verlassen und sind weggefahren. Ich habe gedacht, dies wäre ein guter Moment, mich noch mal am Haus umzusehen. Ein Kellerfenster stand offen und da habe ich mich spontan dazu entschieden, ihnen nicht zu folgen, sondern zum Haus zu gehen.«

»Wie? Und da bist du einfach eingebrochen?«

»Ich wollte eigentlich nur einen Blick reinwerfen. Aber da das offene Fenster wirklich einladend war, bin ich kurz reingeklettert. Leider bin ich dabei auf einen Nagel oder so gesprungen und es blutet wie Sau, wenn ich das Bein nicht hochhalte. Ich kann nicht auftreten.« Sie weinte leise. »Du musst mich hier rausholen!«

»Das ist gerade schwierig.«

»Emma!«

»Hast du schon versucht, Moni oder Feli anzurufen?«

»Die gehen nicht ans Telefon.«

Emma erinnerte sich, dass die beiden heute Abend gemeinsam in die Sauna hatten gehen wollen, um einen Gutschein einzulösen, den Felis Cyberfreund ihr einmal geschenkt hatte. Wenn sie niemand anderen einweihen wollten, war sie die Einzige, die Clara helfen konnte.

»Versuch doch, auf einem Bein zur Tür zu humpeln.«

»Ha, als ob ich das nicht schon versucht hätte, aber dann blutet es wieder mehr. Du weißt doch, dass ich kein Blut sehen kann. Ich war kurz bewusstlos. Ich darf gar nicht daran denken.«

Emma seufzte. »Warum lassen die Nägel in der Wohnung liegen!«

»Keine Ahnung, das scheint ein Holzlager zu sein, vielleicht haben sie einen Kamin. Ich glaube, es ist ein altes Holzbrett. Ist auch egal, komm bitte und bring Verbandszeug mit.«

»Wo soll ich denn Verbandszeug herholen bitteschön?« Wieder seufzte sie. Eigentlich war sie wütend auf Clara, dass sie solch einen Quatsch angestellt hatte, aber sie musste ihrer Freundin helfen. Sie seufzte noch einmal und sagte: »Bleib, wo du bist, ich komme gleich.«

Im Saal hörte sie lautes Klatschen. Sie ging wieder hinein, doch Leopolds Vortrag war noch nicht zu Ende. Also hinterließ sie ihm eine Nachricht auf einer Serviette, dass etwas Wichtiges vorgefallen sei und sie deshalb wegmusste. Sie wollte sich gerade zum Gehen wenden, als ihr Blick auf die spanischen Chorizos fiel, die als zweiter Gang gereicht worden waren. Rasch steckte sie ein paar ein, vielleicht war der Hund ja im Haus geblieben. Ihr Tischnachbar sah sie völlig entgeistert an.

Emma kümmerte sich nicht darum, sondern rannte in die Küche und bat die Restaurantchefin um Verbandszeug. Diese sah sie erst überrascht an, lief dann jedoch zum Erste-Hilfe-Kasten und holte zwei Rollen Verband und Gaze.

»Das müssen wir aber melden«, erklärte sie.

»Schreiben Sie, *Fuß verstaucht*.«

Die Frau sah sie an, als ob sie einer Psychiatrie entkommen wäre. Zum Glück war sie so perplex, dass sie Emma einfach den Verband in die Hand drückte.

»Tausend Dank, ich werde Sie weiterempfehlen«, rief Emma, rannte hinaus und ließ die verdatterte Wirtin in der Küche zurück.

Zum Glück stand gerade ein Taxi vor dem Restaurant. Da um diese Zeit nicht viel Verkehr war, hielt der Fahrer schon zwanzig Minuten später vor Leos Haus. Emma bezahlte und stieg aus. Sie öffnete das Gartentor und lief zu dem offenen Kellerfenster. Dort rief sie leise nach ihrer Freundin.

»Clara?«

»Emma?«

»Ja, ich bin's.«

In dem Kellerraum brannte kein Licht. Emma versuchte, etwas zu erkennen.

»Na endlich. Komm runter und hilf mir!«, rief Clara.

»Ist es nicht besser, wenn ich versuche, dich hochzuziehen?«

»Ich kann nicht auftreten, hab ich doch gesagt.«

»Aber es bringt uns ja nichts, wenn wir beide im Keller festsitzen.«

»Wenn du mir hilfst, den Fuß zu verbinden, könnten wir langsam zur Terrasse und durch den Garten verschwinden«, antwortete Clara.

Emma seufzte und fragte: »Wo liegt denn das Brett mit dem Nagel?«

Sie wollte nicht dasselbe Schicksal wie ihre Freundin erleiden.

»Ich habe alles weggeräumt, was unter dem Fenster lag.«

Emma kletterte vorsichtig durch das Kellerfenster und ließ sich fallen. Unten angekommen schaltete sie die Lampe ihres Handys an. Claras weißer Schuh, der in die Höhe ragte, war ganz rot. Ihre Freundin schaute angestrengt in die andere Richtung, um nicht wieder ohnmächtig zu werden.

Emma zog ihr den Schuh aus und untersuchte die Wunde. Der Nagel hatte wohl ein größeres Blutgefäß getroffen.

»Dass so viel Blut aus solch einer kleinen Wunde rauskommen kann«, wunderte sich Emma.

»Hör auf, mir wird noch ganz schlecht«, sagte Clara.

Ihre Freundin sah blass aus. Emma holte den Verband aus ihrer Tasche und legte ihn ihr an.

»Sorry, sieht nicht wirklich professionell aus, aber immerhin besser als nichts. Das solltest du auf jeden Fall untersuchen lassen. Nicht, dass du noch Tetanus bekommst oder so. Wenn wir hier raus sind, fahre ich dich zur Notaufnahme.«

»Danke«, sagte Clara und nahm den blutigen Schuh in die andere Hand. »Sie werden definitiv merken, dass jemand hier war.«

»An Blutspuren mangelt es wirklich nicht«, stellte Emma fest. »Schnell weg hier. Wie bist du nur auf diese dämliche Idee gekommen?«

»Das erzähle ich dir auf der Rückfahrt. Ich bin so froh, dass du da bist.«

Emma beugte sich zu ihrer Freundin hinunter und umarmte sie.

Clara schluchzte. »Ich hatte solch eine Angst.«

Emma half ihr auf. Clara stöhnte auf. »Au, das tut echt weh.«

»Ich helfe dir, aber wir müssen das Licht anmachen.«

»Willst du nicht lieber dein Handy als Taschenlampe benutzen?«, fragte Clara. »Wenn wir das Licht anschalten, kann doch jeder Nachbar sehen, dass jemand im Haus ist.«

»Hoffen wir, dass die Nachbarn sich nichts dabei denken. Es führt ja hier in der Straße sicherlich niemand Buch, wann die Leute aus dem Haus gehen. Aber wenn sie den Lichtkegel einer Taschenlampe im Haus sehen, dann ist das ja wohl wirklich auffällig.«

»Na gut.«

Emma tastete sich zum Lichtschalter und knipste das Licht an. Sie mussten erst blinzeln, so schnell hatten sich ihre Augen an die Dunkelheit gewöhnt. Die eine Ecke des Raums war voller Holzscheite und alter Bretter. Die beiden Frauen humpelten in den Flur und Emma löschte das Licht.

»Ich will einen kurzen Blick in sein Zimmer werfen«, sagte Emma. Clara stöhnte auf, aber Emma kümmerte sich nicht um sie. Sie ging nach links, öffnete die Tür und knipste das Licht an. Nun konnte sie sich den Raum in

Ruhe ansehen. In den Bücherregalen entdeckte sie sofort einige bekannte Buchtitel und Autorennamen: Tolstoi, Irving, ja sogar Goethe. Das Jugendbett mit der Wolkenbettwäsche erinnerte sie an ihre Kindheit.

Clara seufzte. »Bitte mach schnell, die könnten jeden Moment zurück sein und dann?«

»Du bist doch diejenige, die so wagemutig war.«

»Es war ein Unfall!«

»Wenn wir schon hier sind …«, meinte Emma und ging zum Schreibtisch. Darauf lagen ein Laptop und drei Fachbücher. Eines davon trug den Titel *Kreatives Schreiben – so wird jeder zum Schriftsteller* und das zweite *So gewinnst du einen Bachmann-Preis*. Wollte er jetzt auch noch Schriftsteller werden? Emma verstand gar nichts mehr. Das dritte Buch ließ sie aufhorchen: *Aufgegabelt – Eine Anleitung für PickUp-Artists*. PickUp-Artists? Das waren doch diese Frauenaufreißer! Dass Leo so etwas las, ergab irgendwie Sinn.

»Jetzt komm schon«, sagte Clara. Sie steckte ihren Schuh in ihre Tasche, dabei rann etwas Blut auf den alten Teppich und ihre Tasche. »Meine schöne Tasche, die ist jetzt auch versaut. Eine echte *Michael Kors*.«

»Für solche Abenteuer nimmt man doch keine so teure Tasche mit«, schimpfte Emma, die sich oft von Clara ihre schicken Taschen ausgeliehen hatte. Als sie das Gesicht ihrer Freundin sah, strich sie ihr ermutigend über den Rücken und sagte: »Komm, nichts wie raus hier.«

Mit Emmas Hilfe humpelte Clara in den Flur. Emma wollte ihre Freundin gerade die Kellertreppe hinaufhieven, als sie ein schrilles Quietschen hörten. Es war ganz offensichtlich die Eingangstür, die gerade aufging.

»Scheiße«, zischte Clara.

»Schnell, unter die Treppe«, stieß Emma hervor.

Sie zog die arme Clara mit sich, die sich die Lippen blutig biss, weil ihr Fuß so schmerzte.

»Das war doch wieder mal nett bei Tante Gerda«, hörten sie eine Frauenstimme.

»Ja, Mutti.«

Der Hund begann zu bellen und wollte gar nicht mehr aufhören.

»Was hat er denn?«, wunderte sich Frau Meier.

Emma sah den Hund durch einen Spalt zwischen den Treppenstufen hindurch an der obersten Stufe stehen. Zum Glück war er noch angeleint. Und zum Glück war es unter der Treppe dunkel, sodass niemand sie von oben sehen konnte.

»Hast du etwa das Licht in deinem Zimmer angelassen?«, fragte Frau Meier.

»Mutti …«, antwortete er genervt.

»Das kostet doch alles Geld.«

»Ja ja.« Leos Schritte entfernten sich glücklicherweise. Doch in diesem Moment ließ Frau Meier den Hund von der Leine, der sofort die Treppen zu den zwei Freundinnen hinunterraste.

»Was hat er nur?«, rief Frau Meier aus.

Emma holte die Wurst aus ihrer Jackentasche, die sie aus dem Restaurant mitgenommen hatte, und brach ein Stück ab. Der Hund hörte sofort auf zu bellen.

»Also so was!«

Emma konnte bildlich vor sich sehen, wie die alte Dame jetzt vermutlich den Kopf schüttelte, verwundert über das seltsame Gebaren ihres Vierbeiners. Dann entfernten sich auch Frau Meiers Schritte Richtung Wohnzimmer.

»Jetzt möchte ich unbedingt noch sehen, was es im Fernsehen gibt, komm, setz dich zu mir«, rief sie.

»Ich komme sofort. Muss noch auf die Toilette«, hörten sie Leo rufen.

»Wir sind gefangen!«, flüsterte Clara. »Was, wenn er uns umbringt?«

»Quatsch, hör auf. Sobald sie fernsehen, schleichen wir uns raus.«

Clara nickte. Emma gefiel es, die Anführerrolle zu übernehmen. Sie hätte nie gedacht, dass Nervenkitzel so viel Spaß bereiten konnte. Clara dagegen hielt sich wie ein Klammeräffchen am Ärmel ihrer Freundin fest. Als der Fernseher anging und sie Leo aus dem WC rufen hörten, dass es wohl eine längere Angelegenheit werden würde, sagte Emma zu Clara: »So, jetzt raus hier.«

Die alte Dame hatte das Licht im Flur ausgeschaltet, doch ein kleiner Lichtschimmer drang durch die angelehnte Wohnzimmertür, sodass sie sich einigermaßen zurechtfinden konnten. Der Hund lief vergnügt neben ihnen her die Treppe hoch. Emma schlich zur Eingangstür, so gut es mit ihrer humpelnden Freundin eben ging. Nun ärgerte sie sich darüber, dass sie ihre High Heels angezogen hatte. Ihr fiel auf, dass sie durch das Laufen durch den Garten ziemlich viel Matsch abbekommen hatten. Sie hatte sie wohl ruiniert.

»Ich hoffe, Leos Verdauung ist träge«, flüsterte Emma. Clara musste lachen.

»Psst.« Emma legte ihr den Finger an den Mund.

Sie waren an der Haustür angelangt. Emma drückte

den Türgriff hinunter – doch die Tür war abgeschlossen.

»Scheiße!«, zischte Clara wieder einmal.

»Psst«, machte Emma. »Lass uns nachdenken.«

Sie entdeckte ein Schlüsselbrett an der Wand, an dem zahlreiche Schlüsselbunde hingen. Emma probierte den ersten Bund, davon passte kein Schlüssel. Dasselbe Spiel mit dem zweiten. Hatten die hier etwa Ersatzschüssel für die gesamte Nachbarschaft gebunkert?

Beim dritten Schüsselbund passte ein Schlüssel. Doch gerade als sie ihn im Schloss umdrehen wollte, ging plötzlich die Wohnzimmertür auf. Emma verharrte in der Bewegung und auch Clara erstarrte. Doch die Dame schaltete das Flurlicht nicht an. Sie griff zu einem Schal, der auf einer Kommode lag, murmelte etwas und ging wieder zurück ins Wohnzimmer.

»Zum Glück ist sie so sparsam, was das Licht betrifft«, flüsterte Clara.

Emma unterdrückte ein Lachen.

»Mach schnell auf, bevor ich einen Herzinfarkt bekomme«, forderte ihre Freundin sie auf.

Emma drehte den Schlüssel und öffnete die Tür, doch diese war anscheinend jahrelang nicht geölt worden und quietschte fürchterlich. Mist, eigentlich hätten sie das ja wissen müssen! Bevor sie einen klaren Gedanken fassen konnten, ging die Wohnzimmertür auf und eine schwache Lampe sorgte im Flur für ein diffuses Licht.

Als Frau Meier die zwei Frauen sah, erschrak sie so sehr, dass sie keinen Laut herausbrachte. Ihr Mund ging mehrmals auf und zu wie bei einem Fisch, der nach Luft schnappt. Clara und Emma versuchten ein Lächeln.

»Wir haben den richtigen Schlüssel nicht gleich gefunden«, sagte Emma.

Die alte Dame stammelte etwas Unverständliches.

»Wir sind gar nicht da, wir sind gleich weg«, fuhr Emma fort.

»Hansi, Hansi!«, hauchte Frau Meier. Sie versuchte es noch einmal diesmal etwas lauter.

»Mutti, ich bin gerade auf dem Topf und gerade erst bei Seite 2 deiner Gala-Zeitschrift. Ich brauch noch ein bisschen«, kam es unwirsch zurück.

Emma hätte am liebsten losgelacht, doch sie beherrschte sich. »Wir werden jetzt einfach verschwinden«, sagte sie mit fester Stimme. »Okay? Und Sie vergessen das? Verstanden?«

Sie merkte, dass sie immer noch die Wurst in der Hand hielt und damit gerade auf die Frau deutete. Diese schrie auf. Sie schien wohl zu denken, dass es sich dabei um eine Pistole handelte. Plötzlich sackte sie ohnmächtig in sich zusammen.

»Scheiße!«, schrie Clara.

»Mutti, ist was passiert?«, kam es aus der Toilette.

Emma ließ Clara los und wollte zu der älteren Dame gehen, um zu sehen, ob sie sich verletzt hatte. Doch in diesem Moment hörte sie die Spülung und Leo kam aus dem Bad. Er zog gerade erst die Hose hoch und aus dem WC drang ein wenig einladender Geruch. Als er seine Mutter auf dem Boden liegen sah, rief er laut: »Mutti, was ist?«

Emma machte kehrt und rannte zurück zu Clara, die sich wieder bei ihr unterhakte. Sie riss die Tür auf.

»Stopp, stehen bleiben, sonst rufe ich die Polizei!«, rief Leo-Hansi. Dann hielt er inne und fragte: »Emma? Clara?«

Die zwei blieben stehen und drehten sich um. Entsetzt sah er sie an.

»Was macht ihr hier? Was ist mit meiner Mutter?«

Er beugte sich zu ihr hinunter.

»Wir wollten dich besuchen und plötzlich ist deine Mutter umgefallen«, stammelte Clara.

»Sollen wir einen Krankenwagen rufen?«, fragte Emma.

»Ist sie tot? Mutti, Mutti!«, rief er.

»Ich glaube, wir rufen jetzt schnell einen Krankenwagen«, sagte Emma.

»Ja, dann macht doch, bevor sie stirbt!«, schrie er.

Clara wählte den Notruf, während Emma die Tür schloss.

»Versuchs mal mit einer Ohrfeige«, riet Emma.

Leo-Hansi sah sie entgeistert an. »Was?«

»Das machen die doch immer in den Filmen.«

Er nickte und versuchte es. Tatsächlich begann die alte Frau, ihre Augenlider zu bewegen.

»Mutti, Mutti, du lebst.«

Emma atmete erleichtert auf.

»Hansi, was ist passiert?«, fragte Frau Meier mit wirrem Blick.

Ihr Sohn hielt ihre Hand und beugte sich besorgt über sie. »Das wollte ich dich fragen. Hast du einen Herzinfarkt oder wo tut's weh?«

Emma und Clara sahen sich an und grinsten. Hansi – das war natürlich ein weitaus weniger romantischer Name als Leo.

»Mutti, zum Glück lebst du, der Krankenwagen kommt gleich.«

»Ich, ich hab …«, stammelte sie. Dann entdeckte sie Clara und Emma und wieder erschrak die arme Frau. »Seid ihr Geister?«

»Quatsch, Mutti, das sind Freundinnen von mir.«

»Wie, gleich zwei?«

»Ja, ich hatte vergessen, es dir zu erzählen.«

»Haben sie bei dir übernachtet?«

»Äh, ja so ähnlich«, sagte er.

Im nächsten Moment verpasste die alte Dame ihrem Sohn eine Ohrfeige, die Emma ihr in ihrem schwachen Zustand gar nicht zugetraut hätte.

»Aua!«

»Dass du deine arme Mutter so anlügst und hier ein Freudenhaus eröffnest.«

»Nein, das verstehst du völlig falsch, Mutti.«

Frau Meier sah die Frauen prüfend an und seufzte. Ihr Blick verriet alles. Als ob sie sagen wollte: *Armer Hansi, wo hast du diese ungezogenen Frauen aufgegabelt?*

Hansi schien hin- und hergerissen zwischen Wut und Scham.

»Möchten Sie etwas trinken?«, fragte Emma und lächelte aufmunternd.

»Ja, Mutti, das ist eine gute Idee. Ich hole dir etwas zu trinken.«

Hansi stand auf und lief schnell in die Küche.

»Hansi, wir sollten vielleicht gehen«, rief ihm Clara hinterher.

Emma prustete los.

»Was ist daran so lustig?«, fragte Frau Meier und setzte sich entschlossen auf.

»Wir dachten, er heißt Leo«, sagte Clara.

»Was?«

»Das ist sozusagen mein Künstlername«, rief er aus der Küche.

»Was für ein Künstler bist du denn?«

»Schriftsteller«, kam die Antwort.

»Das wird ja immer besser!«, rief Clara.

Hansi kam mit einem Glas Wasser zurück und es entstand ein peinliches Schweigen. Die Mutter trank in kleinen Schlucken und Hansi traute sich nicht, die Frauen anzuschauen.

»Wenn der Notarzt immer so lange braucht, kann man ja gleich zum Leichenbestatter«, meckerte Frau Meier schließlich.

»Ich bitte dich«, rief Hansi.

Die alte Frau begann zu weinen. »Was sind das für schlimme Frauen, die du in mein Haus gebracht hast?«

Endlich klingelte es. Alle seufzten vor Erleichterung. Als Emma die Tür öffnete, stand sie dem Notarzt gegenüber.

»Sie haben angerufen?«

»Genau«, antwortete Leo.

»Mir geht es wieder gut, ich hatte nur einen Schwächeanfall«, erklärte seine Mutter.

»Oh, das schauen wir uns trotzdem mal an«, meinte der Notarzt.

Während er die alte Frau untersuchte, trat Hansi zu Emma und Clara.

»Wie seid ihr ins Haus gekommen?«

»Das ist nicht wichtig, aber du bist ein Psycho«, zischte Clara.

Er sah sie entgeistert an. »Hä?«

»Nix *hä*! Du bist wahrscheinlich so ein Frauenmörder, der noch bei Mutti lebt.«

»So ein Blödsinn!«

»Wir haben dich entlarvt, Hansi!«, fügte Emma hinzu.

»Hans«, stellte er klar. Dann sagte er: »Ihr habt meine Mutter fast umgebracht und behauptet, ich wäre ein Psycho?«

Zwei Sanitäter kamen mit einer Trage in den Flur. Frau Meier rief nach ihrem Sohn, und als er zu ihr ging, nutzen Emma und Clara die Gelegenheit, um sich aus dem Staub zu machen.

Emma sah auf ihr Handy. Eine Nachricht von Leopold. »Was ist passiert?«, wollte er wissen.

»Meine Freundin hat sich den Fuß verletzt, muss sie

ins KH fahren«, schrieb sie zurück.

Doch Clara meinte: »Da ist doch ein Krankenwagen, die könnten mich gleich mitnehmen.«

Die Sanitäter kamen gerade mit der leeren Trage aus dem Haus und fingen an, einzupacken. Offensichtlich ging es Frau Meier tatsächlich wieder gut. Clara hinkte zu einem der Sanitäter und sprach ihn an. Emma stand etwas abseits, konnte aber klar erkennen, dass sie mit dem Typen flirtete. Es war so offensichtlich, wie sie ihre blonden Locken um den Finger drehte und die Lippen etwas mehr öffnete, als nötig, wenn sie ihn ansah. Und es funktionierte. Der Mann lächelte ebenfalls, er schien ganz angetan von ihr. Er sah sich ihren Fuß an, betastete ihn und packte Clara dann in den Krankenwagen. Sie ließ das gern geschehen, wie ein verletztes Reh lehnte sie sich an ihn.

Emma sah ihnen verwundert hinterher, als der Krankenwagen losfuhr. Sie wusste, dass Clara eine Schwäche für Männer im weißen Kittel hatte und schon als Kind gerne einmal im Krankenwagen mitgefahren wäre. Doch dass sie so mutig war?

Emmas Blick fiel auf Claras Auto. Mist, ihre Freundin hatte die Schlüssel mitgenommen. Da musste sie wohl den Bus nehmen. Ein Blick ins Internet zeigte ihr jedoch, dass der öffentliche Nahverkehr um diese Uhrzeit nicht mehr fuhr. Notgedrungen rief sie bei der Taxizentrale an. Dort erklärte man ihr, dass alle Taxen wegen Zugausfällen am Bahnhof im Einsatz waren.

»Sie müssen etwa anderthalb Stunden warten«, meinte der Mann am anderen Ende der Telefonleitung bedauernd.

»Anderthalb Stunden?«, fragte sie völlig entgeistert.

Nach einer kurzen Bedenkzeit überwand sie sich und rief Leopold an.

Leopold klang besorgt und sagte, er würde gleich losfahren. Dennoch würde er wohl zwanzig Minuten brauchen. Die Kälte brachte ihren gesamten Körper zum Zittern. Emma fühlte ihre Zehen kaum noch. Das dünne Wollmäntelchen war nur für Abende gedacht, an denen man eine kurze Strecke von einem Fahrzeug in ein Restaurant ging, aber nicht für Spaziergänge. Sie begann, auf und ab zu laufen und dachte über alles nach. Leo – nein Hans! – war also ein Lügner, das stand außer Frage. Sie verstand jedoch nach wie vor nicht, warum er sie und ihre Freundinnen für seine Spielchen ausgesucht hatte.

Ihre Wut war abgeklungen, sie empfand ihn nur noch als erbärmlich. Egal, was seine wahren Beweggründe waren, warum hatte er gelogen bezüglich der Bücher, die er angeblich nie gelesen hatte? Warum wollte er sich gerade an sie heranmachen, an Frauen, die gern lasen? Kurz entschlossen klingelte sie noch einmal an seiner Tür.

»Was willst du schon wieder?« Hans sah müde und genervt aus.

»Ich habe nur eine Frage: Warum hast du uns belogen?«

Er kratzte sich am Hinterkopf und sah in Richtung Obergeschoss. »Psst«, bedeutete er ihr mit dem Finger. »Mutter ist eben eingeschlafen.« Dann stammelte er: »Na ja, ich bin Schriftsteller …«

»Schriftsteller?«

»Ich wollte einen Roman über einsame Frauen schreiben, die einen Leseclub haben. Und dann traf ich zufällig Moni, die mir von euch erzählte. Das war die Gelegenheit, eine Live-Recherche durchzuführen.«

Emma sah ihn ungläubig an. »Das heißt, du findest keine von uns attraktiv?«

»Doch, doch … klar.«

»Und warum hast du nicht mit uns geschlafen?«

»Na ja, ich wollte die Spannung erhöhen, wie im Roman.«

»Wie bitte?«

Wütend gab ihm Emma eine Ohrfeige.

»Au.«

»Du Schwein.«

Er grinste. »Ich bin eben talentiert.«

»Du bist ein Vollidiot«, sagte sie.

In diesem Moment hörte sie ihren Namen. Sie drehte sich um. Es war Leopold, der gerade aus seinem Auto ausgestiegen war. Hans sah von ihm zu ihr.

»Tschüss, Süße«, rief er ihr hinterher, als sie sich umdrehte und auf Leopold zulief.

»Warst du etwa bei ihm?«, fragte Leopold ungläubig, als sie bei ihm ankam.

Sie seufzte. »Ja und nein, das ist eine lange Geschichte.«

Eine ganze Weile schwiegen sie, während Leopold in Richtung Heidelberg fuhr.

»Ich dachte, du wolltest deine Freundin ins Krankenhaus fahren«, sagte er schließlich.

»Ja, das stimmt, aber sie ist dann doch mit dem Krankenwagen gefahren.«

Er sah sie an. »Du glaubst doch nicht im Ernst, dass ich dir das abnehme?«

Sie lachte auf. »Aber es stimmt. Sie ist in Leos Haus eingebrochen – also Hansis Haus – und ist in einen Nagel getreten. Ich musste ihr helfen, dann kam er jedoch mit seiner Mutter zurück, die fiel in Ohnmacht, als sie uns entdeckte, daraufhin kam der Krankenwagen und der nahm schließlich Clara mit.«

Als sie das alles erzählt hatte, fiel ihr auf, wie unglaubwürdig es geklungen haben musste.

»Das war doch dein Ex-Freund, warum war denn deine Freundin bei ihm?«

Sie seufzte. »Weil sie auch in ihn verliebt war.« Emma merkte, dass alles, was sie sagte, die Sache nur noch schlimmer machte.

»Warum bist du hergekommen, wenn eh ein Krankenwagen unterwegs war?«, fragte er.

»Nein. Der Krankenwagen war in erster Linie für die ohnmächtige Mutter gedacht, aber das war ja erst später … und dann nutzte Clara sozusagen die Gelegenheit.«

»Und setzte sich einfach in den Krankenwagen, wie in ein Taxi?«

Emma nickte etwas unsicher. »Wir hatten Angst, dass er ein Psychopath ist.«

Jetzt sah er sie völlig entgeistert an. »Du hattest Angst,

dass dein Freund, in den auch deine Freundin verliebt ist, ein Psychopath ist, und ihr seid trotzdem beide in das Haus eingestiegen?« Er lachte, aber es klang nicht herzlich, sondern eher bitter.

»Ich weiß, es klingt ziemlich abgefahren«, stammelte Emma.

Er antwortete ernst: »Selbst, wenn es die Wahrheit wäre. Ich hatte dich gebeten, mich nicht anzulügen und ehrlich zu sein, stattdessen hole ich dich von deinem Ex ab, weil du kein Taxi bekommen hast. Und ich Idiot wollte dich allen vorstellen. Weißt du, wie ich mich gerade fühle?«

»Es ist wirklich nicht so, wie es aussah.« Emma hoffte inständig auf eine Gefühlsregung zu ihren Gunsten.

Doch Leopold antwortete kurz angebunden und ohne sie auch nur einen Moment anzuschauen. »Klar.«

Emma wusste nicht, wie sie das alles hätte erklären können, sie hatte die Geschehnisse der letzten Stunden selbst noch nicht verarbeitet. Also schwieg sie.

Viel zu schnell waren sie vor ihrem Haus angekommen. Sie stieg langsam aus in der Hoffnung, dass er sie zurückhalten würde. Doch außer dem leisen Brummen des Motors war nichts zu hören. Sie atmete einmal tief durch, dann drehte sie sich zu ihm um. »Ich wollte dich wirklich nicht verletzen«, sagte sie.

Er nickte. »Emma, du bist eine faszinierende Frau. Ich habe dir ja erzählt, dass ich nach Tessa jahrelang keine neue Beziehung anfangen wollte. Bis ich dich sah.« Er schluckte. Einen Moment sammelte er sich. Dann sagte er: »Aber du bist offensichtlich überhaupt noch nicht über deinen Ex hinweg.«

»Aber …«

»Emma … ich kann so viel Drama in meinem Leben nicht noch einmal gebrauchen.«

Mit einem Ruck schloss Leopold die Beifahrertür von innen und fuhr los. Emma schaute ihm traurig hinterher und merkte, dass die ganze Geschichte mit dem Betrüger Hansi sie nicht so traurig machte, wie die Tatsache, dass Leopold gerade weggefahren war. Nachdem die Lichter seines Autos verschwunden waren, blickte sie noch lange die leere, dunkle Straße hinunter. Heute erschien sie ihr noch trister und öder als sonst. Es war an der Zeit, dass sie in eine andere Gegend zog. Außer diesen öden Sechziger-Jahre-Gebäuden gab es hier nichts.

»Emma?«, hörte sie plötzlich hinter sich ihren Namen.

Sie drehte sich um. Moni und Feli stiegen gerade aus Monis Auto und kamen auf sie zu.

»Was macht ihr denn hier?«

»Na, Clara und du habt doch so viele Nachrichten hinterlassen und nachdem ich euch beide telefonisch nicht erreicht habe, sind wir zu Leo gefahren. Wir haben ihm mit der Polizei gedroht und dann erzählte er, dass ihr fast seine Mutter umgebracht hättet und wir uns nie wieder in seiner Nähe blicken lassen sollen.«

Emma schloss die Haustür auf. »Der spinnt ja. Außerdem heißt er nicht Leo, sondern Hansi!«

»Was?«, riefen Moni und Feli gleichzeitig.

»Lasst uns hochgehen. Ich spüre meine Beine kaum noch.«

»Warum bist du denn so schick angezogen?«

»Das ist auch eine lange Geschichte«, antwortete
Emma und seufzte.

.

Bald darauf saßen die drei dicht nebeneinander auf Emmas Sofa unter einer Fleecedecke. Sie hielten Teetassen in der Hand und auf dem Tisch stand eine Flasche Rum. Emma hatte ihre High Heels gegen dicke Wollsocken getauscht und die Füße auf den Tisch gelegt. Als sie zum Ende ihres Berichts über die Geschehnisse des Abends gekommen war, begann Feli, schallend zu lachen.

»So lustig war das alles in diesem Moment nicht, ich hatte echt Angst, dass er und seine Mutter uns in einen Häcksler werfen«, rügte Emma sie.

Feli hatte Tränen in den Augen und Moni und Emma konnten nicht anders, sie prusteten ebenfalls los. Sie lachten und lachten, bis Emmas Lachen plötzlich in ein Weinen überging.

»Ach du Arme, du bist unter Schock …« Moni streichelte ihr tröstend die Schulter.

»Nein, das ist es nicht. Ich hab's mit einem richtig tollen Typen versaut!«

»Wer Hansi heißt und uns dermaßen verarscht, kann doch kein richtig toller Typ sein.«

»Ich mein doch nicht den Trottel, sondern Leopold.«

Feli rief: »Ah!«

»Wer war das noch mal?«, fragte Moni. »Ich glaube, ich hab da was verpasst.«

»Ihr Chef hat ihr den Hof gemacht«, sagte Feli trocken.

»Der, mit dem du vorher auf der Veranstaltung warst?«

Emma nickte und flüsterte: »Na ja, wir haben vor der Betriebsveranstaltung noch ein bisschen rumgeknutscht.«

»Hä, wann denn das?«

Gefühlt vor einem Jahr, dachte Emma.

»Nachdem wir uns heute Mittag verabschiedet hatten, bin ich noch joggen gegangen und habe ihn zufällig getroffen.«

Sie erzählte ihren Freundinnen, was am Nachmittag passiert war.

»Oh, das klingt nach einem netten Kerl!«, rief Moni und schüttete Emma noch etwas Rum in den Tee. »Definitiv einen Brief schreiben«, riet sie, während Emma ihre Teetasse festhielt und an die Wand starrte. »Schreib ihm, wenn er dir schon nicht zuhören möchte.«

»Ich weiß nicht, vielleicht.«

»Und Clara hat sich einem Sanitäter an den Hals geworfen?«, fragte Feli.

»Ja, ihr hättet sie nicht wiedererkannt. So kühn und mutig habe ich sie noch nie erlebt.«

Feli lachte und schüttelte den Kopf. »Hansi alias Leo hat uns definitiv aus unseren Schneckenhäusern geholt.«

»Ich hab mal eine Doku über Narzissten gesehen«, sagte Moni. »Irgendwie muss ich da gerade dran denken. Er scheint ja unter der Fuchtel seiner Mutter zu stehen, die ziemlich egoistisch wirkt. Wahrscheinlich versucht er deshalb, sein Selbstbewusstsein aufzubessern, indem er möglichst viele Frauen aufreißt. Narzissten können am Anfang sehr charmant sein, wenn man sie kennenlernt. Das passt zu Leo wie die Faust aufs Auge – ich meine, zu Hansi.«

»Er ist trotzdem ein Schwein«, antwortete Emma.

»Das steht außer Frage!«

Kurz darauf verabschiedeten sich die anderen zwei und Emma ging ins Bett. Sie war sich sicher, dass sie nicht würde schlafen können, doch der Tee mit Schuss und die Kälte, die sich tief in ihre Knochen gebohrt hatte, ließen sie rasch in einen tiefen Schlaf fallen.

Der Wecker riss sie aus ihren Träumen. Es dauerte ein paar Minuten, bis alle Erinnerungen an den Vortag zurückgekommen waren. Emma stand auf, goss sich einen Tee auf und aß ohne großen Appetit ein Honigbrot – und das auch nur, damit der Magen nicht knurrte. Eigentlich hatte sie keine Lust, sich hübsch zu machen. Doch der Gedanke, mit tiefen Augenringen auf Leopold zu treffen, änderte ihre Meinung.

Als sie sich dem Institut näherte, sah sie sein Auto schon von Weitem vor dem Gebäude stehen. Zum Glück war am Vortag eine Großlieferung neuer Bücher gekommen. So saß sie stoisch vor dem Rechner und trug Details zu den Büchern ein. Das erforderte Konzentration und kostete Emma viel Kraft, denn in Gedanken ging sie immer wieder den vergangenen Tag durch. An Hansi wollte sie keinen Gedanken mehr verschwenden. Doch Leopold … Er tat ihr so gut und sie fühlte sich wohl in seiner Nähe. Hatte sie es sich wirklich mit ihm verdorben? Eigentlich war sie sich keiner Schuld bewusst.

Er fehlte ihr schrecklich und sie hoffte die ganze Zeit, dass er in die Bibliothek kommen würde, um sich ein Buch zu leihen oder eines zu bestellen. Stattdessen kam ihre Chefin.

»Träumst du wieder mal?«, fragte Angelika.

Emma zuckte kurz zusammen. »Ich habe nachgedacht, das ist alles.«

Kurz vor zwölf sah sie Leopold durch die große Fensterfront der Bibliothek. Er kam lächelnd die Treppe hinunter. Natürlich in Begleitung seiner Doktorandin Alexa. Hatte er schon immer so gut ausgesehen? Warum hatte sie nur Hansi so toll gefunden, während dieser Mann ihr die ganze Zeit den Hof gemacht hatte? Sie verstand sich selbst nicht.

Leopold würdigte die Bibliothek keines Blickes und schlug am Fuß der Treppe den Weg zur Kantine ein.

Emma sah ihm traurig hinterher, dann packte sie ihre Tasche und verkündete: »Ich hab Hunger und geh in die Kantine.«

Ihre Chefin und ihre Kollegin Iris sahen ihr verwundert hinterher. Unter normalen Umständen verabscheute Emma dieses Massenessen. Sie aß nie in der Kantine, lieber brachte sie sich ihre Reste vom Vortag mit. Doch es war ihr egal, was die beiden dachten.

In der Kantine sah sie Leopold beim Fleischstand, er wartete darauf, bedient zu werden. Sie stellte sich einfach zu ihm in die Reihe, obwohl Geschnetzeltes mit Spätzle nicht gerade zu ihren Lieblingsessen zählte. Alexa stand bei den vegetarischen Gerichten an.

Als sich ihr Blick kurz mit Leopolds kreuzte, lächelte Emma ihn schüchtern an, doch er nickte nur kurz. Dann setzte er sich mit seinem Tablett zu einem Kollegen an den Tisch, den sie nur vom Sehen kannte. Alexa stand noch in der Schlange, die Nachfrage nach vegetarischen Gerichten war an diesem Institut offensichtlich hoch. Kurz entschlossen setzte Emma sich zu Leopold und seinem Kollegen an den Vierer-Tisch.

»Hallo«, sagte sie leise.

Er sah sie überrascht an, der Kollege grüßte: »Mahlzeit.« Er trug einen Zopf und hatte ein T-Shirt mit Star-Wars-Aufdruck an. Anscheinend gehörten blöde T-Shirts hier zum guten Ton.

Leopold antwortete nichts, sondern stocherte in seinem Geschnetzelten herum. Schließlich kam Alexa an den Tisch. »Hallo«, sagte sie, lächelte Emma an und setzte sich an den verbliebenen Platz. »Seit wann isst du in der Kantine?«

»Mahlzeit!«, rief Emma verzweifelt und setzte ein Lächeln auf.

Für ein paar Momente war es ruhig an dem Tisch und nur das leise Kauen war zu hören. Der Kollege freute sich sichtlich, dass die blonde Alexa ihm direkt gegenübersaß. Er erzählte Leopold etwas über einen Bug im Programmiersystem – Emma verstand kaum ein Wort. Alexa dagegen sagte etwas, das offensichtlich passte, denn der Kollege, der offensichtlich neu war, fragte: »Wow, du kannst Java?«

»Klar«, antwortete Alexa.

»Peter, sie ist doch meine Doktorandin und arbeitet an dem VR-Projekt mit«, erklärte Leopold.

»Ach …«, sagte Peter. Er grinste jetzt übers ganze Gesicht. Offensichtlich fand er Frauen, die etwas vom Programmieren verstanden, sexy. Oder lag es daran, dass Alexa sowieso sehr gut aussah? Jedenfalls begann er, sich wichtig zu machen. Emma nutzte die Gelegenheit, um Leopold anzusprechen. »Können wir uns vielleicht irgendwo unter vier Augen unterhalten.«

Er zuckte mit den Schultern. »Wieso denn? Gibt es etwas, das du nicht in der Öffentlichkeit fragen kannst?«

Er sagte das so laut, dass alle Anwesenden am Tisch aufblickten und zu ihnen sahen.

»Äh«, stammelte Emma. »Wie war denn eigentlich die Präsentation noch?«, fragte sie schließlich.

»Gut, außer, dass ich dumm dastand, als ich mich bei einer gewissen Person bedanken wollte, die dann nicht einmal mehr im Raum war.«

»Das tut mir leid«, sagte sie zerknirscht.

»Ist ja auch egal.«

»Ich kann dir wirklich alles erklären«, stammelte Emma.

»Irgendwann mal kannst du das sicher, doch jetzt brauche ich etwas Zeit, um einen klaren Kopf zu bekommen.«

Emma fühlte sich bloßgestellt. »Gut, dann viel Erfolg beim Nachdenken«, sagte sie mit rotem Kopf, stand auf und verließ die Kantine.

Die Bibliothek war leer, als sie zurückkam. Angie und Iris waren wohl noch in der Mittagspause. Emma war erleichtert. Sie hatte Kopfschmerzen und nahm erst einmal eine Tablette Paracetamol.

Ihre Verschnaufpause war jedoch nur kurz, denn ihre Kolleginnen kamen bald darauf zurück. Die Kombination aus Wut und Kopfschmerzen war nicht vorteilhaft. Ihre Chefin nutzte an diesem Tag wieder einmal jede Gelegenheit, um sich über Emmas Arbeit oder ihre Fehler aufzuregen. Normalerweise hörte Emma nicht zu, wenn sich ihre Chefin über sie beschwerte. Doch Kopfschmerzen und ihre schlechte Laune führten dazu, dass sie sich heute nicht mehr beherrschen konnte.

»Bist du endlich fertig mit deinem Herummeckern? Schließlich muss ich hier arbeiten!«, rief sie so laut, dass ihre Chefin prüfend nach links und rechts schaute, um sicherzugehen, dass niemand sie gehört hatte.

»Jeder macht mal Fehler, du musst nicht wegen jedem Pups an mir rummäkeln, schließlich bist du selbst auch nicht perfekt«, fuhr Emma wütend fort.

»Diesen Ton verbitte ich mir!«, rief ihre Chefin, deren Ohren tomatenrot angelaufen waren.

»Aber du sprichst die ganze Zeit mit deinen Mitarbeitern in diesem Ton. Doch du hast recht. Das war eben sehr unprofessionell.«

Sie atmete einmal tief ein und aus. Ihre Chefin sah sie mit großen Augen an. Ihre Wangen waren jetzt ebenfalls rot. »Ich bin deine Vorgesetzte und es ist meine Aufgabe, deine Arbeit zu bewerten.«

»Das ist richtig, aber das bedeutet nicht, dass du mich mobben sollst. Wenn ich einen Fehler begehe, können wir das sachlich besprechen, aber in diesem Fall bist du es, die höchst unprofessionell handelt.«

»Dein Benehmen ist unverschämt und ich werde es der Personalabteilung melden.«

»Am besten treffen wir uns dort!« rief Emma. »Außerdem muss ich jetzt weiterarbeiten.«

Sie drehte sich um, starrte auf den Bildschirm und klickte wie wild mit der Maus herum, auch wenn sie gar nicht mehr wusste, woran sie vor der Unterbrechung gearbeitet hatte.

»Das wird Folgen haben«, drohte Angelika und rauschte wütend aus der Bibliothek.

Emma sah ihr nach. Ob ihre Chefin zur Personalabteilung ging? Würde sie jetzt Ärger bekommen? Im Moment war ihr das völlig egal.

»Emma, was war das denn?«, hörte sie ihre Kollegin ungläubig fragen.

»Ach, ich musste ihr einfach mal die Meinung sagen.«

Iris sah sie bewundernd an. »Cool!«

»Cool war das nicht, eher dämlich.«

»Ich finde es mutig von dir.«

Emma seufzte.

»Nein wirklich«, bekräftigte ihre Kollegin.

»Könnt ihr mich nicht einfach mal meine Arbeit machen lassen?«

Jetzt sah ihre Kollegin sie ebenfalls mit diesem komischen, vorwurfsvollen Blick an. »Ich geh ja schon. Hast wohl gerade deine Tage.«

Sie schüttelte den Kopf als Zeichen ihres Unverständnisses und ging. Angelika kam nach einer halben Stunde zurück und würdigte Emma keines Blickes. Wenigstens hielt sie nun die Klappe!

Die nächsten Tage fühlten sich für Emma wie eine Art Eiszeit an. Der einzige Trost waren neue Bücher und einige Packungen Schokolade. Dass ihre Hosen dadurch noch enger wurden, war ihr egal. In die Kantine ging sie nicht mehr, aber sie sah täglich, wie Leopold und Alexa gut gelaunt und lachend um Punkt zwölf gemeinsam dorthin schlenderten. Er hatte sie vergessen, was sonst. In Begleitung solch eines Weibs war die graue Maus aus der Bibliothek doch völlig egal. Nicht einmal ihre Kollegin sprach mehr mit ihr, irgendwie spielten alle beleidigte Leberwurst. Sollten sie doch. Sie war jetzt auch bockig. Aus der Personalabteilung erhielt sie eine E-Mail, dass sie in einer Woche zu einem persönlichen Gespräch kommen sollte.

Hätte sie sich nicht so einsam und verlassen gefühlt, hätte sie wahrscheinlich nicht auf Hansis alias Leos Brief reagiert. Sie fand ihn ohne Absender in ihrem Briefkasten. Lediglich *HANS* stand auf dem Umschlag. Er musste ihn persönlich eingeworfen haben. Ihr Verstand sagte: *Wirf ihn ungelesen ins Altpapier!* Der Mülleimer stand direkt neben den Briefkästen. Doch die Neugier war zu groß.

Das Blatt in dem Umschlag war einseitig mit schöner, ordentlicher Schreibschrift beschrieben. Hans hatte teures Briefpapier und einen Füller benutzt. Es roch ein wenig nach Holz.

Liebe Emma,

es gibt keine Worte, die mein Handeln rechtfertigen oder entschuldigen können. Ich kann nur eines immer wieder wiederholen: Ich habe mich in dich verliebt. Du bist meine Traumfrau. Kennst du diese Liebeskomödien, in denen sich jemand für eine Person ausgibt, die er gar nicht ist? Wo er sich dann ungeplant verliebt, aber nicht mehr die Wahrheit sagen kann? So fühle ich mich gerade.

Gib mir bitte nur noch eine Chance, dir alles zu erklären. Tief in meinem Herzen weiß ich, nein wissen wir, dass wir zueinander gehören. Vielleicht war es ja doch Schicksal, dass wir uns getroffen haben? Wir alle machen Fehler. Wer fehlerlos ist, soll den ersten Stein werfen. Wenn sich auch nur im Geringsten etwas in dir bewegt, während du meine Zeilen liest, komm am Mittwoch um fünfzehn Uhr an den Wasserturm in Mannheim. Ich werde dort auf dich warten.

Dein Hans

Erst stieg Wut in Emma auf, als sie den Brief las, und sie wollte ihn sofort zerreißen.

Der glaubt doch nicht, dass ich tatsächlich komme!

Sie las den Brief noch einmal. Dann lachte sie darüber.

Wie kann man solch einen Schwachsinn schreiben?, fragte sie sich.

Dann las sie ihn ein drittes Mal. Sie musste zugeben, dass es guttat, zu lesen, dass jemand sie liebte. Wobei das natürlich Blödsinn war, da man Hans kein Wort glauben konnte.

Sie riss das Blatt in viele kleine Einzelteile und warf es in den Mülleimer. Aber es ließ ihr keine Ruhe. Sie musste immer wieder daran denken. Vielleicht sollte sie doch hingehen und ihm einfach die Meinung sagen? Nein, das war keine gute Idee. Schließlich war er nicht dumm, in seinem Repertoire hatte er sicher eine große Auswahl an charmanten Dingen, die er sagen konnte. Aber sie war eine starke, selbstständige Frau – und sie würde sich nicht noch einmal von seinem Geschwätz einlullen lassen.

Es war doch verrückt. Der Mann, mit dem sie sich unbedingt aussprechen wollte, hatte ihr deutlich gemacht, dass er nicht mit ihr reden wollte. Stattdessen lud sie Hansi zum klärenden Gespräch ein. Irgendwie gefiel ihr der Gedanke, dass sich die ganze aufgestaute Energie entladen würde, wenn sie sich mit Hans traf und ihm alles an den Kopf warf, was sich dort angesammelt hatte. Sie würde diesen Hans fertig machen!

28.

Es war kalt an diesem Mittwochnachmittag, aber das störte Emma nicht. Sie fühlte sich gut. Am Morgen war sie in der Altstadt beim Frisör gewesen. Als sie auf dem Rückweg durch den Kaufhof geschlendert war, war sie von einer hübschen jungen Frau, die zwar stark, aber gut geschminkt war, überredet worden, sich schminken zu lassen. Das Ergebnis gefiel ihr so gut, dass sie tatsächlich über einhundert Euro für ein paar Produkte ausgegeben hatte. So professionell geschminkt war sie noch nie gewesen und allein dieses Gefühl, schön zu sein, war das Geld wert.

Ich bin eine schöne und selbstbewusste Frau, sagte sie sich. Sie hatte an ihrem Entschluss festgehalten, zu dem Treffen mit Hans zu gehen, sich anzuhören, was er zu sagen hatte, um vielleicht besser zu verstehen, was in seinem Kopf vorging – und ihn dann fertigzumachen. Und dabei wollte sie gut aussehen. Sollte er ruhig sehen, was er verloren hatte!

So lief sie kühn wie ein Cowboy, der mit seinem Colt an der Hüfte die Straße hinuntergeht, um seinen Gegner zu erledigen, vom Hauptbahnhof Mannheim bis zum

Wasserturm. Menschen drängten sich auf den Gehwegen. Autos standen dicht hintereinander an den Ampeln. Sie ging schnell, um den Menschenmassen zu entkommen. Am Park verstummte der Lärm, es war kaum etwas los und sie fühlte sich wie in einer anderen Welt. Mannheim hatte tatsächlich schöne Ecken. Der Wasserturm, das Wahrzeichen Mannheims, ein Bauwerk vom Ende des neunzehnten Jahrhunderts, thronte ruhig und stolz über der Anlage mit den vielen Wasserfontänen und einer großen Grünfläche. Im Sommer war es besonders schön hier, wenn die Blumen blühten und das Wasser plätscherte.

Jetzt jedoch war die Anlage noch in ihren Winterschlaf versunken. Obwohl der Platz vor dem Wasserturm fast menschenleer war, konnte sie Hans nicht entdecken. War er nicht gekommen? Hatte er sie bloßstellen wollen?

Doch dann hörte sie ihren Namen. Sie drehte sich um. Dort stand Hans – und er sah gut aus. Es fiel ihr schwer, zu glauben, dass er noch bei Mutti wohnte und arbeitslos war. Es ärgerte sie, dass sie sich von seinem Äußeren hatte blenden lassen.

Er hatte sein schiefes Lächeln aufgesetzt, das sie früher so fasziniert hatte, und wahrte zunächst Abstand. Doch plötzlich hielt er ihr eine aprikosenfarbene Rose entgegen, die er hinter seinem Rücken versteckt hatte.

»Für mich?«, fragte sie überrascht.

»Eine wunderschöne Rose für eine wunderschöne Frau!«

»Ist das aus deinem neuen Roman?«, witzelte sie.

Er kratzte sich am Hinterkopf.

»Nee, echt jetzt?«, fragte sie, als er betreten schwieg.

»Es sind aber meine Worte, ich bin kein Romandieb!«
Der Gedanke, dass er ein Plagiator sein könnte, kränkte ihn sichtlich. Egal, was für ein Schuft er war, eine gewisse Würde schien er zu besitzen.

»Ach, vergiss es!«, sagte sie und wollte sich zum Gehen wenden.

»Emma, bleib stehen, bitte! Ich bin verkorkst, aber dafür bist du ein Sonnenschein und machst mich zu einem besseren Mann!«

Diese ganzen abgedroschenen Sätze, das pure Klischee, dachte sie und trotzdem rezitierte er sie so glaubhaft, dass sie fast schwach wurde. Was war nur los mit ihr? Sie wollte ihn doch wie ein Cowboy im Duell niedermachen. Und jetzt ertappte sie sich dabei, wie sie die Rose von ihm entgegennahm.

»Das klingt aber, als sei es aus einem Ingmar-Bergman-Film«, antwortete sie und tat gelangweilt.

»Du bist wirklich eine Kunstkennerin – und genau das macht mich so an.«

Er musterte sie mit seinen blauen Augen durchdringend.

»Du siehst fantastisch aus, wenn du nachdenkst. Ich stehe auf intelligente Frauen, die gleichzeitig sexy sind.«

Sie seufzte innerlich. Seine Worte klangen so schön und doch wollte sie von ihm überhaupt nicht mehr hören, dass sie sexy war.

»Denkst du noch nach?«, fragte Hans.

»Ja, warum?«, fragte sie abwesend.

»Du zerrupfst gerade die wunderschöne Blume.«

Sie sah auf ihre Hände. Völlig unbewusst hatte sie mehrere Blütenblätter abgezupft. »Oh!«

»Wie ich sehe, würdest du mich am liebsten in der Luft zerreißen! Komm, ich zeige dir diesen wunderschönen Ort«, sagte Hans und lief einfach los, ohne eine Antwort abzuwarten.

Es war einer der ersten warmen Tage in diesem Jahr. Unter normalen Umständen wäre sie nicht auf seine Avancen eingegangen, doch die Sonnenstrahlen und der romantische Wasserturm, all das lud zum Flanieren ein, aber nicht allein. Daher folgte sie ihm. Es fiel ihr doch nicht so leicht, ihn in der Luft zu zerreißen. Vor allem boten seine Aussagen überhaupt keine Angriffsfläche.

»Hier gibt es ein sehr nettes Café, ich lade dich ein«, sagte Hans plötzlich.

»Hast du überhaupt Geld dafür?«

Emma hatte sich vorgenommen, ihn zu provozieren, doch er nahm es lässig. »Ich habe mir etwas von meiner Mutter geliehen. Außerdem wird sich all das ändern, wenn mein neuer Roman rauskommt.«

»Der von uns handelt?«

»Nein, natürlich nicht, das war dumm von mir, euch so zu täuschen. Es tut mir aufrichtig leid, ich war wie besessen von dieser Buch-Idee.«

Hans begann, von seinem Roman zu erzählen. Die Buchclub-Geschichte hatte er wieder verworfen. Stattdessen sollte es ein Thriller im Polizeimilieu werden, an dem er gleichzeitig geschrieben hatte. Ein bekannter Verleger aus Frankfurt hatte ihm angeblich bereits die Rechte abgekauft.

Es klang interessant und sie hörte ihm aufmerksam zu. Sie musste zugeben, dass sie sich noch nie mit einem echten Schriftsteller unterhalten hatte. Und das war er ja jetzt irgendwie – wenn er sie nicht wieder anlog.

Hans führte sie auf die andere Straßenseite, hier gab es mehrere Cafés, die sich unter Arkaden der Jugendstilanlage befanden. Es herrschte fast Pariser Flair. Sie setzten sich in eines davon und sie bestellte einen Tee und er eine Limonade. Dann klingelte sein Telefon und er verließ kurz das Lokal, um zu telefonieren. Sie beobachtete ihn. In diesem Moment sah sie auf der Straße einen Tesla vorbeifahren. Es war nicht Leopold, er fuhr keinen mehr, und dennoch musste sie sofort an ihn denken.

»Wunderschöne Frau, darf ich mich zu Ihnen setzen?«, fragte Hans, als er zurückkam, und lächelte sie an.

Sie antwortete nicht.

»Lass uns von vorn beginnen, so als ob wir uns gar nicht kennen würden«, bat Hans.

»Dann fangen wir doch gleich mal mit dem richtigen Namen an. Wie heißen Sie?«, fragte Emma und ließ sich auf das Spiel ein.

»Hans-Georg Meier.« Er gab ihr die Hand und fragte: »Darf ich mich setzen?«

Sie streckte die Hand aus und bedeutete ihm, dass er Platz nehmen durfte.

»Und Hans, was machst du so?«

»Ich bin Schriftsteller.«

»Und was schreibst du so?«

»Lebensberichte.«

»Über einsame Frauen?«

Er lachte. »Nein, nein, über Frauen, die intelligent sind, gerne lesen und den Mann fürs Leben suchen.«

Sie fasste kurz im Geiste für sich zusammen: Hans-Georg war also ein gutaussehender Schriftsteller. Nicht gerade ein Naturbursche, aber trotzdem die Art Mann, die sie immer fasziniert hatte.

Wieder klingelte sein Telefon. Er sah auf das Display. »Ah, das ist der Verleger. Ist es okay, wenn ich kurz drangehe? Das könnte wichtig sein.«

»Nur zu.«

»Hallo Rainer«, sagte Hans mit tiefer Stimme. »Ja, ich bin weitergekommen.« Dann holte er sein Tablet aus der Tasche und fing an, darauf herumzuwischen. »Es sind jetzt etwa 350 Seiten.« Er schien in seinem neuesten Werk zu blättern. »Das Ende ist nicht ganz fertig. Daran arbeite ich noch.« Hans-Georg wandte sich an Emma und sagte im Flüsterton: »Ich gehe noch mal kurz vor die Tür.« Damit stand er auf und verließ das Café. Das Tablet ließ er auf dem Tisch liegen.

Sie sah ihm nach, er lief vor dem Café auf und ab und gestikulierte. Es gefiel ihr nicht, dass er ständig rausrannte. Wenn er nichts zu verbergen hatte, hätte er genauso gut hier telefonieren können. Sie trank ihren Tee und schaute dann auf das Tablet. Dabei fiel ihr auf, dass es noch nicht gesperrt war. Sie tippte darauf, der Bildschirm wurde hell und ein Word-Dokument erschien.

Mit dem Finger scrollte sie über die Seiten, bis sie am Anfang des Dokuments ankam. Als sie die Überschrift sah, fuhr sie zusammen: *Supermann!* Darunter stand: *Wie ich der größte Aufreißer aller Zeiten wurde.*

29.

Sie sah noch einmal hin, rieb sich die Augen und versuchte zu begreifen, was sie gerade gelesen hatte. Sie warf rasch einen Blick nach draußen. Hans-Georg hatte das Gespräch beendet und kam wieder herein. Rasch begann sie ein Gespräch und versuchte, sich nichts anmerken zu lassen.

»Erzähl mir noch ein bisschen von deinem Roman«, bat sie.

»Ja, das wird ein ganz blutiger Thriller. Nichts für schwache Nerven. Aber das liegt gerade voll im Trend. Finde ich aber auch nicht schlimm. Die Leute brauchen solche gruseligen Geschichten ja, um andere Dinge zu verarbeiten.«

»Aha«, sagte sie. »Aber eine Autobiografie ist es nicht?«

»Wie kommst du darauf?«

Sie zuckte mit den Achseln. Es fiel ihr schwer, zu lächeln. Damit er nicht nachhaken konnte, fragte sie: »Und was hat der Verleger gesagt?«

»Er wollte eigentlich nur wissen, wie weit ich bin. Mir fehlt lediglich das letzte Kapitel, aber die

Marketingabteilung will sich langsam in Bewegung setzen wegen der Verlagsvorschauen.«

Wieder ein Nicken ihrerseits. »Und wie lautet der Titel?«

»Das weiß ich noch nicht«, antwortete er und packte das Tablet weg. »Aber der Verleger sagt, dass das bei großen Verlagen Sache des Marketings ist und nicht des Autors.«

»Und das ist kein Problem für dich?«

»Nun ja. Ich will bekannt werden«, er zuckte mit den Schultern. »Was soll ich tun? Ich bin ja froh, dass ich einen Großverlag für meine Idee begeistern konnte.«

Plötzlich kam ihr eine Idee. »Würdest du mir an der Theke noch ein Stück Kuchen bestellen?«, fragte sie und schenkte ihm ein süßes Lächeln mit Augenaufschlag.

»Was möchtest du denn?«

»Wähle etwas für mich aus, ich vertraue deinem guten Geschmack.«

Er lächelte geschmeichelt und stand auf. Um zur kleinen Kuchenauslage zu gelangen, musste er um die Ecke gehen. Emma wartete, bis er aus ihrem Blickfeld verschwunden war. Hans-Georg mochte ein gutaussehender Schriftsteller sein, aber Emma beschloss in diesem Moment, dass sie nicht mehr in der hilflosen Fantasiewelt leben wollte, in der sie sich von Äußerlichkeiten beeindrucken ließ. Sie würde nicht noch einmal zum Opfer dieses charmanten Lügners werden. Seine Geschichte würde er jedenfalls nicht veröffentlichen. Sie nahm hastig das Tablet aus seiner Tasche, schnappte sich ihre Jacke und ihre Tasche und rannte aus dem Café. Aus dem Augenwinkel sah sie, dass er noch überlegte, welchen

Kuchen er für sie bestellen sollte. Er sah nicht in ihre Richtung.

Emma lief trotz ihrer hohen Absätze kreuz und quer durch Mannheim und kam schließlich an den Neckar. Sie blieb stehen, um zu verschnaufen, und setzte sich dann auf eine Bank.

»Dieses Schwein! Ein Lügner bleibt ein Lügner.«

Emma holte ihr Telefon aus der Tasche. Sie musste dringend mit ihren Freundinnen reden. Sie rief zuerst Clara an.

»Hey, wo bist du?«, fragte Clara.

»In Mannheim«, antwortete sie.

»Musst du nicht arbeiten?«

»Hab mir freigenommen.«

»Aha, bist du shoppen?«

»Nein, nicht ganz. Sag mal, was war mit dir an diesem Abend mit deinem Rettungssanitäter?«

»Nett, sehr nett sogar.«

»Aha.«

»Wir werden uns auf jeden Fall wiedersehen. Treffen wir uns am Sonntagabend eigentlich zum Buchclub?«, fragte Clara.

Emma atmete tief durch. Dann sagte sie: »Am besten, wir treffen uns heute noch. Es gibt ein paar Sachen, die wir besprechen sollten.«

»Au ja, ich freue mich!«

Sie verabredeten sich für zwanzig Uhr bei ihr zu Hause und verabschiedeten sich. Kaum hatte sie aufgelegt, klingelte ihr Handy. Es war Hans-Georg. Sie drückte den Anruf weg.

»Was ist los mit dir? Warum bist du weggelaufen?«,

schrieb er wenig später.

Sie entschied, einfach nicht zu reagieren. Vermutlich hatte er noch nicht gemerkt, dass sein Tablet fehlte. Sie wusste nicht genau, was sie als Nächstes tun sollte und ging zur Haltestelle.

Um diese Zeit war die Bahn brechend voll und sie quetschte sich zu den ganzen anderen Menschen, die gerade müde und schlapp von der Arbeit nach Hause fuhren. Die meisten waren mit ihren Telefonen beschäftigt, manche lasen ein Buch und die wenigsten starrten aus dem Fenster. Irgendwie fühlte sie sich überhaupt nicht mehr cool und selbstbewusst, eher erbärmlich. Während der Fahrt schrieb sie Textnachrichten an Feli und Moni, um sie zum Buchclub am Abend einzuladen. Zum Glück sagten beide Freundinnen zu. Immerhin etwas.

Drei Stunden später saßen die vier Frauen gemeinsam in Emmas Wohnzimmer, doch auf dem Couchtisch lag kein Stapel Bücher, sondern Hans-Georgs Tablet. Emma erzählte von ihrem heutigen Treffen.

»Der Typ spinnt ja total«, sagte Moni.

»Wo hast du ihn noch mal kennengelernt?«, fragte Feli.

»Er besuchte einen meiner Yoga-Kurse. Wie man sich doch in Menschen täuschen kann!«

»Es hätte dir ja auch komisch vorkommen können, dass ein Typ wie er in deinen Yoga-Kurs kommt …«, meinte Feli.

»Wieso? Es gibt immer wieder Männer, die bei uns mitmachen«, widersprach Moni.

»Ja, aber zu neunzig Prozent sind es doch eher Frauen in knappen Sportoutfits, oder? Das wundert mich nicht, dass Leo sich dort wohlgefühlt hat.«

»Meint ihr wirklich, dass er diese ganze Scharade nur aufgeführt hat, um einen Aufreiß-Ratgeber zu schreiben?«, fragte Clara.

»Sieht ganz so aus«, sagte Emma. »Vor allem wohl, um einen Bestseller zu schreiben und im Rampenlicht zu stehen. Ich habe vorhin mal ein bisschen recherchiert. Diese Aufreißer-Literatur scheint ein recht großes Nischenthema zu sein, mit dem einige Autoren wohl ordentlich Geld verdienen und vor allem Seminare vor großem Publikum abhalten können.«

»Pfui.« Moni schüttelte sich angewidert.

»Ja«, sagte Emma.

»Zeig mal, was er da geschrieben hat«, bat Feli.

»Leider ist das Tablet mit einem Passwort geschützt«, erwiderte Emma.

»Hm …«, Feli dachte einen Moment nach. Dann lächelte sie und warf ihre dunklen Locken nach hinten. »Ich kenne einen ITler, der auf mich steht. Der kann uns bestimmt helfen.«

»Ach, diese Schweinereien will ich gar nicht lesen«, rief Clara.

»Man müsste das alles umschreiben«, sagte Emma spontan. »Diese ganzen Lügen müssten mal ins rechte Licht gerückt werden!«

»Wie meinst du das?«, fragte Moni.

Emma wusste nicht recht, woher sie plötzlich diesen Geistesblitz hatte, aber sie sagte: »Wir schreiben das Buch um, erzählen unsere Version der Geschichte und dann schicken wir sie dem Verlag!«

»Meinst du, das klappt?«, fragte Clara.

»Weißt du überhaupt, bei welchem Verlag er ist?«, fragte Feli.

»Er hat ihn mit Rainer begrüßt. Ein erfolgreicher Verleger aus Frankfurt, der Rainer mit Vornamen heißt. Ich habe ein bisschen im Internet recherchiert. Es kann sich eigentlich nur um Rainer Neisshammer handeln.«

»Vom Neisshammer Verlag?«, rief Clara. »Der ist ja eine Riesennummer!«

»Ja, so groß, dass sie neben einigen anspruchsvolleren Unterhaltungsromanen auch so einiges an Büchern anbieten, die wohl nur für den bloßen Verkaufserfolg bestimmt sind«, erzählte Emma.

»Aber wenn wir die Wahrheit über Hansi und seine Machenschaften schreiben, dann drucken die das doch nicht«, wandte Moni ein.

»Hauptsache, die Wahrheit kommt raus. Ich finde, es ist eine gute Idee«, sagte Feli.

»Genau, und wenn der Verlag den Schwachsinn dann komplett ablehnt … umso besser. Was sagt ihr, ist das ein Plan?«

»Plan!«, riefen alle Freundinnen gemeinsam.

»Hier Feli, wann kannst du dich um das Passwort kümmern?«, fragte Emma und reichte ihr das Tablet.

»Gleich morgen früh.«

»Super«, sagte Emma. »Dann ist es beschlossene Sache.«

»Schön, aber wenn wir hier schon alle versammelt sind, könnten wir doch endlich mal unser Highlander-Buch weiterlesen. Ich brauche mal wieder ein bisschen was fürs Herz«, schlug Clara vor.

Unter Gelächter ging Emma zum Regal und holte *Der Highlander und die Comtess* hervor.

Die dunklen, fast schwarzen Wolken verhießen nichts Gutes. Mit ihrem schwarzen Umhang wirkte Katherine wie ein Geist in der menschenleeren Landschaft. Sie eilte den Hügel hoch wie so viele Male zuvor. Doch heute war es anders als sonst. Maria hatte ihr erzählt, dass Duncan den Lord of Hansdock zum Duell gefordert hatte. Katherine wusste, dass der Lord nie mit fairen Mitteln kämpfte. Duncan war in Todesgefahr.

Wie hatte es nur so weit kommen können? Sie hatte den Lord schon immer gehasst, doch ihre Eltern fanden, dass er trotz seines schlechten Rufs eine gute Partie wäre. Er war sehr einflussreich und das gefiel vor allem ihrer Mutter. Doch statt auf seine Avancen einzugehen, war sie mit einem Highlander durchgebrannt und das hatte er ihr nicht verziehen. Nun rächte er sich, indem er Lügen über sie verbreitete. Ihren Geliebten störte es, dass der Lord ihre Ehre so in den Schmutz zog, sie hingegen machte sich nichts daraus. Die Gesellschaft, in der sie aufgewachsen war, war voller Verleumdung und Heuchelei. Doch ihr gerechter Duncan konnte das nicht ertragen. Eine Begegnung zwischen den beiden im Dorf hatte das Fass zum Überlaufen gebracht. Der Lord hatte behauptet, dass er Katherine schon lange vor Duncan entehrt hätte. Jetzt wollte Duncan ihre Ehre wiederherstellen.

Auf dem Hügel konnte sie zwei Silhouetten erkennen. Sie hob den Saum des Umhangs an und rannte schneller in der Angst, der Lord würde Duncan eine Falle stellen und ihn umbringen. Das durfte nicht passieren, nein, Duncan war ihr Leben. Wenn er nicht mehr war, wollte sie auch nicht mehr leben.

Völlig außer Atem erreichte sie die beiden Duellanten, die sich gegenüberstanden und sich gegenseitig fixierten, die Schwerter gezückt. Der Lord war ganz in Schwarz gekleidet, Duncan trug seine Highlander-Tracht. Sie liebte diesen Mann, er war die Erfüllung ihrer Träume, groß, gutaussehend, gerecht – und er liebte sie bedingungslos.

Ihr Erscheinen wurde Duncan zum Verhängnis. Für einen Moment war er abgelenkt und der Lord nutzte die Gelegenheit, um zum Schlag auszuholen. Er traf ihn in die Seite und Duncan ging zu Boden. Der Lord lachte triumphierend. Katherine schrie auf und wollte zu ihrem Geliebten stürzen. Doch der Lord stellte sich ihr in den Weg.

»Jetzt bist du dran, Dirne!«

Hansdock hob sein Schwert, um sie zu erschlagen, doch er verharrte plötzlich in der Bewegung. Duncan hatte sich aufgerichtet und ihn von hinten erdolcht. Der Lord fiel mit ungläubigem Blick taumelnd zu Boden.

Duncan war verschwitzt und blutverschmiert, doch er flüsterte ihr zu: »Deine Ehre ist gerettet, meine Liebste.«

Sie fiel vor ihm auf die Knie und übersäte ihn mit tausenden kleiner Küsse.

»Du bist verletzt!«, rief sie.

»Das war es wert. Ich werde es überleben. Wenn du mich pflegst, werde ich bald wieder der Alte sein.«

Die vier Frauen seufzten. Ach, wie romantisch. Emmas Gedanken wanderten zu Hans. Sie würde sich ebenfalls rächen, um ihre Ehre wiederherzustellen. Auch wenn sie das selbst übernehmen musste und ihr kein Duncan zur Seite stand. In der Nacht schmiedete sie Rachegedanken und tat kaum ein Auge zu.

Am nächsten Tag ging ihr Angelika gezielt aus dem Weg und sprach demonstrativ kein Wort mit Emma. Was wohl bei dem Gespräch mit der Personalchefin herausgekommen war? Emma merkte, dass es ihr eigentlich egal war. Sollten sie ihr doch kündigen. Was hatte sie hier noch verloren? Sie nutzte die freie Zeit, die sie plötzlich hatte, da ihre Chefin ihr keine Aufgaben mehr aufhalste, und las in Hans-Georgs Manuskript, das Feli ihr per Mail geschickt hatte. Es war für Felis Bekannten nur eine Sache von fünf Minuten gewesen, das Passwort zu knacken. Er hatte das Tablet an einen Computer angeschlossen und zwei Programme zur Entschlüsselung laufen lassen.

Hans litt wahrhaft unter zwanghaftem Größenwahn. Mehr als einmal musste Emma laut auflachen, als er davon berichtete, wie angeblich wieder einmal alle Frauen der Welt wegen seines Charmes dahingeschmolzen waren. Nun gut, irgendwie hatte das bei ihr und ihren Freundinnen ja tatsächlich funktioniert. Diese Erkenntnis machte sie noch wütender. Das war doch nicht er, der sie betört hatte, sondern eine erfundene Lügenfigur!

Keine Frau interessiert sich wirklich für Hansi, du Würstchen!, dachte sie.

Genau das würde sie in seinem Manuskript klarstellen. Sie musste an Katherine und ihren Highlander denken. Sie fühlte sich genauso angriffslustig wie Duncan.

Das wahre Meisterstück ist es, eine Frau so lange anzufüttern, bis sie zum Supermann zurückkriecht, obwohl sie weiß, dass er sie belogen hat, las sie den letzten Abschnitt, den er geschrieben hatte. *Es ist diese Art von emotionaler Abhängigkeit, die eine Frau erst zur perfekten Begleiterin für den Supermann macht. Und nun versteht ihr sicher auch, warum wir bis zum jetzigen Zeitpunkt dem Sex konsequent aus dem Weg gegangen sind. Die Frau soll sich danach verzehren, endlich mit euch in die Kiste hüpfen zu dürfen! Denn nur das ist einem echten Supermann gemäß. Im nächsten Kapitel erzähle ich euch, wie ich das geschafft habe.*

Damit endete sein Manuskript. Dieser kleine Hanswurst! Von wegen gefügig machen! Emma hatte ein bisschen zu dem Pick-Up-Thema recherchiert. Anscheinend hatte jedes Buch, wenn es erfolgreich sein wollte, einen neuen Trick auf Lager. Und dieser Quatsch, dass man eine Frau solange anfüttern sollte, bis sie von selbst angekrochen kam, sollte wohl der neue Trick sein, mit dem Hans-Georg einen Bestseller landen wollte.

Emma nahm sich einen Block und machte sich Notizen, was sie ändern würde. Die Ideen sprudelten nur so aus ihr heraus. Endlich etwas Ablenkung! Sie notierte sich, dass es in seinem Manuskript einige stilistische Unsauberkeiten gab. Na, die würde sie ihm aus dem Text streichen, da könnte er ihr noch dankbar sein. Das Einzige, was sie immer wieder aus ihren Gedanken riss, war der Blick durch die Glasfront ins Treppenhaus. Doch Leopold sah sie an diesem Tag kein einziges Mal.

Sie machte pünktlich Feierabend und beschloss, noch einen kleinen Spaziergang am Neckar zu machen, um ihre Gedanken zu sortieren. Sie lief über die Brücke nach Neuenheim und schlenderte ziellos umher. Die alten Häuser sahen in der goldenen Abendsonne wunderschön aus.

Als sie sich umblickte, stellte sie fest, dass sie ausgerechnet vor dem Café gelandet war, in das Leopold sie bei ihrem ersten Spaziergang zum Brunch eingeladen hatte. Da sie noch nichts gegessen hatte, entschied sie sich spontan, dort einzukehren. Sie bestellte sich eine Portion Spaghetti und ein Glas Wein.

Dann holte sie ihr Smartphone hervor. Sie sah, dass Hans-Georg ihr während ihres Spaziergangs zahlreiche Textnachrichten geschickt hatte.

»Emma, bitte melde dich!« – »Hast du mein Tablet geklaut?« – »Emma, bitte, das ist kein Spaß! Ich brauche mein Tablet!!!!«

Vier Ausrufezeichen, wow! Kein echter Literat würde vier Ausrufezeichen benutzen. Sie musste lachen. Er schien wirklich aufgebracht zu sein und das fühlte sich irgendwie gut an. So wie er sich aufführte, könnte man glatt vermuten, dass er keine Kopie von seinem Manuskript hatte. Wenn das stimmte, dann umso besser!

Sie nahm einen großen Schluck Wein, während sie die nächsten Textnachrichten von Leo las. Sie wurden immer unfreundlicher, außerdem hüpfte er thematisch immer mehr hin und her.

»Ihr seid eh hässlich, du und deine Freundinnen! Deswegen hatte ich nix mit euch!«

»Ich verklage dich, Emma! So etwas lasse ich mir nicht bieten!«

Jetzt versuchte er auch noch, sich als Opfer darzustellen! Sie lachte und leerte ihr Glas. Wie hatte sie nur so furchtbar dumm sein können? War sie so verzweifelt auf der Suche nach einem Mann gewesen?

Als die Spaghetti kamen, bestellte sie ein zweites Glas Wein, obwohl sie normalerweise immer nur eines trank. Die Portion war nicht allzu üppig, aber der Wein schmeckte ihr. Sie kippte das zweite Glas fast in einem Zug herunter. In ihrem Bauch spürte sie eine wohlige Wärme, die ihr guttat. Deshalb bestellte sie noch ein drittes Glas Wein.

Sie dachte an Leopold und merkte, wie sehr er ihr fehlte. Wie konnte sie ihm zeigen, dass sie ihn wirklich mochte und die Sache mit Hans vorbei war? Vielleicht lag es an dem Alkohol, irgendwie fühlte sie sich auf einmal sehr mutig. Er wohnte in der Nähe, warum sollte sie nicht einfach zu ihm gehen und sich mit ihm aussprechen? Sie bestellte noch ein Glas Wein, zur Sicherheit, damit sie nicht auf halbem Weg der Mut verließ.

Nach diesem Glas sah sie die Welt um sich herum bereits etwas verschwommen und fühlte sich wie in Watte gepackt. Als die Kellnerin ihr die Summe nannte, verstand sie die Zahl nicht richtig. Daher holte sie einen Fünfzig-Euro-Schein aus dem Geldbeutel und sagte: »Stimmt so.«

Die Frau sah sie verwundert an und fragte: »Sicher?«

Als Emma nur wortlos lächelte, meinte die Kellnerin: »Okay, danke«, und packte den Schein ein. »Vielen Dank und einen schönen Abend. Soll ich Ihnen mit der Jacke helfen?«

»Na, so alt bin ich noch nicht.« Emma lachte laut.

Die junge Frau sah sie etwas verunsichert an und fragte dann: »Soll ich Ihnen ein Taxi rufen?«

»Ach was.«

Die Kellnerin zuckte mit den Schultern. Emma stand auf und merkte, dass ihr ein bisschen schwindelig war. Sie musste lange überlegen, welchen Weg sie nehmen musste. Schließlich entschied sie sich für eine Richtung. Sie ging die Straße entlang und befand sich plötzlich vor Leopolds Tür. Ohne nachzudenken, drückte sie auf die Klingel. Ein Summen ertönte und sie konnte die Tür zum Durchgang öffnen. Als sie in den Hinterhof kam, stand Leopolds Haustür bereits offen. Ein sichtlich überraschter Leopold lehnte im Türrahmen.

»Emma?«

»Störe ich dich?«

»Was machst du hier?«

»Ich war in dem Café, in dem wir gemeinsam gebruncht haben, und ich wollte dich einfach sehen.«

Er sah sie ernst an und antwortete: »Ich habe gerade Besuch.«

»Oh, dann will ich dich nicht stören.«

»Sag mal, bist du betrunken?«

»Ach was, ich hatte nur ein Gläschen Wein«, antwortete sie und kicherte. »Oder vielleicht auch zwei ...«

»Und wie kommst du jetzt nach Hause?«

Sie hob ein Bein und deutete darauf. »Damit.«

»Soll ich dir ein Taxi rufen?«

»Nein, nein, nicht nötig.«

»Komm kurz rein, ich rufe dir ein Taxi«, sagte er.

»Nein, ich gehe.«

»Emma, komm rein, du bist betrunken.«

»Nein, bin ich nicht, ich wollte nur mal vorbeischauen, weil ich dich vermisst habe. Schrecklich vermisst.«

Er nahm sie an der Hand und zog sie ins Haus. Im Gang stand eine kleine Bank.

»Bleib hier sitzen, ich rufe kurz ein Taxi an.«

»Leo, wo bleibst du?«, ertönte da eine tiefe Stimme. Ein älterer Mann betrat den Flur und sagte überrascht: »Oh.«

»Hallo, ich bin Emma.«

»Raschid, Leos Vater«, stellte der Mann sich vor.

Er war groß, hatte sehr kurzes graues Haar und eine schöne bronzefarbene Haut. Er war ungefähr Mitte sechzig und sehr attraktiv.

»Sie haben einen tollen Sohn«, nuschelte Emma.

»Ich muss kurz mein Telefon holen.« Mit diesen Worten verschwand Leopold im Wohnzimmer.

Sein Vater blieb bei ihr. »Sind Sie befreundet?«, fragte er freundlich.

Emma seufzte. »Wir waren es und durch ein dummes Missverständnis will er mich nicht mehr sehen, dabei bin ich verliebt in ihn«, antwortete sie und plötzlich kamen ihr die Tränen.

»Ich hole ein paar Taschentücher«, sagte Raschid tröstend.

Sie blieb alleine auf der Bank sitzen und weinte leise.

Als Emma ihre Augen öffnete, befand sie sich in einem ihr unbekannten Zimmer mit hohen weißen Decken. Sie wollte aufstehen, doch ihr Kopf schmerzte furchtbar und fühlte sich schwer an. Erschrocken sah sie sich um. War sie entführt worden? Träumte sie? Wo war sie nur?

Sie legte sich wieder hin und versuchte nachzudenken, doch es fiel ihr sehr schwer. Ihr Mund war trocken. Sie schloss die Augen. Ihre Gedanken bewegten sich sehr langsam. Was war bloß geschehen?

Sie öffnete erneut die Augen und schaute um sich. Neben dem Bett, in dem sie lag, stand ein Sessel. Darauf lagen ihr Mantel und ihre Tasche. Daneben auf dem Boden standen ihre Stiefel. Auf dem Nachttisch neben dem Bett stand eine Uhr. Ungläubig starrte sie darauf. 12:03 Uhr. War das möglich?

Vorsichtig, Zentimeter für Zentimeter, hob sie ihren Kopf. Dieser schmerzte nach wie vor. Auf dem Nachttisch, der aus Weinkisten gebaut war, entdeckte sie einen Zettel. Als sie genauer hinsah, stellte sie fest, dass sie in

Wirklichkeit nicht in einem Bett, sondern auf einer Couch lag. Die Umgebung kam ihr langsam bekannt vor. Der Nachttisch war in Wirklichkeit eher ein Couchtisch. Leopolds Couchtisch.

Sie las den Zettel: »Guten Morgen, auf dem Tisch liegt eine Aspirin. Die wird dir gegen Kopfschmerzen helfen, falls du welche hast. Leo.«

Leo? Welcher Leo? Als sie aufstand, merkte sie, dass sie in einem Kleid steckte. Langsam dämmerte ihr, dass sie in einem Café gewesen war, zu viel Wein getrunken und bei Leopold geklingelt hatte. Sie merkte, wie Hitze in ihr aufstieg und fragte sich, ob ihre Ohren vor Peinlichkeit schon dampften.

Ihr Blick fiel auf den smarten Lautsprecher auf der Kommode. Sie befand sich in Leopolds Wohnzimmer. Warum hatte sie hier übernachtet? Sie konnte sich nur schemenhaft an ihn und diesen anderen Mann, seinen Vater erinnern. Oh, wie peinlich! Was hatte sie getan? Hatte sie etwa an seiner Tür gebettelt, dass er sie zurück-nahm?

So schnell sie konnte, zog sie ihren Mantel und die Stiefel an, nahm ihre Tasche und rannte aus dem Haus. Im Hof stieß sie fast mit Leopolds Vater zusammen.

»Guten Morgen, Emma.«

Sie senkte ihren Kopf. »Guten Morgen.«

»Geht es Ihnen gut?«

Sie schüttelte den Kopf. »Ich weiß nicht, was gestern passiert ist, ich hatte wohl zu viel Wein getrunken und …« Sie begann zu weinen.

»Nur nicht wieder weinen. So etwas passiert, wenn man verliebt ist.« Raschid lächelte freundlich.

Sie nickte. Er gab ihr ein Taschentuch.

»Es ist nichts Schlimmes passiert, Sie sind einfach auf der Bank eingeschlafen, so tief, dass wir Sie nicht mehr wecken wollten.«

»Ich gehe jetzt und springe von der Neckarbrücke«, sagte sie halb im Scherz.

»Tun Sie das nicht, sonst wäre mein Sohn sehr traurig. Wollen Sie einen Kaffee?«

Sie zuckte mit den Schultern.

»Kommen Sie mit. Ich war gerade einkaufen und wollte etwas kochen.«

Bei dem Gedanken an Essen wurde ihr schlecht. Sie ging zurück ins Haus und rannte zur Toilette. Dort konnte sie endlich ihren Magen entleeren. Sie schwor sich, nie wieder Alkohol zu trinken. Als sie in die Küche kam, duftete es nach frischem Kaffee.

»Espresso mit Zitrone hilft«, sagte Raschid.

Sie sagte nichts und nahm dankbar den Kaffee entgegen. Raschid bereitete währenddessen das Mittagessen zu.

»Vielen Dank für den Kaffee, ich mache mich jetzt mal auf den Heimweg«, stammelte Emma.

»Wollen Sie mit uns essen? Leo kommt gleich nach Hause. Er hat sich den Nachmittag freigenommen.«

»Das ist wirklich nett von Ihnen, aber allein der Gedanke an Essen …« Sie stoppte und hatte das Gefühl, schon wieder auf die Toilette rennen zu müssen.

»Sie trinken wohl nicht oft Alkohol?«

Sie schüttelte den Kopf. »Ein Gläschen ab und zu.«

Sie wandte sich zum Gehen, doch dann hielt sie noch einmal kurz inne. »Sagten Sie vorhin, dass Ihr Sohn traurig wäre, wenn ich von der Brücke …« Sie beendete den Satz nicht, sondern machte nur eine Bewegung mit dem Kopf.

Er nickte.

»Danke«, sagte sie und lächelte.

In diesem Moment hörten sie die Haustür. Leopold war da. Er trug Jeans und Pullover, etwas, was sie an ihm noch nie gesehen hatte. Er schien nicht überrascht zu sein, dass sie da war, und grüßte mit einem einfachen »Hallo«.

»Hallo«, antwortete sie und blickte auf den Boden. »Ich gehe dann mal.« Sie wandte sich an Leopolds Vater: »Danke, Rashid, ich wünsche Ihnen noch einen schönen Tag.«

Leopolds Vater nickte lächelnd.

Dann wandte Emma sich an Leopold: »Ich möchte mich für mein Benehmen gestern entschuldigen, ich weiß nicht mehr genau, was ich gesagt und getan habe.«

Während sie das sagte, haftete ihr Blick immer noch am Boden. Sie sammelte Mut und entschied, ihm in die Augen zu sehen.

»Ich hatte tatsächlich ein Gläschen zu viel und es ist mir furchtbar peinlich.«

»Alles gut, wir wollten dich nur nicht in diesem Zustand ins Taxi setzen.«

»So schlimm?«

»Du bist auf meiner Bank im Flur eingeschlafen. Und zwar so fest, dass wir dich nur noch auf die Couch tragen konnten.« Sie sah ihn entsetzt an und er fügte rasch hinzu: »So schlimm war es aber nicht.«

»Ich gehe jetzt besser.«

So schnell sie konnte, eilte sie aus dem Haus, lief dann ziellos durch die Straßen und erreichte irgendwann den kleinen Marktplatz mit den vielen Cafés. Hier hatte sie gestern zu tief ins Glas geschaut.

Sie hatte großen Durst und kaufte sich einen frisch gepressten Saft, den sie in einem Zug austrank. Jetzt ging es ihr schon deutlich besser. Etwas unsicher spazierte sie die Straße entlang. In ihrer Tasche vibrierte ihr Telefon. Sie wollte gar nicht wissen, wer schon alles versucht hatte, sie zu erreichen.

Im Schaufenster eines Geschäfts erblickte Emma ihr Spiegelbild. Ihr Make-up vom Vortag war kaum verlaufen. Das Versprechen der Visagistin, die ihr diese teure Kosmetik angedreht hatte, hatte sich tatsächlich bewahrheitet. Ihre Haare jedoch sahen sehr zerzaust aus. Dicke Augenringe prangten unter ihren immer noch gut geschminkten Augen. Sie sah aus wie ein depressiver Hollywood-Star. Und so fühlte sie sich auch. Müde und depressiv.

Die Luft war kalt und sie fröstelte. Wenigstens wurden ihre Gedanken langsam klarer, je weiter sie lief. Emma fasste im Geiste die letzten Tage zusammen.

Ich bin ein Bücherwurm, der von einem Autor für seine Bücher missbraucht wird. Beim einzig anständigen Typen habe ich völlig versagt, und da er mein Chef ist, kann ich mich bei der Arbeit nicht mehr blicken lassen.

Wie sollte sie Leopold bloß jemals wieder in die Augen blicken? Jetzt, wo sie so tief gesunken war? Und das auch noch in seinem eigenen Zuhause!

Ich ziehe einfach weg – weit, weit weg, sagte sie sich.

Am nächsten Tag meldete sich Emma krank. Dann fuhr sie ihren Laptop hoch und machte sich daran, das Manuskript zu bearbeiten. Den ganzen Tag saß sie am Rechner, nur abends ging sie kurz aus dem Haus. Im Supermarkt kaufte sie sich einen Vorrat an Tiefkühlpizza sowie Campari Rosato und Tonic Water. Das sollte sie übers Wochenende bringen.

Am Samstag klingelte Hans-Georg mehrmals bei ihr. Mittlerweile fand sie diese Videoklingel ziemlich gut. Sie beobachtete ihn einen Moment, wie er vor der Haustür auf und ab tippelte. Von seinem Selbstbewusstsein war nicht mehr viel übrig. Nachdem sie ihn eine Weile beobachtet hatte, setzte sie sich wieder an den Rechner.

Am Sonntagnachmittag war sie schließlich fertig. Sie musste nicht einmal den Literaturclub am Abend absagen. Sie suchte die Adresse des Verlags heraus und setzte eine E-Mail auf. Kurz entschlossen behauptete sie, sie sei eine Lektorin, die von Herrn Meier beauftragt worden sei, um seinem Manuskript den letzten Schliff zu verpassen. Wie sich bei der Arbeit am Text herausgestellt habe, hätten die von Herrn Meier geschilderten Erzählungen leider

eklatante Widersprüche und Logiklöcher aufgewiesen, so-
dass es sich nicht habe vermeiden lassen, größere
Änderungen durchzuführen. Das betraf auch den
Arbeitstitel, der nun folgendermaßen lautete: *Wie ich
mich als Pick-Up-Artist zum Würstchen machte – das
Geständnis einer toxischen Männlichkeit.*

Für Rückfragen gab sie ihre Handynummer an.
Zufrieden schenkte sie sich einen Campari mit Tonic
Water ein und nahm einen kräftigen Schluck. Dieses
Leben in der Welt der Literatur machte wirklich Spaß!

Am Abend taten die vier Freundinnen endlich einmal
wieder ohne Abschweifungen das, weswegen sie ihren
Literaturclub eigentlich gegründet hatten – sie lasen und
redeten über Bücher.

Als Emma am Montagmorgen die Bibliothek betrat, kam
zu ihrem Erstaunen sofort Angelika auf sie zu.

»Du hast heute um 16 Uhr einen Termin bei der
Personalabteilung«, sagte sie knapp.

Ohne ein weiteres Wort ging sie zu ihrem Schreibtisch.
War es nun soweit und Emma würde ihren Job verlieren?

Kurz vor der Mittagspause klingelte ihr Handy. Zu
Emmas Überraschung war es eine Telefonnummer aus
Frankfurt.

»Ja?«

»Ja, Neisshammer hier. Sind Sie die Dame, der ich dieses überarbeitete Manuskript von Hans-Georg Meier zu
verdanken habe?«

Emma zögerte einen Moment. War das wirklich Rainer
Neisshammer persönlich? Sie konnte seinen Tonfall nicht
deuten. War der Verleger aufgebracht?

»Äh, ja«, sagte sie schließlich.

»Großartig!«

»Äh, wie … also Sie meinen die Überarbeitung?«

»Ja, ganz wundervoll! Das machen wir so. Ich habe schon mit dem Marketing gesprochen.«

»Aha«, antwortete Emma knapp. »Und … das heißt?«

»Wir schieben das als Top-Titel rein. Das Marketing denkt auch, dass das wunderbar ins Feuilleton passt, MeToo-Debatte, Sie wissen schon. Den Hans-Georg werden wir mit dieser Lebensbeichte bestimmt beim Markus Lanz unterbringen. Ich rufe da gleich mal an. Das wird gut, Sie werden sehen.«

»Äh, ja. Wunderbar.«

»Unter uns gesagt, diese ganzen Aufreißer-Bücher verkaufen sich zwar gut, aber so ist es mir lieber. Sehr schön, dass sie gemerkt haben, dass es diesem Manuskript an Ehrlichkeit fehlte.«

»Das ist ja schließlich mein Job«, erwiderte Emma, die langsam in ihre Rolle hineinwuchs.

»Denken Sie nicht zu schlecht von mir. Wir müssen den Laden hier am Laufen halten und diese Bücher für gewisse Zielgruppen finanzieren uns eben die Herzensprojekte. Nicht wahr?«

»Ja klar, das verstehe ich«, stammelte sie.

»Und wenn Sie wieder etwas für mich haben, rufen Sie mich bitte direkt an. Unter dieser Nummer. Speichern Sie sie am besten gleich ein, die bekommt nicht jeder.«

»Äh, ja, klar, gerne.«

Nach dem Gespräch stand Emma noch einen Moment perplex in der Bibliothek. Langsam wurde ihr klar, dass die Aktion mit dem Verlag funktioniert hatte. Und zwar richtig gut! Jetzt musste sie sich nur noch überlegen, was sie Hans-Georg erzählen würde.

Tatsächlich erhielt sie wenig später eine SMS von ihm: »Emma, bitte, wir müssen uns unbedingt treffen! Ich muss mit dir reden!«

»Klar«, schrieb sie ihm großzügig zurück.

Plötzlich klingelte ihr Telefon. Es war erneut die Nummer des Verlegers.

»Ja, Neisshammer noch mal. Hören Sie, ich habe gerade ein anderes Buch auf dem Schreibtisch, das noch den letzten Schliff benötigt. Und das Manuskript passt genau zu ihrer Sensibilität für soziale Ungerechtigkeit. Was sagen Sie?«

»Was soll ich sagen?«

»Haben Sie Zeit, den Lektoratsauftrag zu übernehmen, oder nicht?«

Emmas Gedanken rasten. »Äh, da muss ich noch mal in meinen Terminkalender gucken«, stammelte sie völlig überrumpelt.

»Machen Sie das. Und dann melden Sie sich noch einmal bei mir?«

»Klar.«

Nachdem sie aufgelegt hatte, atmete sie tief durch. Sie hatte das Gefühl, dass sie heute nichts mehr aus der Fassung bringen konnte. Auch nicht das Gespräch mit Ilse vom Personal, zu dem sie nun mit erhobenem Kopf ging.

Ilse wirkte erstaunlich gut gelaunt, als Emma in ihr Büro kam.

»Bitte setz dich doch. Willst du einen Kaffee?«, fragte sie.

»Danke«, sagte Emma. »Ich denke, wir bringen es lieber schnell hinter uns.«

»Hat Angie bereits mit dir gesprochen?«, fragte Ilse.

»Nicht wirklich.«

»Dann weißt du noch gar nicht, worum es geht?«

»Ich kann es mir denken.«

»Also Emma«, setzte Ilse an, »du hast ja wundervolle Arbeit geleistet, als du das Archiv neu sortiert hast.«

Ein Kompliment? Wollte Ilse ihr erst einmal auf die Kumpeltour kommen, bevor sie ihr den Todesstoß versetzte?

»Du weißt ja, dass Frau Winzig aus dem Archiv ausgefallen ist, und sie wird leider noch länger ausfallen, als wir angenommen haben. Ehrlich gesagt, ich denke nicht, dass sie überhaupt noch einmal wiederkommt. Auf der anderen Seite gibt es gerade die Notwendigkeit, das Archiv zu vergrößern, allein schon wegen der ganzen neuen Forschungsprojekte, die die neue Geschäftsführung an Land gezogen hat. Sie denken sogar schon an einen Neubau.«

»Sorry, wenn ich dich unterbreche«, sagte Emma. »Aber ich würde heute gerne pünktlich Feierabend haben und habe keine Ahnung, was das alles mit mir zu tun hat.«

»Na ja, um es kurz zu machen. Wir brauchen eine neue Archivleitung und du hast dich bewährt. Also, herzlichen Glückwunsch, Emma!«

»Bitte was?«

»Du bist die neue Archivleitung. Die größere Verantwortung ist natürlich auch mit einer Gehaltserhöhung verbunden.«

»Aber was ist mit Angie? Ich dachte, sie wollte das Archiv auch auf Vordermann bringen.«

»Ach ja«, Ilse machte eine wegwerfende Handbewegung. »Ist doch gut, wenn du aus der Bibliothek rauskommst und deine eigene Abteilung bekommst. Ihr beiden habt euch wohl nie so gut verstanden, wie ich in letzter Zeit immer häufiger gehört habe. Möchtest du jetzt vielleicht doch etwas trinken, Emma? Zum Anstoßen?«

»Danke.« Emma musste unwillkürlich lächeln. Dann stand sie auf. »Ich muss leider ablehnen.«

»Aber wieso denn?«, fragte Ilse irritiert.

Emma fühlte sich in diesem Moment wie Duncan in der Szene, als er das Geld von Katherines Vater abgelehnt hatte, mit dem er ihn dazu bringen wollte, dass er seine Tochter nicht mehr traf.

»Weil ich kündige!«

33.

Als Hans-Georg ins Wohnzimmer trat, zuckte er zusammen. Auf der Couch und den Sesseln saßen Moni, Clara, Feli und Emma bei Sahnetorte und Kaffee, gemeinsam mit seiner Mutter.

»Hansi, endlich bist du da. Hier sind Freundinnen von dir«, begrüßte Frau Meier ihn.

Er lächelte verlegen. »Äh, was macht ihr denn hier?«

»Ich habe dir doch versprochen, dass wir uns treffen«, sagte Emma lächelnd.

»Und wir wollten einfach mal sehen, wo du lebst und natürlich deine zauberhafte Mutter kennenlernen, von der du uns so viel erzählt hast«, fuhr Moni fort.

Frau Meier lächelte. »Ach was«, sagte sie und winkte verlegen ab. »Die Damen haben diesen leckeren Kuchen aus dem *Café Sehnsucht* mitgebracht.« Sie nahm einen Bissen von der Torte und lächelte. »Ja, mein Hansi, der war schon als Baby so süß und hübsch.«

Alle nickten. »Ja, er ist wirklich süß«, sagte Moni.

»Was macht ihr hier?«, fragte Hans noch einmal, jetzt mit einem sehr angestrengten Lächeln.

»Wir wollten dir die großartige Nachricht persönlich überbringen«, sagte Feli.

Irritiert zog er eine Augenbraue hoch.

»Du kennst die Frauen doch?«, fragte seine Mutter besorgt, als sie die Anspannung im Raum spürte.

»Ja, Mutti.«

»Wir waren extra bei der besten Konditorei in Heidelberg«, erklärte Clara.

»Das ist aber nett«, zischte er. »Emma kommst du mal mit?«

»Aber gerne«, sagte sie.

Er führte sie in den Flur.

»Ich habe eine Mail von meinem Verleger bekommen«, sagte er.

»Ach ja?«

»Ja. Das Manuskript sei angekommen und man sei ganz begeistert.«

»Das ist doch toll«, antwortete sie und setzte ein betont breites Lächeln auf.

Er schien sich da nicht so sicher zu sein. »Emma, was hat das zu bedeuten?«

»Keine Angst, nachdem ich es gelesen hatte, habe ich dein Manuskript natürlich an den Verlag weitergeleitet. Und Rainer hat mir gerade eine ganz großartige Neuigkeit überbracht: Er hat dir zum Buchstart einen Platz in der Sendung von Markus Lanz besorgt.«

Hans-Georg sah sie immer noch vollkommen verständnislos an. Doch dann verzog sich sein Gesicht zu einem ungläubigen Lächeln. »Was?«

»Du darfst dein Buch bei Markus Lanz vorstellen. Damit ist dir die Spiegel-Bestseller-Liste so gut wie sicher.«

»Aber, Emma, ich verstehe nicht ... Markus Lanz?«

»Das hast du dir doch immer gewünscht, oder?«, fragte sie und lächelte sogar noch etwas breiter. »Komm, lass uns zu den anderen gehen. Ich bin in Feierlaune.«

Sie ging zurück ins Wohnzimmer, gefolgt von Hans-Georg, dem es die Sprache verschlagen hatte.

»Woher kennen Sie meinen Sohn?«, fragte seine Mutter gerade.

»Wir wollten unsere zukünftige Schwiegermutter kennenlernen«, antwortete Feli.

»Wie bitte?«, fragte Frau Meier.

»Aber klar«, sagte Moni. »Er hat uns den Hof gemacht. Allen vieren.«

»Wir mögen uns alle vier sehr und wir mögen Hansi. Deshalb fänden wir es wunderbar, alle zusammenzuleben. Wie bei den Mormonen«, rief Clara aus.

»Oder wie die Großfamilien in Saudi-Arabien«, fügte Feli hinzu und lächelte freundlich. »Noch etwas von der Sahnetorte?« Hansis Mutter schnappte sichtlich nach Luft.

»Was erzählt ihr denn da?«, rief Hans-Georg aufgebracht.

Einen Moment schwiegen alle. Der irritierte Blick der alten Dame flog von einer zur anderen.

Schließlich rief Feli: »Späßchen!«

Feli, Emma, Clara und Moni prusteten los. Nach einem kurzen Zögern gab sich auch Frau Meier Mühe, sich ein Lächeln abzuringen.

»Ach so. Und ich dachte ...«, stammelte sie.

»Nein, nein«, sagte Emma und setzte sich auf die Couch. »Hören Sie nicht auf meine Freundin. Die macht gerne mal einen Witz. In Wirklichkeit sind wir hier, um die Schriftsteller-Karriere Ihres Sohnes zu feiern.«

Die Mutter sah Hans-Georg an, der immer noch wie ein begossener Pudel in der Mitte des Raumes stand und nicht recht wusste, wie ihm geschah.

»Du hast ein Buch geschrieben, Hansi?«

»Äh, ja. Das habe ich dir noch gar nicht …«

»Und es erscheint als Top-Titel bei Neisshammer. Ihr Hansi wird sein Buch sogar bei Markus Lanz vorstellen!«, verkündete Moni.

»Im Fernsehen?«, fragte die Mutter.

»Aber natürlich. Vor der ganzen Nation. Er ist wirklich ein sehr begabter Autor«, sagte Feli.

»Das ist ja großartig, Hansi!«

»Ja, also«, erschöpft ließ er sich in einen Sessel sinken, »es ist tatsächlich großartig … ich meine, äh, wenn es wirklich stimmt.«

»Vertraust du uns nicht?«, fragte Emma, die immer noch ein breites Lächeln im Gesicht trug. »Selbstverständlich stimmt es.«

»Ich habe immer schon gewusst, dass mein Hansi talentiert ist«, rief Frau Meier aus.

Die vier Freundinnen nickten bestätigend.

»Ich muss zugeben, das sind gute Nachrichten, Emma«, sagte Hans-Georg. »Ich verstehe nur immer noch nicht, was genau du damit …«

»Was gibt es da nicht zu verstehen?«, unterbrach sie ihn. »Wer ein solch großartiges Werk geschrieben hat, der muss einfach Erfolg haben.« Bei diesen Worten zog sie aus ihrer Tasche einen Stapel Papier, den sie ihm in die Hand drückte. »Hier, du hast ja die letzte Fassung noch gar nicht gelesen. Das sind die Druckfahnen, frisch aus dem Satz. Schön, nicht wahr?«

»Äh, ja.« Hans-Georg sah auf die Titelseite und seine Miene fror ein. Hektisch begann er, durch die Seiten zu blättern. »Aber … aber … aber … das … ist … ja …«

»… ein großartiges Werk männlicher Emanzipation«, beendete Clara seinen Satz. »Ich bin so froh, dass es endlich mal ein Mann so ehrlich aufge-schrieben hat.«

»Ihr Sohn hat wirklich ein Fernsehgesicht«, sagte Moni zu Frau Meier. »Sie werden sehen, er wird das wunderbar machen bei Markus Lanz.«

»Die Rolle des sensiblen Frauenverstehers, der seine eigene Männlichkeit verneint, ist ihm wie auf den Leib geschrieben«, sagte Feli. »Ich bin mir sicher, er wird da-nach durch alle Talkshows gereicht werden.«

Langsam schien Hans-Georg klar zu werden, dass hier etwas nicht mit rechten Dingen zuging.

»Was meinst du mit Frauenversteher?«, hakte er nach.

»Lies die Druckfahnen, Hansi. Die werden dir gefal-len«, empfahl ihm Emma.

»Das kannst du doch nicht machen, Emma. Das war mein Text!«, rief Hans-Georg. Seine Stimme überschlug sich vor Aufregung.

»Rainer fand meine Änderungen gut. Viel ehrlicher. Und er sieht dafür auch viel bessere Verkaufschancen. MeToo-Debatte und so, du weißt ja … Ich verstehe gar nicht, was du hast. Rainer hat mir schon gesagt, dass ich dir gut zureden soll. *Das wird gut!* – hat er gesagt. Du wolltest doch berühmt werden.«

»Das muss ich gleich Annegret erzählen«, rief Frau

Meier und lief zum Telefon. »Mein Sohn bei Lanz! Die wird Augen machen!«

»Ja«, sagte Hans-Georg und sackte im Sessel in sich zusammen.

Die vier Freundinnen standen auf.

»Dann lassen wir dich mal in Ruhe deine Karriere planen«, meinte Emma und schlug ihm kumpelhaft auf die Schulter, bevor sie das Haus verließen.

Zwei Stunden später lief Emma allein am Neckar entlang, um nachzudenken. Sie war in Gedanken bei Leopold. Plötzlich klingelte ihr Telefon. Verblüfft starrte sie auf den Namen. Leopold.

»Störe ich dich?«, fragte er.

»Nein, ich laufe nur meine Runden.«

Sie blieb stehen.

»Wie immer«, sagte er.

»Ja.«

Was er wohl von ihr wollte? Seine Stimme klang neutral. Aber wollte sie überhaupt mit ihm reden? Nachdem sie sich so blamiert hatte? Sie fragte sich, warum sie ans Telefon gegangen war.

»Hör mal«, sagte sie. »Ich wollte mich noch einmal entschuldigen für neulich. Aber du musst dir keine Sorgen machen. Du wirst mich in Zukunft nicht mehr sehen. Ich habe gekündigt.«

»Ja, hab ich gehört«, antwortete er knapp.

Wieder klang seine Stimme ganz ruhig, als ob es ihn überhaupt nicht berühren würde.

»Hör mal, Emma, das ist jetzt egal. Deswegen rufe ich nicht an«, erklärte er.

Einen Moment herrschte Stille in der Leitung, dann fuhr er fort: »Wir sind jetzt eine Runde weiter mit unseren potenziellen Kunden.«

»Schön …«, stammelte sie.

»Wir brauchen eine weitere Präsentation. Und ich hänge fest. Hättest du Lust, vorbeizukommen und drüberzuschauen?«

Deswegen rief er an? »Ich hab so viel um die Ohren …«

»Emma, ich weiß, dass du gekündigt hast. Aber du hast eine Kündigungsfrist einzuhalten. Und heute bist du noch bei uns angestellt. Ich bin immer noch dein Chef. Und wenn ich mich nicht täusche, hast du es in den letzten Wochen etwas übertrieben mit deinen Fehltagen. Also, als letzten Gefallen: Komm bei mir vorbei und wirf einen Blick auf die Präsentation. Danach können wir beide unserer Wege gehen.«

»Jetzt?«

»Ja, es eilt, wieder einmal.«

Eine halbe Stunde später stand Emma vor seiner Tür. Leopold trug heute wieder seine Brille und ein knallgelbes T-Shirt, auf dem eine pizzaessende Star-Wars-Prinzessin abgebildet war. Emma stand in ihren Laufsachen vor seiner Tür und atmete schwer.

»Bist du bis hierher gelaufen?«, fragte er. »Von Wieblingen?«

Sie nickte und trat ein. Sie wollte das unangenehme Treffen möglichst schnell hinter sich bringen. In seinem Wohnzimmer lief schrille Rockmusik, die so richtig zu ihrer Laune passte.

»Was ist das denn für eine nette Ouvertüre?«, fragte sie.

»Rammstein.«

»Ach, das ist also Rammstein?«

»Es entspannt mich irgendwie.« Leopold zuckte mit den Schultern.

»Na, heute keine Kontaktlinsen?«, zog Emma ihn auf.

»Ich komme mit den Kontaktlinsen nicht so gut klar.«

»Verstehe. Wie kann ich dir helfen?« Sie zog ihre Jacke aus.

Er setzte sich auf die Couch und klappte seinen Laptop auf. »Ich brauche dringend Hilfe bei dieser Präsentation. Du hast ein gutes Auge, würdest du sie dir einfach mal durchlesen?«

»Klar.« Emma setzte sich neben ihn, um den Text zu lesen, doch er stand auf und ging in die Küche.

Gründe, warum wir zusammen sein sollten:
  Du bringst Chaos in meine geordnete Welt
  Du bist ein Sonnenschein
  Bei dir fühle ich mich wie ein Schiff im sicheren Hafen
  Wir sind uns ähnlicher, als es auf den ersten Blick scheint
  Wir lieben beide Traumwelten
  Wir lieben beide gutaussehende Menschen :)

Sie las völlig verblüfft, was er geschrieben hatte und sah dann in die Küche, wo er etwas aus dem Kühlschrank holte.

»Und?«, fragte er, als er zurückkam.

Sie räusperte sich. »Ich verstehe nicht.«

»Was denn?«

»Warum schreibst du so etwas? Ich dachte, ich habe dich enttäuscht.«

»Ich schreibe das, weil ich dich mag«, sagte er und sah ihr in die Augen.

»Aber du bist doch sauer auf mich ...«

»Nicht mehr so sehr, nachdem du mir gesagt hast, dass du mich liebst.«

»Was habe ich?«

Er lachte. »Stimmt es nicht?«

Hatte sie ihm das etwa an dem Abend gesagt, als sie betrunken bei ihm eingeschlafen war?

»Hm ... Das müssen wir wohl noch herausfinden«, antwortete sie vorsichtig.

Er lächelte. »Manchmal ist das Angebot so unwiderstehlich, da muss man einfach zuschlagen. Möchtest du etwas trinken?«

Emma nickte. Plötzlich war ihr ganz warm. Leopold war wohl schon darauf vorbereitet gewesen, denn kaum war er in die Küche gegangen, kam er schon mit zwei Gläsern Prosecco zurück. Er gab ihr eines davon und sie stießen an.

»Du schreckst vor nichts zurück«, sagte Emma und trank fast das ganze Glas in einem Zug aus.

»Habe ich dich damit so überrascht?«

»So schwarz auf weiß ist es irgendwie eigenartig.«

»Ich bin schüchtern«, sagte er und lächelte. »Da ist es leichter, es aufzuschreiben.«

Er zuckte mit den Schultern und sie konnte nicht anders, sie musste ihn küssen. Er ließ es bereitwillig zu. Dann streichelte er ihr Gesicht zärtlich. Sie sah ihn an.

»Stimmt was nicht?«, fragte er.

Sie schüttelte den Kopf. »Nein, alles ist wunderbar.«

Sie sahen sich tief in die Augen und versanken in einer langen Umarmung, die Lippen vereint. Während er sie küsste, streichelte er mit einer Hand ihren Rücken. Nach einer Weile zog er an ihrem Oberteil, nur war das gar nicht so einfach, denn der Reißverschluss des alten Pullovers wollte weder vor noch zurück. Schließlich half sie ihm.

Er lächelte und erst jetzt entdeckte sie, dass sich süße Grübchen in seinem Gesicht bildeten, wenn er lachte. Warum war ihr das vorher nicht aufgefallen? Vielleicht brauchte sie eine Brille?

»Du machst es mir nicht leicht«, sagte er, während er sich ihren BH ansah. »Ist das der heutige Keuschheitsgürtel?«

Er begann, die vielen Nieten aufzuknöpfen. Sie schmunzelte, als sie daran dachte, dass sie heute diesen alten Sport-BH trug. In den letzten Wochen hatte sie ständig für den Fall der Fälle teure Unterwäsche getragen und nichts war passiert. Nun hatte sie die ausgewaschene Tchibo-Sportunterwäsche an. Sie versuchte abzulenken: »Jetzt bin ich an der Reihe, oder?«

»Du bist die Einzige, die mir mein Lieblingsshirt ausziehen darf.«

»Dein Lieblingsshirt sogar? Das ziehe ich dir sofort aus«, antwortete sie und streifte es ihm über den Kopf.

Sie fühlte sich unglaublich wohl mit ihm und sein Körper gefiel ihr. Seine olivfarbene Haut hatte einen durchsichtigen Schimmer, die Muskeln darunter waren eher diskret. Beide kicherten wie zwei Teenager, während sie über seine Schultern strich. Ganz langsam und vorsichtig bettete er sie auf die Couch. Sie bekam eine Gänsehaut, als sie seinen Bauch an ihrem spürte. Während er ihren Hals küsste, murmelte sie: »Ich muss dich noch etwas fragen.«

Er hielt inne und sah sie an.

»Ich bin eine normale Bibliothekarin in Sportunterwäsche – warum ich?«

»Das willst du nicht wirklich ausgerechnet jetzt wissen, oder?«

»Ist das schlimm?«

Er seufzte. »Du bist witzig, intelligent und eine sexy Bibliothekarin.«

»Und deshalb gehst du mit einer Frau aus, die sich über deine T-Shirts lustig macht und keine Ahnung von Technik hat?«

Er antwortete nicht. Seine Lippen berührten ihre Schultern.

»Sexy Bibliothekarin und sexy Nerd«, sagte Emma. »Das ist natürlich auch nicht schlecht.«

»Genau, ich schlage vor, wir führen unser Gespräch später fort.«

Sie nickte und schloss die Augen. So schön waren seine Berührungen, so zart die Finger, die über ihren Arm glitten.

Sie lagen auf seiner großen Ledercouch unter einer dicken Wolldecke. Leopold hatte den Kamin angeheizt.

»Nun können wir reden«, sagte er und umarmte sie.

»Jetzt weiß ich gar nicht mehr, was ich sagen soll«, murmelte Emma.

»Ich wusste, dass wir gut zusammenpassen.«

»Also hast du das Ganze von langer Hand geplant?«

»Klar.« Er küsste sie auf die Schläfe. »Ich bin froh, dass du diesem Typen mit der coolen Mütze den Laufpass gegeben hast.«

Wenn du wüsstest!, dachte sie. Ihr Kopf lag auf Leopolds Bauch und sie hörte sein Herz schlagen. Sie hätte ewig so liegen bleiben können. Er sah auf die Uhr.

»Ich hab noch eine Telefonkonferenz«, sagte er entschuldigend.

Wie ein Kätzchen schmiegte sie sich an ihn. »Oh nein, steh nicht auf.«

»Ich muss. Bleib einfach liegen, ja? Ich gehe mal unter die Dusche.«

»Für die Telefonkonferenz?«

»Es ist eine Videokonferenz«, erklärte er, während er ins Bad huschte.

»Können sie dich etwa riechen?«, fragte sie scherzhaft.

»Nein, aber ich möchte mich trotzdem kurz frisch machen. Kannst gerne dazukommen.«

Das ließ sie sich nicht zweimal sagen. Das Bad war sehr modern, die bodengleiche Dusche war riesig.

»Oh, ich wollte schon immer solch eine coole Dusche ausprobieren«, rief Emma aus.

»Bitteschön«, sagte er und lud sie mit einer Handbewegung ein, in die Dusche zu steigen.

Der Duschkopf war riesig, sodass es sich anfühlte, als stünde sie unter einem Wasserfall.

»Das ist wunderbar!«, rief Emma.

Die Dusche befand sich in einer Art Schnecke, die aus vielen kleinen Mosaiksteinchen bestand.

»Weißt du, was ich besonders cool daran finde?«, schrie sie, damit er sie hören konnte.

»Was denn?«

Plötzlich stand er hinter ihr, splitterfasernackt.

Er nahm einen Schwamm und seifte ihren Rücken ein, ganz langsam, immer noch fiel der warme Wasserstrahl auf sie.

»Ich finde die Dusche so wunderbar pflegeleicht«, sagte sie.

Er lachte. »Das hat meine Mutter auch gesagt, es war ihre Idee, kein Glas einzubauen.«

»Weise Frau.«

Er küsste sie, während das Wasser wie aus einer kleinen Regenwolke auf beide niederprasselte. Obwohl sie ihn auf der Couch geliebt hatte, war sie noch etwas schüchtern. Deshalb versuchte sie, witzig zu sein. »Ich wollte schon immer Liebe unter einem Wasserfall machen.«

»Du bist zum Anbeißen süß und lustig.«

Sie lachte wieder und fügte hinzu: »Hoffentlich rutschen wir nicht aus. Das gibt hässliche blaue Flecken.«

Leopold unterbrach sie, indem er ihr einen Kuss gab. Sie schmiegte sich an ihn und umarmte ihn. Er vergrub seine Hände in ihrem nassen Haar und sah sie noch einmal an. Als sie in seine Augen blickte, wusste sie, das war ihr Leopold. Eine Leidenschaft überkam sie, die sie sich nicht erklären konnte. Sie wollte unbedingt ganz nah bei ihm sein. Er hob sie hoch und lehnte sie an die kalten Mosaiksteinchen. Doch diese spürte sie kaum. Sie fühlte nur noch Hitze in ihrem Inneren aufsteigen.

EPILOG

Die vier Freundinnen saßen festlich gekleidet in ihrem Lieblingsrestaurant. Moni in einem tief ausgeschnittenen schwarz-glitzernden Pullover, der einen starken Kontrast zu ihren rot gefärbten kurzen Haaren bildete. Die anderen drei trugen Blusen, Feli eine dunkelblaue, Emma eine weiße und Clara eine in einem zarten Rosaton. Auf dem Tisch stand eine Flasche Sekt. Zwei junge, gutaussehende Kellner kamen an den Tisch und brachten ihnen große Platten mit Vorspeisen. Die Augen der Frauen strahlten vor Freude.

»Wer braucht schon Sex, wenn er solch ein Essen haben kann?«, rief Moni entzückt.

Die anderen lachten.

»So Mädels, aber erst stoßen wir an.«

Sie hoben ihre Gläser.

»Auf unser Buch!«, rief Moni.

»Habt ihr den Hansi gestern Abend im Fernsehen gesehen?«, fragte Emma.

»Au ja, so niedlich. Er hat wirklich ein richtiges Fernsehgesicht«, sagte Moni. »Das muss man ihm lassen.«

»Besonders erfrischend fand ich es, als sich ihm plötzlich diese Feministin im Batikkleid an den Hals geworfen hat, um ihm für seine ehrlichen Worte im Kampf gegen die toxische Männlichkeit zu danken. Sie meinte: *Endlich ein Mann, der mich versteht*«, gluckste Feli.

»Aus der Nummer kommt er nicht mehr raus«, meinte Moni. »Endlich ist er erfolgreich, aber als Witzfigur.«

»Tja, sei vorsichtig, was du dir wünschst«, rief Emma. »Es könnte in Erfüllung gehen.«

Alle lachten.

»Also ich hatte den Eindruck, dass es ihm sogar Spaß gemacht hat«, sagte Feli. »Endlich steht er im Rampenlicht, und er schien richtig in seiner Rolle als Starautor aufzugehen.« Sie zuckte mit den Schultern. »Tja, er liebt es einfach, im Mittelpunkt zu stehen, egal in welcher Rolle.«

»Kommt, lasst uns essen!«, rief Moni.

Während sie sich den überbackenen sardischen Käse genüsslich auf der Zunge zergehen ließen, meinte Feli: »Ohne dich, Emma, hätten wir das nie hinbekommen. Du bist eine begnadete Lektorin.«

Emma lächelte und sagte: »Ohne euch hätte ich niemals mein Talent entdeckt.«

»Wir reden uns seit Ewigkeiten den Mund fusselig, dass du deine Zeit in dieser dämlichen Bibliothek für Fachidioten vergeudest«, sagte Moni.

»Und ihr hattet alle recht«, erwiderte sie und biss in eine gegrillte Gamba.

»Ich finde es toll, dass du im Institut gekündigt hast. Du wirst eine richtig gute Lektorin!«, jubelte Clara.

Die anderen klatschten.

»Außerdem ist es auch irgendwie gruselig, wenn dein Chef dein Freund ist«, meinte Emma. »Und genau deshalb habe ich euch heute auch alle hierher eingeladen. Der Verleger hat mich bereits beauftragt, zwei weitere Projekte zu lektorieren.«

»Toll! Du wirst sehen, das wird super. Du kannst dir deine Zeit frei einteilen und im Frühling im Park arbeiten. Nicht so wie Mike, der Schichtdienst im Krankenhaus hat«, ermutigte Clara sie.

»Dass du ein Fan von *Emergency Room* bist, wusste ich gar nicht«, zog Moni sie auf.

Clara lächelte. »Ich finde Männer in weißen Kitteln einfach sexy.« Sie wurde rot.

»Kannst du von dem neuen Job denn auch leben?«, fragte Feli. »Du bist jetzt doch selbstständig, oder?«

»Na ja …«, druckste Emma herum und nahm noch ein Stück von dem weich-knusprigen Käse in den Mund. »Es reicht vermutlich am Anfang hinten und vorne nicht, aber ich bin guter Hoffnung. Im schlimmsten Fall ziehe ich zu Leo.«

»*Leo*?« Alle sahen sie überrascht an.

»Mein *Leo*, Leopold.«

Alle nickten. »Du hast es wohl wirklich gut getroffen.«

Emma nickte. »Ich habe es wirklich gut«, stellte sie fest.

»Hast du ihn nicht auch eingeladen?«, fragte Clara.

»Ja, er kommt später. Ich möchte ihn euch ja endlich vorstellen.«

»Ist er das?«, erkundigte sich Moni und blickte zur Tür.

Emma sah sich um und nickte mit einem breiten Lächeln.

»Guten Abend, die Damen, ich hoffe, ihr feiert schön?«, grüßte Leo, als er an den Tisch kam.

»Klar.« Moni hob das Glas.

Leopold beugte sich zu Emma hinunter und gab ihr einen langen Kuss.

»Woooh!«, riefen ihre Freundinnen.

»Ihr seid ein interessanter Haufen«, meinte Leopold auf dem Nachhauseweg zu Emma.

Das Licht der Straßenlaternen ließ die Straße glitzern. Durch den Vollmond wirkte das Viertel etwas surreal, wie in einem alten amerikanischen Film, der im Studio vor knallbunter Kulisse gedreht wurde. Doch das hier war echt.

»Das stimmt«, sagte Emma.

Er blieb stehen und sah sie an. Sie, im weißen Trenchcoat und dunkelbraunen Stiefeln, und er, im dunklen Mantel, wirkten wie ein Paar aus einem Bogart-Film aus den Vierzigerjahren. Sie fühlte sich wie beim Happy End, glücklich und endlich zufrieden.

»Das klingt jetzt abgedroschen …«, begann Emma und hielt seine Hand fest, »aber du machst mich wirklich glücklich.«

In seinem Gesicht waren wieder diese Grübchen. Er sagte nichts, sondern küsste sie stattdessen.

Danksagungen

Mein Dank gilt meinen großartigen Testleserinnen und -lesern – Sandra, Simona, Santiago, den Bloggerinnen Kitty vom *KITTY411BUECHERBLOG* und Franziska von *BUECHERTATZEN* – sowie meinen Lektorinnen Christiane und Sandra.

Besonders danken möchte ich auch euch – den Leserinnen und Lesern. Für euch ist dieser Roman entstanden. Wenn er euch gefallen hat, schaut doch mal auf meiner Facebook-Seite vorbei. Dort findet ihr Informationen über Neuerscheinungen und besondere Aktionen:
www.facebook.com/ellawuensche/

Und natürlich freue ich mich auch, eure Meinung zu erfahren, zum Beispiel durch eine Rezension im Internet.

ELLA WÜNSCHE
autorin@ella-wuensche.de

ELLA WÜNSCHE

Café Sehnsucht

Lenis Geheimnis

Kaffeeduft und romantische Geheimnisse – im Café Sehnsucht.

Das Café Sehnsucht lockt seine Gäste nicht nur mit dem weltbesten Cappuccino, sondern auch mit dem Duft der Vergangenheit: In der Second-Hand-Ecke findet Hannah dort eine alte Nähmaschine, die sie auf eine Reise in die 30er-Jahre lockt. Bald verliert sich Hannah mehr und mehr in der dramatischen Liebesgeschichte der ursprünglichen Besitzerin Leni. In ihrem eigenen Leben gibt es hingegen viel zu wenig Romantik.

Bis sie Paul begegnet, der die Maschine zum Verkauf angeboten hat, und der bald ebenfalls das Geheimnis der mysteriösen Leni lüften will – und deshalb immer mehr Zeit mit Hannah verbringt ...

Ebenfalls von
ELLA WÜNSCHE erschienen:

CAFE SEHNSUCHT - LENIS GEHEIMNIS

DAS FLÜSTERN DES FEIGENBAUMS

DER GESCHMACK VON MANDELEIS

TAUSEND FARBEN DES GLÜCKS

EINE (UN)MÖGLICHE LIEBE

LIEBESCHAOS ZUM VALENTINSTAG

WWW.ELLA-WUENSCHE.DE